KB074023

진흙소가 달을 머금고
(泥牛含月)

금 장 태

지식과교양

머리말

늙고 나서 돌아보니, 자신의 주변에 밀려와 있던 그 많던 사람들이나 일들이 썰물처럼 빠져나간 듯하다. 마치 서해바닷가 아득하게 멀리 텅빈 개펄 앞에 쓸쓸하게 서 있는 듯한 자신을 발견하게 되는 것 같다. 어느 날에는 한 평생 살아온 길에 찍혀 있는 발자국 마다 회한만 가득 고여 있음을 돌아보게 된다. 이런 날에는 마음이 허전하고 괴로울 때가 많다.

그래도 집안에는 사랑하는 가족들이 있고, 세상에는 다정한 벗들이 있어서 얼마나 고맙고 행복한지 모르겠다. 오직 하느님께 감사드릴 뿐이다. 평생을 돌아보면 회한이 가슴에 밀려오는 것이야 돌이킬 수 없는 일이니, 어찌하랴. 그래도 정다운 친구들을 그리워하는 마음이 따스한 바람이 되어 감돌며, 썰렁한 가슴을 위로해주니, 어찌 고마운 일이 아니랴.

병은 깊어가는 데, 게으르고 허약한 몸이지만, 그래도 자신을 붙잡아보려고 안간힘을 쓰고 있는 나를 돌아보며 쓸쓸하게 웃는 일도 있다. 자신의 삶을 돌아보면서 산처럼 높이 쌓인 죄를 뉘우치며, 허물을 조금이라도 고쳐보려고, 마음을 다잡으려 애를 써 왔다. 추하게 늙은 '노추'(老醜)가 되고 싶지 않으며, 가능하면 아름답게 늙고 싶다는 것이 남아있는 나의 마지막 소망인가 보다.

세상이 아무리 혼탁하고 거센 물결로 흘러가도, 물고기야 죽는 날까지 물살을 거슬러 올라가며 살아가는 존재가 아니던가. 그래서 나도 이 쇠잔한 몸과 마음을 붙들고 노년을 살아보려 한다. 마음을 잘 붙들 수 있다면 자신이 조금이라도 선(善)을 이룰 수 있고, 그만큼 세상도 아름다워질 수 있지 않겠는가. 살아있는 동안 꺾이지 않고 노력하겠다고 스스로 다짐하고 또 다짐해보지만 쉬운 일은 아니다.

이 글들의 대부분은 노년에 아내를 따라 내려와 살고 있는 원주의 산골 흥읍면 대안리 대수리 마을 청향당(淸香堂)에서, 한가로울 때 심심파적으로 적어본 글들이다. 청향당 뜰의 작은 텃밭에서 채소를 가꾸고, 꽃밭에서 꽃나무를 다듬으며 살다보니, 세상을 살아오면서 뒤집어쓴 온갖 티끌을 다 날려 보내는 것 같고, 사방에서 부딪치다가 입은 상처들이 저절로 다 아물어가는 것 같다.

그래도 세상을 못 잊어 가끔 서울에 올라가면, 친구들을 만나 정겨운 담소를 나누기도 하고, 나의 작은 골방 천산정(天山亭)에 숨어서 창밖으로 세상을 내다보기도 한다. 원주 청향당에서나 서울 천산정에서나 무료할 때가 많아, 산이나 바라보고 구름이나 바라보며 공상을 하고 시간을 보내기 일쑤다. 이런 날에 어쩌다 생각이 나면 두서없이 적은 글들을 모아놓은 것일 뿐이다.

　사실 이제는 틀을 잡고 체계를 세워 글을 쓸 수 있는 기력이 나에게는 남아 있지 않으니 어쩔 수 없다. 심심할 때, 나 자신이 무슨 생각을 하고, 무엇을 꿈꾸며 공상에 잠겨있었는지, 또 누구를 지음(知音)의 벗으로 알고 설레는 마음으로 그리워했었는지를 돌아보고 싶을 뿐이다.

　이 원고를 출간해주신 지식과교양 윤석산사장님의 따뜻한 배려에 머리숙여 감사드린다. 교정을 맡아준 아내에게도 고마운 마음을 전한다.

2019년 1월 23일.

天山亭에서 雲海散人 적음

차례

제2부: 삶을 돌아보며

제1부

자신을 돌아보며

01

마로니에 공원에서

정기적으로 서울대병원에 가서 진료를 받기 위해 서울에 올라와서, 아침 일찍 여유있게 집을 나섰다. 이수(梨水)역에서 전철을 타고 혜화(惠化)역에 내리니, 진료약속시간 보다 2시간이나 남았다. 먼저 동숭동 옛 캠퍼스를 찾아갔다. 지금은 마로니에공원으로 이름이 붙어 있는데, 가을 햇살이 따사롭게 비치고 있어서 노쇠한 나를 포근하게 감싸며 반겨주는 것 같았다.

옛날 도서관 자리에 세워진 극장 앞의 난간에 걸터앉아 넓은 뜰을 한가롭게 내다보니, 55년 전(1962년 정월) 입학시험의 일부인 체력시험을 치르러 이 교정을 처음 들어섰던 날부터, 내 젊은 날의 꿈과 방황의 모습이 사진첩을 펼쳐보듯 생생하게 떠올랐다. 지금 생각하니 내 젊은 날은 회오리바람이 제 마음대로 나를 떠밀어 갔던 것이거나, 거센 파도와 물결에 방향도 모르고 떠내려갔던 것인 듯하다. 분명 내 정신으로 살아갔던 것은 아니었다. 젊은 날의 그 뜨거웠던 열정으로 끓어오르던 내 가슴은 이제 다 식어 단지 서늘한 가을바람만 불고 있었다.

그 옛날 캠퍼스의 정원에 서 있던 은행나무는 대부분 남아 있는데, 아직 황금빛 단풍으로 물들지 않아서, 그 낙엽이 깔아준 황금빛 방석에 그날의 옛 친구들과 다시 앉아볼 수가 없어 아쉽다. 마로니에는 훨씬 더 컸는데, 그 아래 그 시절 캠퍼스 모형이 주물로 만들어져 있었다. 그 속에서 나의 자취는 애초부터 찾을 수가 없었다. 내가 그 꽃그늘에서 향기로움에 취했던 라일락은 없어지고 말았다. 물론 향기도 사라진지 오래였다. 이 교정에서 함께 어울렸던 친구들 대부분 찾을 길도 없다. 박인환(朴寅煥)의 시 「세월이 가면」에서, "지금 그 사람 이름은 잊었지만/ 그 눈동자 입술은/ 내 가슴에 있네,"라는 구절과 함께, 가물거리는 이름에 겹쳐 그날의 여학생들 얼굴과 그 눈빛들이 아련하게 떠오른다.

이미 사라져버린 도서관과 강의실 자리를 돌아보아도 흔적이 없이 아득하기만 하다. 나는 '신비주의'라는 말에 끌려 종교학과를 찾아 대학에 들어온 다음, 도서관에서 신비주의에 관한 여러 책들을 찾아 두 해 가까이 읽고나서야 '신비주의'에서 탈출할 수 있었다. 어쩌면 시작부터 길을 잘못 찾아들어 실패했는지 모르겠다. 그래도 도서관에 매달려 살았는데, 여기서 C.G. Jung의 『자서전』 서문을 읽다가 책갈피에서 쏟아져 나오는 눈부신 빛을 발견했던 날, 너무 기뻐 밤늦게 공중에 떠가는 기분으로 창경궁 돌담길을 돌아서 집에 돌아갔었던 기억이 새롭다.

또 조선총독부에서 편찬한 도록(圖錄) 『경주남산(慶州南山)의 불적(佛蹟)』에서 비쳐 나오는 환상적 그림에 홀려, 그해 여름과 겨울 두 번이나 경주 남산을 찾아가 산 속을 헤맸던 기억은 아직도 생생하게 살아있다. 그날에 아득히 넓은 지식의 바닷가에 나와 모래톱에서 신명나게 뛰어다니며 놀았던 날들은 아무 걱정도 근심도 없이 행복하기만 했었던 것 같다. 그러나 대학 4학년이 되면서 취직을 해야 할지, 학문의 길을 계속 가야할지 이 교정에서 고민하고 있었다. 먼저 '불교'를 공부해보겠다는 뜻을 세웠으나, 나도 알 수 없는 물결에 밀려 중도에 무너지고 말았다. 그러나 그 때 나에게 불어닥쳤던 한줄기 바람에 떠밀려 '유교'라는 생각해보지도 않았던 골목길을 들어서게 되었다. 결국 이 골목을 따라가며, 평생을 정신없이 달리며 살다가 이렇게 늙어버리고 말았다.

이제 돌아와 그 처음의 자리에 다시 나와 서서 돌아보니, 내 발판은 너무 부실했고, 내 발걸음은 너무 무겁고 둔했으니, 이 모두가 아쉽고 후회스럽기만 하다. 그러나 어이하랴. 모든 것이 다 지나간 한바탕 꿈이 아닌가. 돌아보면 나름대로 기쁨과 보람이 있었으니, 그래도 그나마 내가 디디고 올라섰던 발판은 이 교정에서 마련한 것임을 감사하지 않으면 안 되겠다. 다만 이제 머지않아 털고 자리를 떠나야 할 터인데, 그 전에 남은 할 일이 무엇일까. 그대로 그 난간에 걸터앉아 오랫동안 곰곰이 생각에 잠겼다.

나는 이 교정에서 새로 배우고 익힐 수 있었던 것이 많았다. 불어를 새로 시작했고, 일본어도 이때 익혀 책을 읽었고, 라틴어와 그리스어까지 몇 년씩 익혔다. 그런데 지금은 모두 다 바람에 날려가듯 사라지고 말았다. 더구나 독일어와 영어까지 외국어란 외국어는 모두 연기처럼 사라져버렸다. 그 후에 익힌 한문마저 부실하기 짝이 없으니, 내 발판이 얼마나 허약한지 절감한다. 그날의 이 교정에서 좀더 일찍 제대로 방향을 잡았더라면, 그렇게 멀리 방황하며 헤매지 않았을 터이니, 얼마나 좋았을까. 어리석은 자의 후회가 밀려온다.

내가 찾아간 학문의 길은 무척이나 어둡고 외로운 '독학'의 길이었다. 훌륭한 지도교수를 만났지만, 나에게 고되게 일을 시키려고만 들었지, 나의 문제점을 짚어주거나 방향을 제시해주는 사람을 만나지는 못했다. 이제 내 정신적 고향이요 모태(母胎)라 할 수 있는 그 옛날 교정에 돌아와서 가을볕아래 한가롭게 앉아 있자니, 시집가서 모진 고생을 하며 한 평생을 살고나서 친정에 돌아온 늙은 여인처럼, 자꾸만 신세 한탄을 하고 싶어지는 마음을 억누르기 어려우니, 이를 어찌하랴.

그래도 나름대로 부지런히 걸어왔고, 깜냥만큼은 열심히 쌓아왔으니, 비록 보잘 것 없는 것이라 꾸짖고 비난을 받는다 하더라도, 나로서는 내 인생의 가을에 거두어 들인 소중한 열매가 아닐 수 없다. 어떤 인생이나 방황하기 마련이니, 방황하는 가운데 열매가 커가는 것이요, 후회 없는 인생은 없는 법이니, 후회하는 가운데서 단련되고 열매가 익어가는 것이 아니랴.

지금은 마로니에 공원이라 불리는 내 정신적 고향인 옛 캠퍼스 교정을 찾아와서, 한가롭게 평생을 돌아보다가 떠날 수 있었던 것은 나로서 무척 소중한 시간이었다. 돌아보면 후회야 태산처럼 높이 쌓였지만, 그래도 나는 여러 면에서 행운아라는 생각이 들어 감사하는 마음으로 하늘을 우러러보고 자리에서 일어났다. 고통스러웠던 기억이야 끝이 없지만, 나의 평생이 어쩌면 행복한 인생이었는지도 모른다는 생각을 하면서, 미소를 지으며 가벼운 걸음으로 돌아 나왔다.

02

창경궁의 가을

병원에 너무 일찍 와서 마로니에 공원에서 한 시간 가까이 놀다가 왔는데도, 아직 한 시간이 남아서 병원을 가로질러 나가서 창경궁(昌慶宮)을 관람하러 갔다. 노인은 입장료도 무료라 어찌 이리도 노인을 위해주는 사회에 살 수 있게 되었는지 고마울 따름이다. 나는 대학시절 항상 의과대학 병원 앞을 거쳐 창경궁의 돌담길을 끼고 율곡로를 따라 사직공원 앞에서 옛 성터를 넘어 평동(平洞)에 있는 집까지 걸어 다녔으니, 창경궁은 내 생활 속에 너무 친밀한 곳이라 그 사이 수도 없이 들어가 보았었다.

그런데 일제(日帝)시대에 일본의 식민정부는 창경궁의 전각들을 헐어내고 동물원을 지어 놀이터로 만들었다. 그래서 이름도 '창경원'(昌慶苑)으로 바꾸었고, 내가 대학을 다니던 시절까지도 여전히 창경원으로 동물원에 가거나 벚꽃구경을 다니면서도 역사의 부끄러운 상처인줄을 몰랐다. 뒤늦게 우리 정부가 동물원을 과천의 서울대공원으로 옮기고, 벚나무도 잘라내고 '창경궁'의 옛 모습을 웬만큼 복원해 놓았으니, 정말 다행한 일이다.

그래도 내 추억 속에는 여전히 '창경원'시절의 여러 기억들이 남아 있다. 가장 먼저 중학교 2학년 여름방학때 고향 부산에 가서 쉬다가 근처 대본점(貸本店)에 가서 김래성의 소설『청춘극장』4권을 빌어다가 이틀 밤을 꼬박 새고 읽었던 일이 있었다. 이 소설의 시작은 창경원 안의 큰 연못 춘당지(春塘池) 가에서 젊은 남녀가 끝내 이루지 못하는 애틋한 사랑을 맺는 이야기인데, 매우 깊은 인상을 받고 흥미롭게 읽었던 기억이 난다. 그래서 나는 서울에 돌아온 뒤에 창경원의 춘당지를 찾아가 한 바퀴 둘러보았던 일이 있었다.

대학1학년 겨울에는 이 춘당지가 얼어붙어서 스케이트장을 열었는데, 나는 혼자 스케이트를 타러 춘당지를 찾았던 일이 있었다. 소설 속에서는 젊은 남녀의 사랑이 쉽게 맺어지는데, 나는 춘당지로 두 번이나 스케이트를 타러 갔지만, 아무런 일도 없었다. 혹시 백번쯤 갔더라면 무슨 일이 생겼을지도 모르지만, 나는 타고난 성격이 소극적이라 아무리 어여쁜 아가씨를 보았다 하더라도 내가 접근하는 일이 없었을 터이니, 백번을 가도 바랄 수 없는 일이었을 것이다.

경복궁(景福宮)에는 경회루(慶會樓)가 있는 곳과 향원정(香遠亭)이 있는 곳 양쪽에 큰 연못이 있는데, 창경궁에는 큰 연못이 춘당지 한 곳 뿐이다. 내가 창경궁을 찾아갔을 때는 언제나 춘당지를 찾았던 것은 춘당지 가장자리를 따라 도는 산책길이 경복궁의 두 연못보다 훨씬 더 쾌적해서였다. 특히 울창하게 우거진 숲과 잔잔한 물결의 연못이 잘 어울려서 나는 춘당지를 좋아했다.

대학시절 밤에 친구들과 창경원을 한번 찾아왔던 일이 있다. 밤벚

꽃놀이를 즐기느라 사람들이 붐비는 벚꽃구경에는 관심을 두지 않고, 함께 갔던 친구들과 숲 속에 들어가 술을 마시며 놀았던 일이 있는데, 누구와 갔는지 기억이 없다. 동물원이야 한두 번 돌아보면 더 보고 싶은 생각이 없었으니, 창경원은 잊어버리고 지냈다. 큰 딸이 네다섯 살 무렵의 아주 어렸을 때 할아버지가 데리고 창경원에 놀러갔던 일이 있었다. 나의 아버지는 원래 구경에 흥미가 많은 분이라, 손녀를 데리고 가다가 구경거리를 따라다니며 보는데 빠져서 손녀를 잃어버리고 말았다 한다. 이때 어린 큰 딸이 영리하여 울지도 않고, 할아버지가 찾아오리라 믿고서 헤어진 자리에 그대로 앉아서 기다리고 있어서, 다행스럽게도 할아버지가 쉽게 찾을 수 있었다 한다. 가끔 그날 큰 딸을 군중 속에서 잃어버렸더라면 어쩔 뻔 했을까 하는 생각이 들 때는, 지금도 정신이 아득해진다. 그래서 창경원은 언제나 어렸던 시절의 큰 딸과 연관되어서도 잊을 수 없는 곳이 되었다.

그후 다시 찾아갔을 때는 창경궁으로 이름도 바뀌고, 옛 전각도 복원한 다음이다. 한 번은 아내와 둘이 종묘(宗廟)를 둘러보고 나서 창경궁으로 구경을 갔었는데, 갑자기 소낙비가 폭우로 쏟아졌다. 다급해서 아내와 둘이 함인정(涵仁亭)이라는 정자로 뛰어 들어가 비를 피했는데, 바람이 거세게 불어 정자의 절반 이상에 비가 들이쳐 정자의 한쪽 구석으로 비를 피했던 기억이 생생하다.

이번에는 창경궁에 들어가서 30분 남짓 밖에 돌아보지 않았으며, 춘당지 쪽으로는 가지도 않고, 수리중인 정전(正殿)은 볼 수 없었고, 단지 '함인정'(涵仁亭) 앞에서 한참동안 어슬렁거리며 이 생각 저 생각 하다가 나왔다. 여러 해 전에 아내와 이 정자에서 비를 피했던 인연이 있으니, 그날의 추억이 살아나 즐거웠지만, 무엇보다 창경궁의 정문인 홍화문(弘化門)의 '화'(化)자와 '함인정'의 '인'(仁)자가 바로 창덕궁 후원에 있는 '주합루'(宙合樓)에서 천지와 사방을 감싸 안는다는 '주합'(宙合)의 뜻과 깊이 연결되었기 때문이다. 이 말들은 모두 정조(正祖)임금이 세손시절부터 가슴에 품었던 큰 뜻이요, 그 뜻을 실현하는 구체적 방법과 내용을 보여주는 것이다. 그래서 함인정을 배회하며 정조임금에 대한 생각을 하면서, 밖으로 크게 교화한다는 '홍화'(弘化)의 뜻과 안으로 어진 덕을 가슴에 품는다는 '함인'(涵仁)의 뜻이 상응하는 의미를 되새기다가 돌아 나왔다.

길을 바로 건너 암병동을 거쳐 내과외래로 찾아가면서 계속 머릿속에는 정조가 품었던 큰 뜻과 실천방법이야 나로서는 바라만 보아도 되는지, 내 가슴에도 '어진 덕'을 품고 실행해야 하지 않는지, 거듭 되새기고 있었다. 진료를 마치고 나오면서도 '화'(化)와 '인'(仁)의 사이를 수없이 되뇌고 있다가 다음 진료날짜도 확인하지 않고 돌아와서, 전화로 다시 확인하느라 한참을 헤매야 했다.

03

감이 익는 계절

나에게는 감에 관련해 몇 가지 추억이 남아있다. 어린 시절 내가 부산항이 한 눈에 내려다보이는 수정산 중턱에 살 때는 이웃에 '석류나무집', '탱자나무집'은 있었지만 '감나무집'은 없었다. 그래서 동내에서는 감나무를 볼 기회가 없었나 보다. 또 내가 매일 초등학교를 오르내리는 길가나 놀러 다녔던 이웃 마을에서도 감나무가 있었을 터인데, 내가 관심을 갖지 않아서 인지, 감나무에 대한 기억은 아무것도 없었다.

그래도 어린 시절 감을 먹어본 일은 있었다. 증조모는 홍시를 무척 좋아하셨는데, 어머니는 홍시를 사다가, 내가 안보는 곳에 감추어두고, 증조모께 하나씩 드렸던 것 같다. 초등학교 3학년 때로 기억되는데, 내가 증조모를 모시고 나가, 부산진역에서 기차를 타고 거제역에 내려, 거제리(현 거제동)에 있던 숙부댁으로 모셔다 드리고 나서, 혼자 돌아왔던 일이 있었다. 숙모는 시조모가 홍시를 좋아하신다고, 홍시를 많이 사다 드렸는데, 증조모는 홍시를 한 자리에서 너무 많이 드시고서 체하였는지, 그 길로 돌아가셨다. 이 '홍시사건'은 그 무렵 우리 집안에서 큰 사건이었다.

서울로 올라와 중학교를 다니던 시절, 중학교 3학년 때였다. 국어작문 선생님이셨던 조병화 시인이 학생들에게 추천해주어, 신지식씨의 단편집 『감이 익을 무렵』을 읽었는데, 내용은 다 잊었지만, 소녀적 감상이 매우 짙어, 소년의 가슴을 무척 설레게 했던 사실을 기억한다. 그래서 '감'이라는 말이 머릿속에 떠오를 때는 언제나 『감이 익을 무렵』이 함께 떠오르는 것이 사실이다.

또 중학교 3학년 겨울방학 때, 아버지를 따라 아버지의 고향인 경북 문경군 가은면 작천리(加恩面 鵲泉里)를 처음 찾아갔었던 일이 지금도 기억에 생생하다. 문경에서 부산으로 돌아오는 길에 내 조모의 친정이요, 아버지의 외가인 상주군 함창면(咸昌面)을 찾아갔던 일이 있었다. 이곳은 곶감을 만들기 위해 집집마다 처마 밑에 감이 주렁주렁 매달려 있어서 무척 신기했지만, 아직도 '감이 익을 무렵'이 어떤 느낌인지는 몰랐다.

군복무 하던 시절, 강릉에서 근무할 때, 시내에서 하숙하며 부대버스로 출퇴근을 했었다. 어느 가을날 부대로 출근하는 길이었다. 차창 밖으로 건너편 낮은 산자락에 동내가 펼쳐져있는데, 우연히 창밖으로 고개를 돌렸더니, 온 동내가 빨갛게 피어있는 꽃 속에 파묻혀있는 아름다운 광경을 보고, 깜짝 놀랐었다. 자세히 살펴보니, 꽃이 아니라 감이 빨갛게 익었던 것이었다. 매일 출퇴근길에는 빠짐없이 그 감나무 마을의 감이 익어 꽃처럼 피어난 경치를 즐겼다. 그제야 비로소 '감이 익을 무렵'의 아름다움에 흠뻑 젖을 수 있었다. 하숙집 마루에도 주인

할머니가 감을 가득 널어말려 곳감으로 만들고 있었는데, 나는 심심하면 그 감을 골라먹기를 즐겼던 기억이 있다.

신혼 초에 처가에서 뜰에 있는 감나무에서 딴 봉시를 큰 상자로 한 상자 보내주었는데, 겨우내 감이 익기를 기다려 맛있게 먹었던 기억은 나의 즐거웠던 추억의 한 토막이다. 그 후 가을이면 감을 한 상자씩 사다가 익혀서 먹을 때에는, 아내와 늘 신혼 초에 먹었던 봉시 맛을 되새기곤 한다. 설 무렵 아내가 곳감을 사다가 담아주는 수정과 맛이야말로 천하일품이었다. 어떻던 내가 단 것을 좋아하니, 감도 좋아하는 과일의 하나였다.

지난 10월27일 충남 보령(保寧)에 사는 옛 친구 청라(靑羅 金永寬)가 정담(靜潭 金基敦), 붕서(鵬棲 李雄淵)와 함께 나를 초대 해주어, 보령의 청라장(靑羅莊)으로 찾아갔었다. 이렇게 옛 친구들 넷이 모여, 처음 맛보는 새끼 멧돼지 바비큐를 맛있게 먹으면서, 추억담이 넘쳐흐르는 즐거운 한나절을 보냈었다.

그의 집에는 넓은 전장(田莊)이 딸려 있는데, 뜰에는 감나무기 많았다. 주렁주렁 매달린 감이 빨갛게 익어가고 있어서, 나무 가득 꽃이 핀 듯 하여 보기에 아주 좋았다. 주인 청라옹(靑羅翁)이 잘 익은 감 하나를 따주어, 먹어보니 꿀처럼 달았다. 청라옹의 안내로 뜰을 한 바퀴 돌아보다가 까만 감이 무수히 달려 있는 감나무 하나가 눈을 끌었다. 까만 감(흑감: 黑柿)은 생전 처음 보는 것이라 무척 신기했다.

그날 만났던 네 친구 가운데, 청라옹만 호가 없어서, 서울로 돌아온 뒤에, 전화로 상의하여, 그의 고장 '청라면'(靑蘿面)의 이름을 따라 호를 '청라'(靑羅)로 정하고, 호설(號說)로 「청라당기」(靑羅堂記)를 지어 우편으로 보냈다. 그는 마음이 넓고 따스한 사람이라, '청라'라는 호가 잘 어울린다고 생각한다.

　며칠 지나 11월4일에 청라는 택배로 감 두 상자를 보내왔다. 열어 보니, 큰 봉시(대봉)가 한 상자요, 단감과 흑감(黑枾)이 한 상자였다. 먼저 청라에게 감사하다는 전화를 하고나서, 숙성시켜야 하는 대봉과 흑시는 남겨두고, 단감은 그 자리에서 깎아먹기 시작했다. 홍시를 무척 좋아하셨던 내 증조모의 유전적 영향인지, 나는 온갖 종류의 감을 좋아한다.

　일주일 남짓하여 단감은 다 먹어버렸다. 봉시와 흑감이 숙성되기를 기다리면서, 매일 몇 차례씩 감의 머리를 쓰다듬어 보고, 허리를 어루만져보고, 엉덩이를 눌러보기도 한다. 감 하나마다 내 부드러운 손길이 수십 번 갈 터이니, 내가 좋아하는 감을 애무하는 것인지도 모르겠다. 그러다가 봉시가 말랑말랑하게 익은 것이 나오면 골라내어 먹기 시작했다. 이제 대봉 두 개를 먹었는데, 그 속살의 맛이 기막히게 좋았다. 아직 봉시 13개가 남아있고, 흑감은 두 여동생에게 두 개씩 나누어 주고도 14개가 남아있다. 이처럼 나에게는 감이 익어가는 계절이면 달콤한 감의 추억들이 솔솔 피어올라, 내 쓸쓸한 가슴에도 훈훈한 바람과 풍성한 물결이 밀려오는 듯하다. 마지막 감을 먹고 난 뒤에는, 내 가슴이 얼마나 아쉽고 허전할지는 생각을 말아야겠다.

04

행복한 이발

나는 1974년 결혼한 이후로 이발소를 한 번도 가지 않았다. 결혼하자 내 이발은 아내가 맡아주었기 때문이다. 아내가 나의 이발을 맡게된 까닭에는 내가 이발소에 가서 이발하는 것을 몹시 싫어해서, 오래도록 이발을 안 하고 버티니, 보다 못해 아내가 가위를 들고 이발을 해주었고, 내가 너무 좋아하자, 그 뒤로 계속 아내가 이발을 맡아주었던 것이다. 나야 이발소까지 찾아가지 않아도 되고, 무료하게 차례를 기다리지 않아도 되고, 부자유한 자세로 이발이 끝나기를 기다리지 않아도 되니, 어찌 즐거워하지 않을 수 있으랴.

아내는 머리를 깎는데 알맞은 도구로 좋은 이발가위도 갖추었고, 바닥에 떨어져 내리는 머리털을 받아주는 받침으로 '멤브리노의 투구'(영화 「라만차의 사나이」에 나오는 이발사의 도구인 면도용 대야를 돈키호테가 빼앗아 '멤브리노의 황금투구'라 일컬었음)까지 갖추게 되었다. 그래서 아내는 어디서 던지 이발할 수 있는 나의 전용 이발사로 취직을 한 셈이라 만족했고, 나는 어여쁜 전용이발사를 둔 셈이라 대통령이 부럽지 않을 만큼 너무 행복했다.

아내의 이발소는 행장이 가벼운 이동식 이발소이다. 필요한 도구란 가위와 빗과 '멤브리노의 투구'와 머리털이 옷에 붙지 않게 뒤집어쓰는 가운 하나가 전부이다. 간이의자가 있으면 좋고, 없으면 아무데나 높직한 곳에 걸터앉기만 하면 그만이다. 그래서 아내에게는 이 도구를 전부 넣어두는 자그마한 비닐 손가방 하나가 있어서, 이발할 때면 그 손가방만 찾아서 들고 나오면 그곳이 바로 내 전용의 '행복 이발소'가 된다.

문제는 이발할 때마다 마룻바닥이나 방바닥에 흩어져 떨어지는 미세한 머리털을 쓸고 닦아내는 일이 성가시다는데 있다. 그래서 아내에게는 이발이 수고로운 것이 아니라, 떨어진 머리털 치우는 일이 무척 번거로웠다. 고심 끝에 실내이발소에서 벗어나 야외이발소를 운영할 생각을 했다. 그래서 낙성대(落星坮)의 잠연재(潛研齋)에 살 때는 근처 낙성대 공원으로 산책을 나가, 인적이 드문 숲속에서 이발을 하기도 했다. 바닥에 떨어지는 머리털을 그대로 아낌없이 자연으로 돌려보내니, 아내의 마음도 가벼웠고, 아내가 즐거워하니, 나도 덩달아 즐거웠다.

아내의 고향집은 마당이 넓어 어린 시절 툭 트인 마당의 우물가에서 빨래하거나 나물 다듬는 일의 즐거움을 자주 이야기 하였다. 이에 견주어보면 서울 살면서 아파트의 비좁은 욕실에서 빨래하거나, 부엌의 싱크대 위에서 나물 다듬기가 옹색하고 답답함을 자주 하소연하는 것은 당연한 일일 것이다. 그러다가 노년에 원주 산골 대수리의 청향당(淸香堂)에 와서 살게 되면서, 그동안 아파트 안에 갇혀서 답답했던 마음을 다 털어낼 수 있었을 것이니, 어찌 즐겁지 아니하랴.

　나도 이렇게 깊은 산골에 들어와 살면서 적응이 되니, 그렇게 즐거울 수가 없다, 더구나 아내는 어린 시절 넓은 마당에서 놀던 추억이 다시 살아나서 즐거울 것이요, 아파트의 콘크리트 벽에 갇혀 있다가 해방된 것이 즐거울 것인 줄 잘 알고 있다. 그래서 아내는 마당에서 야채를 다듬거나 씻고 있다가도, 그 일이 얼마나 즐거운지 여러 차례 나에게 이야기 했었다. 그 즐거움 가운데 빠뜨릴 수 없는 즐거움의 하나가 바로 마당에서 나의 머리를 깎아주는 '대수리 촌 이발사' 노릇의 즐거움일 것이다.

　이발을 하고나면, 아내가 내게 해주는 고정된 덕담이 있다. "십년은 더 젊어졌군요." 사실 하루도 더 젊어진 것은 아니지만, 조금 더 젊어 보일 수 있을 것이라 인정한다. 솔직히 나는 남들이 젊게 보인다고 하는 말에는 전혀 감흥이 없다. 다만 아내가 나를 젊게 보아준다는 사실에 즐거워진다. 벌써 전용 이발사를 두고 살았던 세월이 이제 만43년을 넘기기 시작했는데, 그 긴 세월동안 아내는 내 머리를 한결같이 깎아주었지만, "십년은 더 젊어졌군요."라고 말하기 시작한 것은 내가 60대에 들어서면서 부터인 것 같다. 그만큼 내 모습이 노쇠해 보이는데 대해 아내의 마음이 안쓰러웠음을 알겠다.

　나는 아내가 머리를 깎아준 다음에 이발이 잘 되었는지 거울을 보고 확인해 본 일이 없다. 그것은 아내의 이발 솜씨를 굳게 믿기 때문이기도 하지만, 나는 아내가 이발해주었다는 사실만으로도 너무 행복하고 만족하기 때문이다. 혹시 나처럼 아내가 머리를 깎아주는 사람이 있는지 모르지만, 지금까지 내가 만난 사람 가운데는 그런 사람이 아무도 없었다. 나는 이 사실을 남 앞에 떠벌이지는 않지만, 마음속으로는 내가 누구보다 아내의 사랑을 많이 받고 있음을 자랑스러워한다.

그래서 가끔 흘러내리는 머리를 쓸어 올리면서도, "나는 행복한 사나이야."라고 혼자 중얼거리는데, 기분이 훨씬 더 좋아진다. 어쩌다 아내로부터 심한 질책을 당해 기분이 무척 울적해 있다가도, 머리를 쓸어 넘기면서, "나는 세상에서 가장 행복한 사나이에 틀림없어."라고 다짐하면, 울적한 기분이 저절로 풀리곤 한다. 내가 세상을 살면서 축복을 받은 점을 생각하면, 여러 가지로 짚어볼 수 있지만, 남들은 누리지 못하는데 나만이 누리고 있는 행복으로는, 가장 먼저 '행복한 이발'을 꼽아야 하지 않을까 한다.

05

내 육신을 돌아보며

　내 평생에 절반은 치통을 앓았던 것 같다. 심한 치주염으로 술꾼 주막 드나들듯이 치과병원을 자주 드나들었으니, 치과병원에 가서 의자에 앉을 때마다 이빨을 갈고 후벼파고 마취제 주사를 맞으며 당한 고통이 너무 심해, 치과는 간판도 쳐다보기가 싫을 정도이다. 이렇게 반평생을 치통 속에 살다보니 이빨이 하나씩 둘씩 살(殺)처분 당하다가 마침내 40대중반에 윗니는 하나도 남기지 않고 빠져버려 완전틀니를 해야 했고, 50대 중반에는 아랫니는 앞니 8개 남고 어금니는 다 빠져 부분틀니를 해야 하는 처지가 되었다.

　틀니의 불편함과 고통이 심해 집에 있을 때는 아예 빼놓고 죽만 먹으며 살고 있는 처지가 되고 말았다. 그나마 몇 개 안남은 아랫니의 앞니 몇 개가 또 흔들리며 아프니, 치통 때문에 절망할 때가 한두 번이 아니다. 잇빨이 아플 때마다 신경이 곤두섰었는데, 어쩌다 나 자신이 잇빨을 잊고 있음을 느낄 때 마다, 평안하고 행복하다는 생각에 감사하는 마음이 절로 일어난다.

어디 이빨만 아팠던가. 40대 후반부터 시름시름 앓으며 이 병원 저 병원을 찾아다니다가 뒤늦게 뇌하수체종양(腦下垂體腫瘍)이 발견되어, 54세때(1996) 수술을 받고 나서는 정기적으로 병원을 다니며, 처방받은 약을 한보따리씩 사들고 돌아와서 하루 세 번 밥 먹듯이 약을 먹고 살아야하니, 병을 달고 살아가며 병원에 매달려 살아가는 신세가 되었다. 거기다가 늙어가면서 무릎관절이 아파 계단을 오르내리기도 힘이 들고, 허리가 아파 몸을 굽히고 허리를 돌리기도 어려울 때는 마음이 온통 내 관절과 허리에 사로잡혀 있음을 보게 된다. 시력이 고도근시라 책의 작은 글씨를 읽기도 어렵고, 컴퓨터의 모니터도 보기 어려워, 글을 쓰기도 어려워, 일을 못하는 처지가 되고 말았다.

늙은 탓도 있지만 이제 온 몸이 부실하여 사방이 아프기만 하니, 더욱 절실하게 건강이 그리워진다. 과연 장자(莊子)가 "발을 잊는 것은 신이 발에 잘 맞기 때문이요, 허리를 잊는 것은 허리띠가 허리에 잘 맞기 때문이며, 시비를 잊는 것은 마음이 일에 잘 맞기 때문이다."(忘足, 履之適也, 忘要, 帶之適也, 忘是非, 心之適也.〈『장자』, 達生〉)라고 한 말이 새삼 절실하게 가슴에 와 닿는다.

돌아보면 내가 내 몸을 다 잊고 살았던 세월이 얼마나 되었던가. 젊은 시절 건강했기에 내 몸을 잊고 살았던 날들이 그립고 아쉽다. 또한 그 소중한 건강이 고마운 줄도 모르고 함부로 몸을 굴렸던 세월이 부끄럽고 죄스럽기 그지없다. 노년에 와서 나 자신이 살아왔던 과정을 돌아보면서 인생을 낭비한 죄를 통회하고 있다. 사실 내가 인생을 낭비한 죄는 '시간을 낭비한 죄'를 들어왔다. 그런데 이제 다시 생각해보니 '시간을 낭비한 죄'와 함께 '건강을 낭비한 죄'를 뉘우치지 않을 수 없다.

대학에 들어온 뒤로 자신의 건강을 소중히 할 줄 모르고, 술자리에서 과음(過飮)을 일삼았던 나의 어리석음이 참으로 부끄럽고 원망스럽기 그지없다. 군대에 입대한 뒤로 담배를 피우기 시작해서 아직도 완전히 못 끊고 있는 나의 나약함이 참으로 부끄럽고 답답하기만 하다. 아내가 내 건강을 돌보면서 담배를 끊게 하려고 모진 압박을 다 하고 있지만, 여전히 몰래 담배를 피우고 있으니 어찌 부끄럽지 않으랴. 또한 아내는 운동을 시키려고 무던히도 애를 썼건만, 여전히 운동을 게을리 하고 있는 나의 타고난 게으름이 부끄럽고 한심스럽기 짝이 없다.

내 몸이 이렇게 부실하여 사방에 병마(病魔)를 달고 다니며 살아가는 꼴을 스스로 돌아볼 때마다 너무 한심하고 답답하다. 그렇다고 하늘을 원망하랴, 조상을 원망하랴. 모든 것이 나 자신의 죄임을 고백하고 업보임을 인정하지 않을 수 없다. 그 죄가 얼마나 무겁고 그 업보가 얼마나 엄혹한 줄이야 나 자신이 잘 알고 있으며, 또 뼈저리게 후회한다. 그래도 말로만 후회할 뿐이라는 사실에 문제가 있다. 지금 당장에 한 가지라도 자신의 허물을 칼로 베어내듯이 과감하게 끊어서 고칠 줄을 모르니, 참으로 가련한 인생이로다. 이를 두고 부처님의 대자대비한 손길로도 구원을 받을 수 없는 '무연중생'(無緣衆生)이라 일컫는 것인가.

내 육신을 돌아보니 태생적으로 둔했던 것이 아닐까 하는 생각이 든다. 중학교 2학년때 체육시간에 100m 달리기 속도측정을 했는데, 모두가 18초안에 다 들어갔고, 나혼자 22초에 들어갔으니, 어찌 둔하다 하지 않으랴. 고등학교 1학년때 일과후에 친구 주일청군이 농구를 가르쳐주려고 한 시간 내내 애를 썼는데, 끝내 가망이 없다고 포기했다. 대학 1학년 여름방학때 친구 정영호군이 광나루에서 수영을 가르쳐줄려고 무척 열심히 노력했는데 강물만 먹다가 포기하고 말았다. 강릉에서 군대생활 할 때 같이 하숙하던 한상조군이 사교춤을 가르쳐줄려고 2,3일은 열심히 노력했는데, 내게 "선천적 박자감각 결핍자"라는 병명을 하나 붙여주고 포기했다. 결혼후에 아내가 수영을 내게 가르치려고 얼마나 오랫동안 애를 썼는지 잘 알지만, 요즈음은 포기한 것 같다.

그러나 둔한 몸을 타고났다 하더라도 열심히 노력한다면 둔한 몸도 활발하고 신속하게 움직일 터인데, 나 자신은 의지마저 유약하여 노력조차 하지 않았으니, 끝내 둔함을 벗어날 길이 없다. 옛 사람은 "남이 한 번에 할 수 있으면, 자기는 백 번을 하고, 남이 열 번에 할 수 있으면, 자기는 천 번을 해야 한다. 과연 이 도리를 할 수 있으면 비록 어리석더라도 반드시 총명해질 것이요, 비록 유약하더라도 반드시 굳세어질 것이다."(有弗行, 行之弗篤, 弗措也, 人一能之, 己百之, 人十能之, 己千之, 果能此道矣, 雖愚必明, 雖柔必强.〈『중용』20:20~21〉)라고 가르치셨는데, 나는 이 가르침을 입으로만 외울 뿐이요 끝내 저버리고 말았으니, 어찌 나의 죄가 아니랴.

이렇게 평생을 나태하게 보냈으니, 그 몸이 지극히 둔할 수 밖에 없고, 그 몸에 병마가 침투해 들어오지 않을 수 없었음을 인정한다. 내가 아프다고 하느님을 부르며 도와달라고 기도를 한다면, 그 얼마나 염치없고 방자한 태도가 아니랴. 비록 너무 늦었지만, 지금이라도 오직 자신을 채찍질하여, 이 둔한 몸을 일으켜 자주 움직여서, 조금이라도 유연하게 해주어야겠다. 이 일은 내 몸을 나 자신이 사랑하는 길이요,

부모가 남겨준 내 몸을 함부로 굴리지 않는 길이며, 아내가 그렇게도 걱정하는 마음을 조금이라도 위로해주는 길이 아니겠는가.

06

아득한 눈을 감다

　내가 원주 청향당(淸香堂)으로 내려오면서 가져왔던 몇 권의 책이 보이지 않아서 오랫동안 잊고 지냈다. 마침 아내 소정(素汀)이 다락방을 깨끗이 치워놓고서, 나보고 구경해 보라 하여, 다락방에 올라갔다, 여기서 나는 이 집 주인의 아이들 책 틈에 내가 찾던 책들이 꽂혀 있는 것을 발견하여, 우선 몇 권을 골라 가지고 내려와 내 책상 위에 올려놓았다.

　내가 골라온 내 책들 가운데서 그전에 아껴 읽던 한용운의 시집 『님의 침묵』을 먼저 손에 들고 뒤적이며 읽자니, 한 편을 읽기도 전에 눈물이 났다. 마치 한용운이 "첫 곡조가 끝나기 전에 눈물이 앞을 가려서 밤은 바다가 되고, 거문고 줄은 무지개가 됩니다."〈「거문고 탈 때」〉라고 읊은 그 모습이라 하겠다. 사실 나는 지금까지 다른 시인의 시를 읽다가 눈물이 난 일은 없었다. 그런데 유독 한용운의 시를 읽을 때는 눈물이 나는 것일까.

곁에서 바느질 하는 아내에게 첫머리에 실린 표제시(標題詩) 「님의 침묵」을 읽어주다가 한 번 눈물이 돌았고, 또 아내가 읽어달라는 「거문고 탈 때」를 읽다가 또 한 번 눈시울을 적셨다. 「님의 침묵」에서는 마지막 줄에 "제 곡조를 못 이기는 사랑의 노래는 님의 침묵을 휩싸고 돕니다."라는 구절을 읽을 때와, 아내가 읽어달라는 「거문고 탈 때」에서는 "당신은 나를 힘없이 보면서 아득한 눈을 감습니다."라는 구절을 읽을 때, 내 목소리가 흔들리고 눈물이 핑 돌았다.

한용운의 시집에서 단지 두 편의 시만 읽고 나서, 책을 덮었다. 더 읽고 싶은 마음이 나지 않았다. 다만 이 시가 왜 나를 슬프게 하는지 한 번 생각해 보고 싶었기 때문이다. 무엇이 이렇게 나를 슬프게 하는가. 내가 어찌 시를 안다고 하겠으며, 한용운의 가슴에 맺힌 님의 뜻을 안다고 하겠는가. 모두 나 자신을 생각하며 눈물이 나는 것이 아닐까 하는 생각이 들었다.

"제 곡조를 못 이기는 사랑의 노래는 님의 침묵을 휩싸고 돕니다." 라는 구절에서, 한용운은 자신의 님 곧 멸망하여 남의 나라 식민지가 되고 만 조국을 사랑하여 미어지는 가슴으로 부르는 노래가, 할 말도 없고 아무 약속도 못하며 침묵하는 조국에 대한 생각을 휩싸듯이 감돌고 있음을 말하는 것이 아닐까 짐작해 본다. 이 조국이 제 힘도 아니고 남의 힘으로 해방이 되었으나, 또 남북이 갈라져 피비린내 나는 전쟁을 벌였고, 외국 군대에 의지하여 반쪽의 나라를 지키는 처지에, 이제 또 국론이 분열되어 자중지란(自中之亂)을 벌이고 있는 이 시대의 답답한 현실을 지켜본다면 한용운의 가슴은 또 얼마나 미어터질까 하는 생각에 빠져들게 된다.

그러나 나의 슬픔은 내가 한용운처럼 '제 곡조를 못 이기는 사랑의 노래'를 불러본 적도 없고, 또 부를 줄도 모르는 벙어리라는 사실이다. 더 나가 내 가슴에는 한용운이 가슴 저리게 앓았던 뜨거운 사랑 같은 사랑이 없다는 사실이 나를 한없이 슬프게 한다. 나는 조국에 대한 사랑도 막연하고, 내가 평생을 바쳐온 학문에 대한 사랑도 애매하기만 하다. 그뿐 아니라 가족에 대한 사랑도 허약하고, 친구에 대한 사랑도 미약하다. 그렇다고 서정주가 노래한 것처럼, "꾀꼬리처럼 울지도 못할 기찬 사랑"〈「新綠」〉을 혼자서 가져본 일도 없다. 그렇다면 나는 어떤 존재인가. 내 삶은 무슨 의미가 있는가. 문득 내 존재와 내 삶이 너무 공허하여, 한꺼번에 와르르 무너지고 있다는 생각이 밀어닥쳐 눈시울을 적시게 되었던 것이 아닐까 하는 생각이 들었다.

"당신은 나를 힘없이 보면서 아득한 눈을 감습니다."라는 구절은 한용운의 님인 멸망한 조국은 아무 기력도 의지도 없으니, 이 나라 가련한 백성을 '힘없이 보면서' 눈을 감을 수 밖에 없을 것이다. 그가 그렇게도 애태우며 사랑한 조국도 너무 억울하고 가슴 깊이 한이 맺혔으니, 어찌 '아득한 눈'을 감지 않을 수 있겠는가 라는 생각을 해본다.

나는 '힘없이 본다'는 말과 '아득한 눈을 감는다'는 말에 나 자신이 끝없이 빨려 들어가는 것을 느낀다. 돌아보면 내 주변에는 조부모, 부모, 형제, 친척들 모두 그야말로 가난하고 힘없는 사람들만 모여 있었다. 그 속에서 큰소리 쳐본다 한들 빈 골짜기에 메아리조차 없었을 것이다. 모두 힘없는 눈으로 서로 바라볼 뿐이었다. 나도 평생동안 누구를 만나서도 힘없는 눈으로 바라보았을 뿐이다. 한용운의 시가 나를 울리는 것은 조국에 대한 사랑이 아니라, 바로 나 자신의 힘없는 삶을 아프게 되새기게 하기 때문이다.

'아득한 눈'의 눈빛에는 아무런 빛도 생기도 없는 회색빛이리라. 겁에 질리고 두려움에 떨면서 자신을 포기할 때 '아득한 눈'을 감게 되는 것이라 하겠다. 나는 내 학문을 위해 평생을 통해 온 정열을 다 기울였다. 그러나 내 학문에 한계가 깊은 벼랑처럼 보일 때, 나 자신은 '아득한 눈'을 감을 수밖에 없었다. 더구나 노쇠하면서 기력이 무너지듯 떨어지고, 기억력이 급격히 쇠퇴하자, 남은 세월 내가 할 수 있는 일과 하고 싶은 일이 컴컴한 어둠 속으로 사라져 들어가는 것이 보일 때, 나는 '아득한 눈'을 감을 수밖에 없었다. 또한 나의 자식들을 생각하며, 제 뜻대로 살아가기를 바라지만, 부모와 담을 쌓거나, 자기 속에 빠져 말이 통하지 않거나, 병이 있어 제 역량을 제대로 발휘하지 못하는 자식들을 바라볼 때는 또 '아득한 눈'을 감을 수밖에 없는 현실이 너무 슬펐음을 되돌아 보게 된다.

07
혼자서 가진 사랑

서정주의 시 「신록」(新綠)의 마지막 소절에서는 "아 ─ 나는 사랑을 가졌어라./ 꾀꼬리처럼 울지도 못할/ 기찬 사랑을 혼자서 가졌어라!" 라고 노래하고 있다. 이 시도 아내가 붓글씨로 써서 벽에 붙여놓아 자주 낭송한다. 과연 나에게는 나 혼자만이 지닌 '꾀꼬리처럼 울지도 못할 기찬 사랑'이 있기나 했던가. 과연 있었다면 무엇인가. 혼자서 곰곰이 생각에 잠기기도 했다. 그러나 처음부터 쉽게 찾을 수는 없었다.

「신록」의 문학적 해석이 어떠한지는 알 수 없다. 그러나 늦은 봄날 붉은 꽃잎이 펄펄펄 떨어져 내리는 광경, 곧 계절이 바뀌고 있는 장면에서, 흩날리는 꽃이나 지나가는 봄날을 사랑할 수도 있고, 떠나가 버린 추억 속의 여인을 사랑할 수도 있을 것 같다. 그러나 시인의 마음속에 '기찬 사랑'의 대상이 무엇이었던지는 상관없다. 나로서는 지나가 버린 자신의 청춘을 사랑하는 것으로 해석하고 싶다. 나에게는 떠나가 버린 추억 속의 여인이 없었고. 단지 혼자서 잠시 짝사랑했던 여인은 있었으니, 그 여인과는 아무 상관없는 내 젊은 날의 한 토막 감정의 파문이거나 추억일 뿐이다.

그러나 나로서는 지나가 버린 내 청춘을 생각할 때마다, 안타까움과 부끄러움이 첩첩이 쌓이고, 가슴속에서 회한과 동경이 소용돌이친다. 내 청춘에 대한 나의 사랑은 누구와도 공유할 수 없는 혼자만의 사랑이요, 대목마다 '꾀꼬리처럼 울지도 못할 기찬' 사연을 혼자서 앓고 있을 수밖에 없다. 자신의 청춘을 돌아보면서 회한이 없는 사람이 있으랴마는, 누구도 남에게 이야기하지 않을 것이다.

나는 청년시절 열정을 낭비한 것을 한없이 후회한다. 화사하게 꽃이 피는 봄날도 잠간 사이에 지나가고 마는데, 나는 그 청춘의 봄날에 방향을 잃고 엉뚱한 곳에 내 열정을 탕진하고 말았던 것이 너무 아섭고 분하고 슬프다. 시인이 "못견디게 서러운 몸짓을 하며/ 붉은 꽃잎은 떨어져 내려/ 펄펄펄 펄펄펄 떨어져 내려/…올해도 내앞에 흩날리는데/ 부르르 떨며 흩날리는데…"〈「신록」〉라는 구절을 읽으며, 다시 돌이킬 수 없는 내 청춘의 열정을 낭비한 죄를 가슴을 치며 후회한다.

그 많은 시간을 라틴어, 희랍어에 쏟아 부었는데, 대학을 졸업하기도 전에 이미, 아무 소용이 없는 엉뚱한 곳에서 방황했음을 깨달았다. 불어와 독일어에 기울였던 열정은 대학을 졸업하자마자, 내 생활 속에서 아무 소용도 없는 공허한 것이라는 사실이 확인되고 말았다. 앞을 내다볼 줄 몰랐으니, 길을 잃고 방황할 수밖에 없었다. 내가 평생 직업으로 삼고 일했던 도구인 한문은 젊은 날에는 눈길도 제대로 주지 않았으니, 그 업보를 평생 모질게 받으며 살지 않으면 안 되었다.

'붉은 꽃잎이 떨어져 내릴' 때만 '꾀꼬리처럼 울지도 못할 사랑'을 혼자서 앓고 있는 것은 아니다. 여름날 빗줄기가 하염없이 쏟아질 때도, 가을날 낙엽이 우수수 흩날릴 때도, 젊은 날의 추억에 빠지기만 하면, 회한이 밀물처럼 밀려온다. 군대생활을 4년이나 하면서 3년 동안은 거의 자포자기(自暴自棄) 상태로 내 꿈을 접고 말았다. 군복무 중의 어느 날 법과대학을 나온 동료 장교 한 사람이 술에 만취해 넉두리를 하면서, "내 청춘을 돌려다오."라 절규하던 광경이 지금도 눈에 선하다. 그는 나보다 훨씬 먼저 자신이 방황한 죄를 절감했음을 알고 있었던 것이다.

또 하나 젊은 날 가장 후회스러웠던 것은 술을 많이 마셨다는 것이다. 40대 초반에 병이 날 때까지 폭음을 많이 했다. 사람들에 이끌려 다니며 술자리에서 보낸 그 많은 시간을 되돌릴 수 없어서 너무 후회스럽다. 이제는 그날에 술에 취해 인사불성(人事不省)이 되었던 내 몰골을 회상하면, 부끄러워 어디든지 숨고 싶기만 하다. 그 어리석고 추악하던 꼴을 내 기억에서 지워버리고만 싶다.

군대에 입대하여 훈련과 교육기간이 끝나고 백령도(白翎島)에서 처음 근무하기 시작했던 1966년 가을부터 담배를 피우기 시작해서, 지금까지 끊으려고 수도 없이 시도해 보았지만, 여태 못 끊고 있는 내 모습을 돌아보면, 내 나약한 의지가 가련하기만 하다. 담배가 내 의지의 나약함만 드러내는 것이 아니라, 내 자존심마저 무너뜨리고 있는 사실이 나를 회한에 빠지게 한다. 인생을 다시 시작할 수만 있다면, 술과 담배는 쳐다보지도 않을 수 있으련만, 이미 늦어도 너무 늦고 말았다.

무엇보다 가슴 아픈 사실은, 젊은 날에 내가 자식들을 충분히 사랑하고 제대로 가르치지 못했다는 사실이다. 큰 딸 희정이는 벌써 몇 년째 부모와 만나지도 않을 뿐 아니라, 연락조차 끊고 있다. 막내인 아들

세혁은 부모와 대화조차 잘 하려들지 않으니, 모든 것이 내 과오요, 허물이다. 이 생각을 할 때 마다, 하늘을 우러를 수도 없어 통회하며, 나를 무겁게 짓누르는 죄의식으로 괴로워하고 있다. 문득 자식들 생각이 날 때는, 나도 모르게 "하느님."하고 외마디 소리를 지르고 있다. 옆에 있던 아내가 깜짝 놀라서 무슨 일이냐고 물으면, 나는 "이것이 나의 기도요."라고 둘러댔지만, 하도 자주 하니, 이제는 아내도 농담으로 "성가시게 왜 자꾸 불러."라 하며, 그냥 웃고 넘긴다.

'부르르 떨며 흩날리는' 꽃잎처럼, 내 청춘은 회한이 켜켜이 쌓였고, 젊은 날 나의 방황으로 저지른 죄가 너무 무거워 용서를 받을 길도 없음을 알고 괴로워 부르르 떨고 있다. 그래도 나는 이 젊은 날 죄 많고, 가련한 나 자신을 안타까운 눈길로 바라보며 사랑한다. 나에게 그 사랑은 '꾀꼬리처럼 울지도 못할 기찬 사랑'이요, 누구에게 호소할 수도 없는 '혼자서 가진' 내 젊은 날에 대한 안타까운 사랑이며, 내 인생에 대한 서러운 사랑이기도 하다.

08

그리운 사람을 그리워하자

금년은 유난히도 일기가 고르지 않았던 해인 것 같다. 봄에는 봄 가뭄이 무척 심했다. 사방에서 마늘농사를 망쳤다고 비명이다. 마을 노인들은 30년 만에 가장 심한 가뭄이라고 말하기도 한다. 여름에도 장마라 할 비가 제대로 내리지 않고 뒤늦게 비가 가끔 내렸다. 또 가을이 들어와도 날씨가 청명하지 못하고 구름으로 덮였던 날이 많았다. 그래도 어쩌다 구름 한 점 없는 날에는 짙푸른 하늘이 너무 맑아 가을을 실감한다.

이렇게 맑은 가을날 뜰에 나와서 그네에 앉아 흔들거리고 있노라면, 서정주의 시 「푸르른 날」이 생각난다. 아내는 좋아하는 시들을 골라 붓글씨로 써서 마루의 벽에 여러 장 붙여놓았는데, 아내와 나는 이 시를 특히 좋아하여 자주 낭송하고, 아내는 노래를 부르기도 한다.

"눈이 부시게 푸르른 날은/ 그리운 사람을 그리워하자./

저기 저기 저 가을 꽃 자리/ 초록이 지쳐 단풍드는데/
눈이 내리면 어이하리야/ 봄이 또 오면 어이하리야/
내가 죽고서 네가 산다면?/ 네가 죽고서 내가 산다면!/
눈이 부시게 푸르른 날은/ 그리운 사람을 그리워하자."

나는 이 시를 읽을 때 마다, 나같이 늙은이라야 이 시의 제 맛을 느
낄 수 있다는 생각을 한다. "저기 저기 저 가을 꽃 자리/ 초록이 지쳐
단풍드는데" 이제 초록빛 우거졌던 숲처럼 활기 넘치던 젊음은 흘러
가고, 세파에 시달리다 지쳐서 노쇠했는데, 그래도 가슴만은 젊고 차
라리 뜨거워, 단풍처럼 붉게 물들어 있지 않은가. 꺼지기 전에 마지막
으로 밝게 타오르는 촛불처럼, 뜨겁게 불타는 가슴을 어디에 쏟아 부
어야 할까.

"눈이 내리면 어이하리야/ 봄이 또 오면 어이하리야." 젊은 날에는
꽃만 찾아다녔는데, 이제 늙고 나니, 앞날이 얼마나 남았는지 헤아리
게 된다. 또 남은 날들에 무얼 해야 할지, 어떻게 해야 할지를 걱정하
게 된다. 이와 더불어 과연 얼마나 할 수 있을지, 제대로 할 수 있을지,
자신의 남은 날과 남은 힘을 진지하게 헤아리고 있다. 어디 그뿐인가.
이 겨울 추위는 어떻게 견뎌내야 할지, 과연 견뎌낼 수 있을지 걱정을
하고, 내년에 또 봄을 맞으면 멀리 꽃구경이나 갈 수 있을지, 아무데도
갈 수 없으면 어이하랴. 어찌 걱정스럽지 않겠는가.

"내가 죽고서 네가 산다면?/ 네가 죽고서 내가 산다면!" 주위에서
가까웠던 선배, 친구, 후배까지, 그리고 친척들도 하나 둘 세상을 떠나
는데, 가슴이 저리게 아프다. 그가 떠난 자리에 내가 떠났다면, 그의
가슴도 저렸을까. 삶과 죽음이란 과연 무슨 차이가 있는가. 죽음 이후

에는 다음 세상이란 없다고 부정해왔지만, 그래도 나도 모르게 자꾸만 마음이 쏠린다. 더구나 내가 사랑하는 아내와 자식들을 두고 떠나야 하는 것이 너무 아쉽고 안타깝기만 하다.

그러나 지금 내가 놓여있는 상황은 내가 아직 살아있다는 것이요, 지금 눈부신 가을 하늘 아래 밝은 햇살을 받으며, 그네에 앉아 흔들거리고 있다는 사실이다. 그렇다면 지금 이 눈부신 가을날에 무엇을 해야 한단 말인가? 이 시의 첫 구절과 마지막 구절에서 반복하며 강조하는, "눈이 부시게 푸르른 날은/ 그리운 사람을 그리워하자."라는 말 속에 바로 그 답이 있는 것 같기도 하다.

사실 한 세상 살고 나서 남는 것은 사람과의 인연이 아니랴. 사람과의 아름다운 인연을 빼고 나면, 높은 지위나 명예, 쌓아놓은 부유함이나 업적도 모두 허망한 껍질일 뿐이요, 먼지처럼 바람에 다 날라가 버릴 것이 아니랴. 사람과 만나면서 상처도 입었고 위로도 받았다. 사랑하고 존경할 줄도 알게 되었고, 미워하고 경멸할 줄도 알게 되었으니, 이것이 바로 인생의 속살이 아니랴.

요즈음 나는 원주 청향당(淸香堂) 뜰에 있는 그네에 혼자 앉아 흔들거리고 있노라면, 내가 평생을 살면서 만난 사람들을 더듬게 되는 일이 자주 있다. 이름을 잊은 사람도 있고, 얼굴이 생각나지 않는 사람도 있다. 젊은 날 나의 짝사랑만 받고 주변을 스쳐간 여인도 있다. 스승과 제자도 있고, 선배와 후배, 친구들이 여럿 있다. 그래서 혼잣말로, "아! 이렇게 많은 사람들을 만날 수 있었으니, 내 인생은 결코 허무한 것이 아니라 축복받은 것이구나."라고 혼자 중얼거린 일도 있다.

어린 시절 한 동내에 살았던 동무들, 이웃들 모습이 아슬하고, 초등학교를 같이 다녔던 친구들, 여자아이들도 떠올려 보지만 모두 희미하기만 하다. 중학교와 고등학교시절의 친구들 가운데 지금까지 우정을 이어가며 만나는 친구들이 가장 많다. 대학시절에도 깊이 사귀었던 친구들 가운데 이미 세상을 떠난 사람을 빼고, 셋이 한 해에 한두 번 만난다. 직장에서 만난 사람들도 많지만 친구로 우정을 나눈 사람은 손꼽을 사람이 별로 없다. 그래도 성균관대학에 같이 근무하던 선배 한 사람은 벌써 만난 지가 몇 해 되지만, 항상 내 마음 속에 자리 잡고 있다.

이렇게 그네에 앉아 몽상에 빠지듯이 옛 친구들을 머릿속으로 더듬고 있다 보면, 울컥 보고싶은 마음이 일어나고, 당장 일어나서 찾아가고 싶은 마음이 솟아오르기도 한다. 서정주는 "눈이 부시게 푸르른 날은/ 그리운 사람을 그리워하자."라고 했는데, 사실 이 가을날 그리움이 더욱 절실해지고, 자주 마음속에 떠오르는 그리운 사람이 몇 사람 있다. 그런데 어찌 그리워하고만 있단 말인가.

이미 세상을 떠나거나, 멀리 해외에 있다면 어쩔 수 없이 그리워하고만 있어야 하겠지만, 아직 몇 시간 거리에 같이 숨 쉬고 있는데, 어찌 그리워하고만 있어야 한단 말인가. 죽기 전에 만나 봐야지. 벌떡 일어났다. 그러나 무거운 몸과 마음을 주체하지 못해 다시 그네에 털썩 주저앉아버리고 만다. 그래서 어쩔 수 없이 "그리운 사람을 그리워하자."라는 구절을 다시 읊고 있을 뿐이다.

그리운 선배-영서(潁棲)형과 우현(又玄)형

서정주의 시 「푸르른 날」의 첫 구절, "눈이 부시게 푸르른 날은/ 그리운 사람을 그리워하자."를 음미하다가, 혼자 앉아서 곰곰이 생각해 보았다. 과연 나에게는 죽기 전에 꼭 만나보고 싶은 '그리운 사람'이 누가 있을까 더듬어 갔다. 자주 연락이 되거나 더러 만나는 정다운 친구들을 빼놓고 찾아보았더니, 딱 두 사람이 떠올랐다. 한 사람은 영서 남기영(潁棲 南基英)형이요, 또 한 사람은 우현 송항룡(又玄 宋恒龍)형이었다.

영서형은 대학시절 종교학과 1년 선배로 학생시절에도 친하게 지냈지만, 잠실 살 때 이웃에 살아 자주 왕래하며 더욱 친밀해졌다. 그는 청주고등학교 출신으로, 나이는 나보다 세 살 위로 정이 많은 분이요, 마음이 따뜻하면서도 생각이 깊은 분이었다. 졸업후 벨지움 루뱅대학에서 형이상학을 전공하여 박사학위를 받고 돌아와 경희대학 철학과에 재직했었다. 그는 대학1년 선배라 가까웠을 뿐 아니라, 집이 잠실 5단지 안의 이웃 동(棟)에 살았기 때문에 밤낮으로 그 댁에 놀러가서 살았다. 그의 부인 김용자(金龍子)교수는 사학과 출신으로 나와 대학 동기이었다. 내가 하도 자주 영서형 댁을 찾아다니니, 아내는 나를 놀리느라고, 내가 집을 나서면 "또 애인 만나러 가시오."하고 빈정대기까지 했다.

영서형과 만나 이야기하다 보면, 경험도 많고 생각이 깊어 항상 무엇인가 배우고 깨닫게 되는 느낌이었다. 또 그는 붓글씨도 잘 써서 그가 쓴 글씨 두 폭을 간직하고 있다. 하나는 주렴계(周濂溪)의 『통서』(通書, 誠上)에 나오는 '과감하게 결단하고 확실하게 시행한다'는 뜻으로 '과이확'(果而確) 세 글자를 큰 글씨로 쓴 것이 있는데, 여란헌(如蘭軒) 안방의 유리창에 붙여 놓았고, 또 하나는 『노자』 1장을 쓴 것으로 내 전용 베란다인 천산정(天山亭) 벽에 붙여두고, 자주 소리 내어 읽기도 한다.

그는 후배인 나를 무척 사랑하여 고향 괴산(槐山)에 데려가기도 했고, 자기 친구들 만나는 자리에 데려가기도 했다. 심지어 나와 같은 학과에 있자고 경희대학 철학과에 오라고 제안하기도 했고, 인하대 철학과에 같이 가자고도 했다. 그는 교유의 폭이 넓고 다양했는데, 그가 만나는 사람들에게 나를 데리고 나가 소개시켜주기도 했다. 어쩌면 나는 그를 친형처럼 따랐던 것 같다.

그런데 내가 낙성대(落星垈)로 이사를 가고, 영서형도 방학동(訪鶴洞)으로 이사를 가면서, 집이 서로 멀리 떨어져 만남이 갑자기 드물어졌다. 그래도 한 해에 한두 번은 찾아가서 만나 왔는데, 만날 때마다 그의 인품이나 생각이 내 마음에 깨우침을 주는 바가 컸었다. 참으로 그는 나에게 드문 '유익한 친구'(益友)에 틀림이 없다. 더 솔직하게 말하자면, 나는 그를 존경할 뿐만 아니라, 어쩌면 숭배하고 있는지도 모르겠다.

마지막으로 영서형을 만났을 때는 수유리 아카데미 하우스 옥상의 찻집으로 찾아갔고, 북한산 세 봉우리를 바라보며 담소를 즐기다가 저녁을 먹고서, 그가 잘 다니는 찻집을 찾아갔었다. 마침 그 찻집에 손님이 우리 둘 뿐이고, 주인은 이화여대 성악과 출신이라, 이렇게 조용할 때면 영서형은 노래를 청해 듣기도 한다고 해서, 나는 내가 좋아하는 가곡으로 정지용(鄭芝溶) 시인의 「향수」(鄕愁)를 청했더니, 피아노를 치며 불러주어서, 너무 즐거웠다.

그런데 그 다음 번에 만나고 싶다는 전화를 했더니, 그렇게도 좋아하던 담배를 끊고 있는 중이라고, 내가 담배를 끊으면 만나자고 했다. 그 후 한 번 더 전화를 했더니, 아직 담배피우는 사람과 만나기 어렵다는 대답을 했다. 내가 아직도 담배를 끊지 못하고 있으니, 만나자고 또 말할 용기가 나지 않아서, 벌써 몇 해째 못 만나고 있어 나도 안타깝다. 이번 기회에 한 번 더 전화를 해 볼까 고민 중이다.

우현형은 성균관대 유학(儒學)대학에 함께 재직하던 시절 친하게 지냈던 분으로, 용산고등학교 출신으로 나보다 5년이나 연상이다. 그는 노장(老莊)철학을 전공하는 사람답게 마음에 걸리는 것이 없어, 무척 너그러운 분이다. 그를 처음 만났을 때는 국립도서관 한적실(漢籍室)에 근무할 때였고, 그의 인품 어디엔가 끌려 내가 다시 찾아가 만났을 때는 단국대학 동양학연구소에 근무하고 있었다. 그는 사실 학교를 같이 다닌 적도 없지만, 나를 마음으로 따뜻하게 대해주어 고마웠다.

세 번째 만난 것은 성균관대 유학대학 유학과에 동료교수로 같이 근무하게 되면서, 허물없이 친하게 지냈다. 나는 일 년 뒤에 한국철학과로 옮겨갔지만, 유학대학의 많은 교수들 가운데 오직 우현형 한 사람과만 마음을 터놓고 친하게 지냈다. 내가 설악(경기도 가평군 설악면 사룡리 용문내 마을)에 시골집을 장만하자, 그가 나를 따라와 둘러보고는 자기도 나의 집 위쪽에 집과 땅을 사서 들어와 이웃 하여 지냈다.

1980년 5월 광주사태가 났을 때, 학교는 휴교를 했고, 뒤숭숭한 소문만 무성하여 마음을 안정시킬 수가 없었는데, 그와 나는 설악 시골집에 들어가서 며칠 동안 한 방에서 밤낮으로 바둑을 두기도 했다. 배가 고프면 같이 라면을 끓여먹고, 졸리면 자고, 잠이 깨면 다시 바둑 두기를 며칠 동안 하면서, 세상을 잊고 지내기도 했다. 내가 1985년 성균관대학을 떠나면서 자주 만나지는 못했다.

그는 설악의 집을 그대로 두고서, 당고개 너머 남양주시 별내동에 있는 덕능마을(德陵은 宣祖의 父 德興大院君의 墓로 興國寺가 願刹)에 시골집을 또 하나 장만하여, 은퇴한 뒤에도 이곳에 살면서 토요일마다 대중 강좌를 열어왔다. 나도 그곳에 나가 한 번 강연을 했던 일이 있고, 가끔 찾아가 밤을 새워 바둑을 두기도 했다. 그와 이야기를 하다 보면 그의 통찰력이 얼마나 툭 터져 있는지 감탄할 때가 많다. 결코 문헌의 해석에 매달려 있지 않고, 독창적인 해석을 하고 있는 점에 깊은 감명을 자주 받았다.

내가 원주로 내려가 살면서 지내는 동안 통 찾아가지 못했는데, 두어 번 전화를 걸어 안부를 물어주기도 했다. 그래서 어제는 오랜만에 '그리운 사람'을 만나 보려고 찾아나섰다. 우현형은 폐에 문제가 있어서 움직이기만 하면 숨이 가빠 괴롭다고 호소했다. 그래서 무척이나 좋아하던 담배를 끊었고, 이제는 운전도 못하는 처지가 되었다고 한다. 건강이 나빠 힘들어 하는 옛 친구를 만나니 마음이 안쓰러웠다.

이제는 나도 무릎관절이 나빠서 바닥에 앉아 바둑을 두기가 어려워, 함께 바둑은 두지 않았다. 그래도 그는 기억과 개념이 실상을 왜곡시키는 문제점을 짚어가고, 공간과 시간에 대한 자신의 창의적 해석을 진지하게 설명하였다. 또 노장사상과 불교의 긴밀한 연관성에 대한 깊은 이해를 해명하기도 하였다. 이처럼 그는 노장철학을 자신의 철학 속에 녹여서 해석하는 밝은 안목을 가지고 있음을 한마디 한마디에서 확인할 수 있었다.,

그래서 나는 그에게 "우현(又玄)선생은 창의적으로 해석하는 자득(自得)의 철학을 했고, 나는 글자를 풀이하는 훈고(訓詁)나 했군요. 말씀을 듣노라니, 눈이 환하게 열리는 듯하오." 라고, 나의 솔직한 심정을 토로했다. 돌아오는 길에 그리운 사람을 몇 해 만에 찾아가 만나고 오는 심정이 너무 뿌듯하고 즐거웠다. 서로 건강이 나쁘니 자주 만나기도 어렵고, 과연 살아서 몇 번이나 더 만날 수 있을까 생각하니, 쓸쓸함이 가슴에 밀려 왔다. 부디 내가 '그리워 하는' 마음의 두 선배가 건강하시기를 빈다.

10

그리운 어른-야인 김익진(也人 金益鎭) 선생

야인 김익진(也人 金益鎭)선생과의 처음 맺게 된 인연은 내가 대학 3학년 때(1964) 대구로 선생 댁을 찾아가 뵈면서 시작되었다. 앞서 나는 도서관에서 조선총독부가 간행한 『경주 남산의 불적』(慶州南山의 佛蹟)을 빌려 읽고서, 하나의 산줄기 속에 그 많은 불상과 불교 유적이 남아 있다는 사실에 놀랐고, 그 불상들의 다양함에 깊은 충격을 받았다. 그래서 직접 경주로 내려가 남산의 불상과 유적들을 찾아보겠다고 했더니, 선배 영서(潁棲 南基英)형이 야인선생을 먼저 찾아뵈라고 충고해주었다. 그래서 친구 이동삼(疏軒 李東三)군과 함께 대구로 댁을 찾아가 야인선생을 뵙게 되면서, 선생과의 처음 만남이 이루어졌다.

야인선생은 젊은 학생을 반갑게 맞아주시면서 손수 중국차를 따라주셔서 차를 처음 맛보았다. 선생은 다정하게 우리의 관심을 물어보시고, 친절하게 차근차근 대답해주셨다. 그 때 선생의 자상하신 말씀은 다 잊었지만, 신라의 문화와 예술에 대한 깊은 애정은 젊은이의 가슴에 강렬한 충격을 주셨고, 그날 그 자리의 분위기는 아직까지 기억에 생생하게 남아있다.

선생은 신라의 역사와 문화와 예술에 대한 체계적 연구를 위해, 'Sillalogy' 곧 '신라학'(新羅學)을 강조하셨고, 'Sillalogy'에 당신과 관심을 함께 하는 동지 가운데, 경주박물관장인 진홍섭(秦弘燮)선생과 경주 근화여고 미술교사인 윤경렬(尹京烈)선생께 각각 소개장을 써 주셨다. 그래서 경주에 도착하자 먼저 박물관으로 진홍섭선생을 찾아갔는데, 간단하게 설명하는 말씀을 들었지만 깊은 인상은 남지 않았다. 그러나 다음으로 윤경렬선생을 댁으로 찾아갔을 때는 밤이 늦도록 열정적인 설명을 들으면서 깊이 감동하였었다. 다음날 이동삼군과 나는 경주 남산의 동쪽 기슭을 밤이 늦도록 헤매다가 산속에서 길을 잃어 심하게 고생했던 기억이 남아 있다.

그 후로 서울에서 선배 영서형을 따라 몇 번 선생을 찾아뵙기도 했다. 이듬해(1965) 내가 4학년 때는, 영서형이 졸업을 하고 군복무를 하게 되자, 야인선생이 동숭동을 지나가시거나 학교 도서관을 찾아오시는 길에는 자주 나를 찾으셔서 선생의 사랑을 받았다. 그때 나는 23세이고, 선생은 60세이셨으니, 자식뻘인 젊은 나에게 언제나 "금형"이라 부르셔서, 내가 황송하고 민망하여, "선생님 제 이름을 불러주세요."라고 말씀드렸더니, "서로 마음이 맞는 사람과의 사귐에는 신체의 나이나 풍습과 격식은 다 잊어야 한다네."라고 정답게 말씀하시면서, 노인과 젊은이가 마주 보며 담배를 피울 수 있어야 한다는 '통죽론'(通竹論)을 펼치셨다.

선배 영서형은 졸업하기 전에 어느 날 선생을 따라 선생의 조카(형

님인 김우진선생의 아드님)이며 문리대 언어학과 교수이신 김방한
(金芳漢)교수댁을 갔을 때, 김방한교수가 뒤늦게 귀가하시자, 인사를
시키면서, 학생이었던 영서형에게는 "내 조카 방한일세."라 하고, 조
카 김방한교수에게는 "방한아 인사해라. 내 친구 남기영형이다."라 하
셔서, 민망해 어쩔 줄 몰랐었다고 했다. 이처럼 선생은 격식에 사로잡
히지 않는 파격적인 자유인이셨다. 어쩌면 시비와 생사를 다 잊은 무
한한 경지인 장자(莊子)의 '무경'(無竟)에 머무셨거나, 아무 것에도 걸
림이 없이 자유로운 불교의 '무애'(無碍)에서 노니셨던 것이 아닐까
생각해본다.

　가끔 선생을 모시고 동숭동 대학교정을 걷다가, "금형. 술 한 잔 하
러 갑시다."라 하시며 손을 끌어 정문 앞 길 건너 식당에 가서 '잔 소
주'를 두 잔 정도 하면서 말씀을 하셨는데, 그 시절 나는 너무 가난해
서 항상 주머니가 비어있었으니, 한 번도 선생께 대접해 본 일이 없었
던 것이 못내 아쉽다. 선생이 60세때 나의 돌아가신 조부가 살아계셨
다면 67세였으니, 연세로 보면 선생은 나에게 조부뻘이라 해도 될 수
있는 분이셨는데, 비록 짧은 기간이었지만 선생은 내 조부보다 더 따
뜻한 사랑을 나에게 베풀어주셨다.

　어느 날은 해외공연을 떠나는 퉁소연주자의 연주를 들려주시려고
종로 뒷골목 어느 집으로 나를 부르기도 하셨고, 그해 마지막 날에는
대구역에서 경주 가는 기차를 기다리시면서, 봉덕사(奉德寺) 종소리
를 들으러 경주 가는 길이라 말씀한 엽서를 보내주시기도 하였다. 이
처럼 선생은 나에게 '우리 소리'에 대한 관심과 이해를 일깨워주려고
애쓰셨는데, 내가 음치요 들을 귀가 없어서, 끝내 소리를 제대로 이해
하지 못했던 것이 참으로 부끄럽기만 하다.

우리문화에 대한 사랑은 소리와 불상 조각과 건축과 유물에 까지 세심히 미치셨는데, 내가 군복무 중이던 1969년초 선생께서 보낸 편지에 내가 제대한 다음 경주박물관에 취직하여 학예관이 되어서 신라문화와 예술을 연구하라고 말씀하셨다. 곧 나에게 'Sillalogy'연구를 계승하라는 당부이셨는데, 나는 끝내 선생의 말씀을 따르지 못하고 말았으니, 선생께 면목이 없다.

그래도 선생이 번역하신 오경웅(吳經雄)의 『동서(東西)의 피안(彼岸)』과 『내심낙원』(內心樂園) 등을 읽으면서, 유교 · 불교 · 도교의 동양사상과 종교에 가슴을 열고 서로 어울리는 천주교신앙의 모습에 깊은 인상을 받았다. 선생이 추구하던 동서사상의 융화론은 우리사회의 그리스도교가 빠져있는 서구지향적 독선과 폐쇄성을 극복하는 길을 열어주려는 일이었다.

선생은 천주교인이지만, 다른 종교와 문화의 깊이와 아름다움을 찾아내는 밝은 눈을 가지셨고, 그들의 말을 알아들을 수 있는 밝은 귀를 가지셨다. 그래서 선생의 가슴은 어떤 관습이나 격식에 얽매이지 않을 뿐 아니라, 어떤 신념체계에도 사로잡히지 않는 툭 터진 분이셨다. 나는 선생의 가르침에 약간의 깨우침을 받았기에, 한국유교를 전공하면서도 유교와 다른 종교 사이의 갈등과 이해에 관심을 기울일 수 있었던 것이 아니었던가 하는 생각이 든다.

특히 선생께서 번역하신 정하상(丁夏祥)의 「상재상서」(上宰相書)와 황사영(黃嗣永)의 「백서」(帛書) 등은 내가 대학원생 시절 조선후기에 서학(西學: 천주교와 서양과학)이 전래할 때 천주교신앙과 유교의 갈등과 교류문제를 박사학위논문의 중심과제의 하나로 삼게 되는 길잡이의 역할을 해주셨다. 돌아보면 내 삶의 여러 갈래 핏줄 속에는 야인선생이 심어주신 씨앗이 싹이 터서 자라나고 있었던 사실을 뒤늦게 깨닫게 되었다. 다만 성생의 깊은 뜻을 깨닫고 본격적으로 심화시키지 못한 나의 무능함을 더욱 절실히 뉘우칠 뿐이다.

그동안 모르고 지내다가 이번에 경북 군위군(軍威郡)에 소재한 수목원인 사유원(思惟園) 안에 야인선생을 기념하는 작은 경당(敬堂)을 짓고 축성하는 자리에 참석하게 되면서 살펴보니, 야인선생을 추모하는 문집도 벌써 3권이나 출간되어 나와 있고, 선생의 저작과 행적이 자세하게 연구되어 왔던 사실에 새삼 놀랐다. 그러고 보면 나는 김야인선생의 생애에서는 잠시 남모르는 사이에 스쳐간 사람의 하나였음을 알겠다. 그럼에도 불구하고, 선생의 그 파격에 숨겨져 있는 '열린 마음'과 우리 전통문화의 아름다움을 사랑하는 '깊은 심미안'과 종교와 종교의 상호 이해를 중시하는 '툭 터진 소통의 정신'은 내 마음속 깊이 잊혀지지 않고 간직되어 갈 것이다.

11

진흙소가 달을 머금고

내가 군대에서 제대하고 대학원 석사과정을 다닐 때였다. 지금은
고인(故人)이 되었지만, 나의 대학시절 종교학과 동기생이요 심우(心
友)였던 이동삼(李東三)군이 당시 태백산맥 속의 깊은 골짜기에 들어
있는 울진중학교 삼근(三斤)분교에 교사로 있었는데, 그는 학교에서
십리쯤 떨어진 불영사(佛影寺)에서 방을 하나 얻어 하숙생처럼 지내
고 있었을 때였다.

나는 친구의 초대로 여름과 겨울에 방학 네 번을 그와 함께 보냈으
니, 8개월 가까운 날들을 불영사에서 이 친구와 같이 지냈다. 친구가
머물었던 방은 불영사의 강당 한쪽 끝에 붙어 있는 방인데. 현판이 '니
우함월당'(泥牛含月堂)이었다. 문자 그대로 "진흙소가 달을 머금었
다"는 말인 줄은 알았지만, 무슨 뜻을 지니고 있는지 알지도 못했고,
또 굳이 알려고도 하지 않았다.

불영사 앞을 흐르는 계곡 곧 불영계곡(佛影溪谷)의 냇물은 내설악

(內雪嶽) 계곡을 흐르는 물처럼 맑다못해 옅은 국화꽃빛깔이 감돌았다. 여름철에는 냇가 너럭바위에 올라앉아 책을 읽기도 하고, 겨울에는 뜰에 깔린 눈 위에 햇살이 비치면 얼어서 결정을 이룬 눈이 보석처럼 형형색색으로 빛나는 황홀한 광경에 심취했었다. 또 겨울밤에는 쌓인 눈의 무게를 이기지 못한 장송(長松)들의 솔가지가 뚝뚝 소리를 내며 부러지는 소리를 잠들 때 까지 귀기우려 듣곤 했다. 내 일생에 가장 편안하고 행복했던 시간이었다.

어느 해 겨울방학 때 이동삼은 친구 한 사람을 더 초청하여 셋이서 며칠간 지냈던 일이 있었다. 이때 찾아왔던 친구가 약학대학을 졸업한 대학동기인 김현(金賢)으로 직장에서 휴가를 얻어 멀리 찾아와 며칠 함께 지냈다. 김현은 뒷날 나의 처남이 되었으니 불영사에서 보낸 인연이 깊었다. 셋이서 어느 날 머물고 있는 방의 현판인 '니우함월당'을 바라보면서 장난기가 발동했다. 그래서 앞으로 결혼을 해서 아들을 먼저 낳는 사람은 아들이름을 '니우'(泥牛)라 짓고, 딸을 먼저 낳는 사람은 딸이름을 '함월'(含月)이라 짓기로 약속을 했다.

그후 김현이 먼저 딸을 낳았는데, 가족들의 반대가 심해 집에서만 별명처럼 '함월'이라 부르고, 호적은 다른 이름으로 올렸다. 그러나 이동삼은 그 뒤 아들을 낳자, '니우'라는 이름으로 호적에 올렸다. 사실 나는 '함월'이나 '니우'라는 이름이 자연스럽지 않아서 정말 호적에 올리리라고 생각하지 않았는데, 이동삼은 천성이 우직하여 한 번 약속한 것은 그대로 실행하는 모습을 그대로 보여주었다.

그후 이동삼은 대만대학에 유학을 갔다와서 방송통신대학 중문학과 교수를 하다가 지병(持病)으로 일찍 세상을 떠났다. 이 친구가 그리울 때면 언제나 불영사를 떠올렸다. 지금은 우리가 머물던 불영사의 그 방도 사라지고 현판도 없어졌지만, 그 시절 '니우함월당'이 자주 머리에 떠올랐다. 그래서 불교를 전공하는 학자를 만나면 '진흙소가 달을 머금었다'는 말이 무엇인지 묻곤 했는데, 설명이 복잡하여 머리에 남아있지를 않았다.

그러다가 며칠전 어느 시인이 '니우함월'이 들어있는 게송을 예로 들어 선시(禪詩)를 읽는 법을 길게 설명한 글을 보고 반갑게 읽어보았다. 나야 불교의 용어나 이론에 문외한이라 여전히 설명을 알아듣기가 어려웠다. 그래도 이미 마음속에 오랜 세월 간직해온 '니우함월'이라는 말의 뜻을 좀더 분명하게 이해하기 위해서, 내 나름대로 편하게 이해하기 위해 해석을 시도해 보았다.

조선초기 스님인 고봉 법장(高峯 法藏, 1351-1428)은 원묘(原妙) 혹은 지숭(志崇)이라는 이름으로도 불리고 있었다 한다. 그가 지은 『선요』(禪要)에는 나와 인연이 있는 '니우함월'의 구절이 들어있는 게송(偈頌) 한 편이 있다. 먼저 그 내용을 직역하면 다음과 같다.

海底泥牛含月走　바다 밑에서 진흙소가 달을 머금고 달리며,
巖前石虎抱兒眠　바위 앞에서 돌 호랑이가 새끼를 품고 잠들었구나.
鐵蛇鑽入金剛眼　쇠 뱀이 금강역사(金剛力士)의 눈을 뚫고 들어가고,
崑崙騎象鷺鷥牽　곤륜산이 코끼리를 탔는데 해오라기가 끌고 가네.

게송의 뜻이야 일상의 언어를 초탈한 것으로, 선사(禪師)가 얻은 깨달음의 깊이에 따라 여러 층으로 해석될 것이다. 그러나 나야 깨달음이 없으니, 어쩔 수 없이 마음대로 해석할 수 밖에 없었다. 아마 게송의 본뜻에는 크게 어긋나는 천박하고 엉뚱한 해석으로 웃음거리가 될

수도 있을 것이라 짐작은 된다. 다만 내 눈에 비친 의미를 밝혀본 것일 뿐이니, 선사의 깊은 깨달음이 품고 있는 의미와 견주어볼 생각은 애초에 없다. 내가 느끼는 대로 해석한 것을 소개하면 다음과 같다.

海底泥牛含月走   바다 밑처럼 어둡고 두려운 세상의 바닥에서 살아가는 진흙으로 빚은 한 마리 소처럼, 인간이야 허망한 존재이지만, 진리를 가슴에 품었기에 열심히 살아가며,

巖前石虎抱兒眠   바위벼랑처럼 꽉막힌 세상에서 돌로 다듬은 호랑이처럼 강퍅하고 굳어진 마음이라도, 새끼 사랑하는 그 자비심 있기에 인간의 삶에도 평화로운 휴식이 있다네.

鐵蛇鑽入金剛眼   쇠로 만든 뱀처럼 날카롭고 사악한 심술이 불법(佛法) 지키려고 부릅뜬 금강역사(金剛力士)의 눈마저 파고드는 것이 현실세상의 모습이라지만,

崑崙騎象鷺鷥牽   곤륜산같이 거대하고 무거운 짐을 실은 온순한 코끼리 한 마리의 신세라도, 해오라기처럼 순결하고 밝은 지혜가 험하고 고통스런 길도 가볍게 이끌어주네.

세상은 험난하고 인간의 한 몸 허약하기 그지없지만, 그래도 인간에게는 하늘이 내려준 선한 천성이 있고 양심이 등불노릇을 하여 어둡고 험한 세상을 견디며 올곧게 살아가고자 노력하는 것이리라. 세상인심은 바위처럼 굳고 강퍅하며, 자기 가슴 속에도 온갖 미움과 분노가 들끓고 있지만, 그래도 자식사랑에서 드러나는 그 '사랑'의 마음

한 가지가 있어서 따뜻하게 불을 지펴서 얼어붙은 세상에서도 잠시나마 행복하고 평안한 순간이 찾아오는 것이 아니랴.

인간은 진리를 밝혀내고 지켜가려고 눈을 크게 부릅뜨고 있지만, 진리를 밝히고 지키는 눈길에도 자신의 탐욕과 독선과 간교함이 파고드니, 진리라는 이름을 내걸고 서로 분열하여 온갖 대립을 일으키고, 서로 증오와 살육을 저지르고 있는 것이 엄연한 현실이 아니랴.

그렇다면 희망은 어디에 있는가? 인간은 역사의 무거운 유산과 사회현실의 복잡한 문제와 미래를 열어가야 하는 어려운 과제를 짊어지고 있다. 그러니 그 짐의 크기와 무게로 말하면 온 지구를 한 몸으로 싣고 가야 하는 엄청난 압박을 받고 있지만, 그래도 인간에게는 지혜의 빛이 주어져 있기에 험난한 길을 열고나와서 놀라운 성취를 이루어왔던 것이 사실이 아닌가.

인간의 삶이란 고통 속에 기쁨이 있고, 증오를 이겨내는 사랑이 간직되어 있으며, 선량함으로 사악함과 싸워가야 하는 것이요, 시련이 있기에 성공이 더욱 빛나는 것이 아니랴. 예리한 칼날이 뜨거운 불 속에서 단련되듯이, 선은 악의 불길 속에서 단련되고, 행복은 고통의 시련을 견뎌내었을 때 얻어지는 것이리라. 그러기에 세상은 원래 밝음과 어둠, 더위와 추위, 안락함과 괴로움, 선과 악이 함께 있는 것이 아닐까. 그렇다면 구원은 아무 괴로움도 슬픔도 수고로움도 없이 즐겁고 기쁘고 편안한 세상에 도달하는 것이 아니요, 진리도 아무런 거짓과 과오의 검증이 없이, 단지 진실과 올바름만으로 밝혀지는 것이 아님을 말해준다. 이처럼 이 게송은 현실세계의 빛과 그림자가 뒤얽혀 있는 사실을 직시하면서 빛을 향해 나아가는 용기와 희망을 북돋아주고 지혜를 열어주는 구도(求道)의 길을 노래한 것이라 이해하고 싶다.

12

친구를 생각하며

소년시절은 어디로 흘러갈지 방향을 찾아 돌고 있는 옹달샘처럼, 꿈에 취해 있어서, 나와 너의 경계에 사로잡히지 않았다. 그러기에 비록 감정의 수준을 벗어나지 못한다 하더라도, 자신을 다 벗고 친구와 사귈 수 있었다. 그러나 중년에는 급히 흐르는 계곡물이나 냇물처럼 앞으로만 정신없이 달려가다 보니, 주위를 돌아볼 겨를이 없었다. 그래서 친구를 사귀어도 같은 관심에 한정이 될뿐더러, 깊이 사귀기도 어려웠던 것 같다. 소년시절의 우정은 꿈을 나누고, 중년의 우정은 성공을 나눈다면, 노년의 우정은 인생을 나누어야 할 차례가 된 것이 아닐까.

이제 늙어서 한가로워지니 유유히 흐르는 강물이나, 고요히 쉬고 있는 호수처럼, 사방을 둘러볼 시간이 많아졌고, 주위의 사람이나 사물을 침착하게 살필 수 있는 여유가 생겼다. 그래서 친구를 사귀어도 마음이 통하는 친구를 찾게 되고, 함께 인생을 돌아보고 내다보는 새로운 깊이로 사귀게 된 것 같다. 그런데 노년에 와서도 소년시절의 친구를 변함없이 사귄다는 것은 특별한 의미가 있다. 소년시절의 친구는 고향처럼 향수를 일으키는데, 노년에 와서 마음에 맞는 소년시절의 친구를 다시 만나면 풋풋하던 소년시절의 꿈이 살아나 메마른 노년의 삶을 촉촉이 적셔주지 않겠는가.

나는 유난히 남 앞에 나서기를 두려워하고, 언제나 자신의 동굴 속에 숨어 살기를 좋아하는 매우 소극적인 성격이다. 그래서 수영 잘하는 아내에게 '물고기 띠'라 불렀는데, 나 자신을 돌아보니 책 더미 속에서 굴만 파고 살았으니, '두더쥐 띠'가 아닌가 하는 생각이 든다. 그래도 소년시절에는 좋은 친구들을 여러 명 사귀었던 것 같다. 다시 보니 때로 가까웠던 친구가 멀어져가기도 했고, 멀었던 친구가 가까이 다가오기도 했다.

이제 늙어서 자주 만나는 가까운 친구들은 노년의 내 삶을 가장 행복하고 풍성하게 해주는 소중한 존재이다. 만나면 즐겁고, 멀리 있으면 늘 그리워진다. 만나서 담소를 하거나, 함께 국내여행도 하고 해외여행도 할 때면 지극한 즐거움(至樂)에 도취되는 축복을 받기도 한다. 진(晉)나라 육기(陸機: 東吳 陸孫의 손자)의 시 「초은」(招隱)에서 "지극한 즐거움에는 거짓됨이 없네."(至樂非有假)라 읊은 것처럼, 그 지극한 즐거움은 진실한 우정에서 우러나오는 것이리라.

내가 친형처럼 따르는 대학선배로 영서(潁棲 南基英)형이 있는데, 내가 옛 친구들과 만나는 즐거움을 자랑스럽게 이야기하자, 그는 "늙어서 친구가 있다는 것은 잘 늙어간다는 말이지. 친척이나 부부는 생물적 본능으로 맺어진 관계이지만, 친구는 아무 전제 없이 좋아하는 사람의 순수한 만남이라네."라고 조언(助言)하면서, 친구의 소중함을 언급하였다.

또 영서형은 "우정이란 가장 지성적인 인관관계라네. 어린아이는 남을 배려할 줄 몰라 깊은 우정이 없고, 노인은 고집이 세어서 친구를 사귀기가 어려운데, 늙어서도 우정이 깊다는 것은 가장 지성적 삶의 모습이 아니겠는가."라 하여, 노년의 우정이 가장 깊고 높은 차원의 지성적 삶이라는 사실을 일깨워주었다. 음미할수록 깊이 공감이 되는 말씀이었다.

늙어서 친구와의 만남에는 담소를 통해 평생을 살아온 경험담이 서로의 가슴 속으로 흘러 넘어서 공유하게 되는 느낌을 갖게 된다. 공자의 제자 증자(曾子)는, "군자란 학문으로써 벗을 모으고, 벗으로써 어진 덕을 돕는다."(君子以文會友, 以友輔仁.〈『논어』12-24〉)라 했다. 나의 친구들은 소년시절부터 맺어진 우정인데, 세월이 가면서 더욱 깊어진 것이며, 서로 나누는 인생의 경험이 나의 인생을 학문보다 더 폭넓고 뿌리 깊은 인생으로 이끌어주는 사실을 확인하고 있다.

친구와 마주 앉아 살아온 이야기를 듣다보면, 내 인생이 더 풍요해지는 것을 생생하게 느낄 수 있으니, 이것이 바로 우정의 진정한 모습으로 '서로 붙어 있는 두 연못'을 뜻하는 '이택'(麗澤:『주역』兌卦의 象辭)이라는 말에서도 엿볼 수 있을 것 같다. 친구란 서로 마주보고 담소하는 가운데, 서로 가슴속의 메마른 부분을 적셔주기도 하고, 자신에서 넘치는 것을 나누기도 하니, 우정이란 서로 인생의 진정한 의미를 찾도록 도움을 주고받는 가운데 자라는 것이 아니랴.

나는 정담(靜潭 金基敦)과 이야기 하다보면, 그의 탁월한 예지와 통찰력에 자주 놀라면서, 나의 우둔함을 채찍질 할 수 있어서 깊이 고마워한다. 청라(靑羅 金永寬)의 이야기를 듣다보면, 그의 삶이 얼마나 풍부한지 또 곤란한 상황에 처할 때마다 얼마나 지혜롭게 판단하고 대응하였는지에 대해 감탄을 금할 수 없다. 화경(和鏡 朱一晴)은 따뜻한 마음이 내 얼어붙은 가슴을 녹여주어 고맙다. 그런데 이제 내 몸에 병이 깊어서 술을 대작할 수 없으니, 술자리가 괴로워 피할 때가 많아져서 항상 미안하게 생각한다. 선암(仙巖 金榮漢)을 만날 때마다 언제나 내가 묻고 그의 대답을 들으며, 그의 학문적 폭이 얼마나 넓고 깊은지 항상 경탄을 금하지 못한다. 그러나 그의 건강이 나빠서 몇 달에 한 번쯤 만날 뿐이라 아쉽다. 붕서(鵬棲 李雄淵)는 건강에 심각한 문제를 안고 있는데도, 늘 밝고 활기찬 모습에 경외(敬畏)하지 않을 수 없다. 그는 세계를 누빈 여행가여서, 그와 여행할 때 많은 것을 배울 수 있어서 너무 좋았다. 성상현(井巖 成商賢)은 최근에 가끔 만나게 되는데, 언제나 진지하고 열정적인 모습이 부럽기만 하다. 사업가인 그의 경험담을 들을 수 있는 기회를 기다리고 있다.

이러한 나의 친구들은 그들의 넉넉한 경험과 지혜가 흘러넘쳐서, 나의 공허한 가슴을 채워주고 있다는 사실에 언제나 감사하는 마음을 간직하고 있다. 그러다 보니, 나의 인생경험이 너무 비좁고 얕아서 친구들로부터 도움을 크게 받지만, 친구들에게 아무 도움이 못되는 사실이 항상 미안하기만 하다. 그래도 친구들은 나를 탓하지 않고 너그럽게 품어주니, 어찌 고마워하지 않겠는가. 모두가 나의 복이요, 또 나의 허물이기도 하다.

정담과 청라와는 국내여행을 자주해왔고, 해외여행도 몇 번 함께 다녔다. 셋이 함께 만나면, 밤이 늦도록 끝없이 이어지는 이야기에 도취하여 잠을 잊어버렸다. 셋이 함께 쉼 없이 담배연기를 피워 올리며, 마치 향을 사르며 기도하듯이, 우리는 소년시절의 맑은 정신을 다시 깨어나게 했다.

"군자의 사귐은 담박하기가 물과 같고, 소인의 사귐은 달콤하기가 단술과 같다. 군자는 담박함으로써 더욱 친해지고, 소인은 달콤함 때문에 쉽게 끊어진다."(君子之交淡若水, 小人之交甘若醴. 君子淡以親, 小人甘以絶.〈『장자』, 山木〉)고 했는데, 우리들의 사귐은 고요한 담소 가운데 익어가며, 계곡물소리나 솔바람소리처럼 맑고 서늘하니, 이 또한 감히 군자의 우정이라 할 수 있지 않겠는가.

백아(伯牙)가 거문고를 타면, 종자기(鍾子期)가 그 소리의 깊은 뜻을 알아주었으니, '지음'(知音)의 사귐은 벗을 사귐에 가장 높은 차원의 하나라 하겠다. 우리는 악기를 연주하지도 노래를 부르지도 않지만, 서로의 가슴 속 깊이 묻어두었던 이야기를 굽이굽이 펼쳐내고, 서로 친구의 이야기를 자신의 가슴 속에 소중히 간직하니, 이 또한 '지음'의 사귐이라 하지 않겠는가. 너의 마음과 나의 마음이 서로 흘러드니, 노년의 메마른 가슴에 친구가 있어서 언제나 촉촉이 젖어들 수 있고, 다시 두근거리게 하니, 이 어찌 축복이 아니랴.

13
나주 배 한 상자

고려말 이조년(梅雲堂 李兆年, 1269-1343)의 시조에, "이화(梨花)에 월백(月白)하고 은한(銀漢)은 삼경(三更)인제/ 일지(一枝) 춘심(春心)을 자규(子規)야 알랴마는/ 다정(多情)도 병(病)인양 하야, 잠 못 들어 하노라."는 시조를 소년시절부터 외웠지만, 그 맛을 제대로 알지를 못했다. 이제 다 늙어서야 이 시조의 맛을 제대로 새길 수 있을 것 같다. 노인은 낮잠은 많고 밤잠이 없으니, 달 밝은 봄날 밤이면 한밤중에 뜰을 왕래하면서, 달을 쳐다보기도 하고, 달에 비친 세상을 바라보기도 하며, 달빛이 비친 꽃을 감상하게 된다. 배꽃이야 집안에 없어서 못 보았지만, 매화꽃처럼 하얀 꽃이라 하니, 달빛이 어리는 꽃잎은 더욱 창백하여 신비로움이 깃들지 않겠는가.

30년쯤 전이었다. 전남 신안군의 지도(新安郡 智島)라는 섬은 조선말기 도학자인 김평묵(重菴 金平默)이 유배 갔던 곳이다. 나는 이곳에서 강연을 할 일이 있어서, 아내와 같이 내려갔다. 날씨가 나빠 광주공

항에 비행기가 내리지 못한다 하여, 목포공항에 내렸다. 택시를 타고 해제반도(海際半島)를 지나가는데, 길 양쪽으로 바다가 내다보이는 그림같이 아름다운 경치에 감탄했다. 돌아오는 길 버스를 타고 광주로 나오는데, 나주를 거쳐서 가는 길에 차창 밖으로 눈이 내린 듯 사방이 온통 배꽃으로 새하얗게 뒤덮여, 배꽃의 황홀함을 만끽했던 기억이 아직도 눈에 선하다.

사실 배야 가을철이면 자주 먹어 왔던 과일이고, 특히 신고배가 연하고 달콤하여 무척 좋아했다. 그런데 그동안 나주 배를 먹어본 기억은 없다. 그런데 며칠 전 보령(保寧)에 사는 옛 친구 김영관(金永寬)이 나주 배 한 상자를 택배로 서울 방배동 집 천산정(天山亭)에 보냈다는 전화를 받았다. 우선 고맙다는 인사를 거듭하고 잠시 안부를 묻고 나서 전화를 끊었다. 다시 책상 앞에 앉으니, 벌써 배의 달콤한 맛이 입안을 감돌았다.

지난 번 내가 이웅연·김영관·주일청을 점심에 초대하여 교대역 근처에서 설렁탕을 한 그릇씩 먹고, 이웅연이 제과점으로 데려가 뒤풀이로 아이스케이크 하나씩 먹으며, 세상 이야기와 생활 이야기를 한참 하다가 헤어졌다. 처음에는 함께 독일여행을 했던 붕서(鵬棲 李雄淵)와 정담(靜潭·金基敦)과 셋이 만날 계획을 세웠는데, 정담이 사정이 있어서 못 오겠다고 했다. 그래서 나는 이웅연에게 나를 만나러 나오라고 하기가 미안해서, 다른 친구 누구를 부르는 것이 좋을까 고민하지 않을 수 없었다.

그래서 고심 끝에 먼저 선암(仙巖 金英漢)에게 전화를 했더니, 역시 사정이 있어서 나올 수 없다고 한다. 그 다음으로 보령(保寧)에 사는 김영관이 오면 잘 어울리는 모임이 되겠다고 생각이 들었다. 문제는 보령에서 농사 일로 바쁠 사람을 서울까지 와서 설렁탕 한 그릇 먹고 내려가라 하기에는 너무 미안한 일이라, 어떻게 이 호걸을 서울까지 유인할 수 있을지 한 시간은 궁리를 했을 것이다. 화경(和鏡 朱一晴)은 쉽게 참여하겠다고 했다.

그러다가 갑자기 떠오른 생각은 작년에 김영관의 집에서 하룻밤 묵으며 바둑을 두었을 때, 바둑판이 몹시 낡았다는 사실을 기억해냈다. 그런데 내게는 안 쓰고 있는 최고급 바둑판이 있으니, 이를 선물하면 효과가 있을 것이라는 생각이었다. 두께가 한 뼘이나 되고 나이테로 200년이 넘는 비자나무 바둑판이며, 프로9단 노영하씨가 서명을 한 것이라는 등 온갖 장점을 다 들추어 설명했더니, 과연 흥미 유발에 성공했다. 점심약속 시간 보다 한 시간 먼저 '천산정'에 와서, 발이 달린 두꺼운 바둑판을 김영관에게 넘겨주고서, 김영관의 차를 타고 함께 약속장소인 교대역 쪽으로 갔다. 점심과 뒤풀이는 재미난 대화로 한나절을 즐겁게 보낼 수 있었다.

김영관은 다른 볼일을 보고 보령으로 내려간다고 했는데, 며칠 지나 전화가 왔다. 먼저 좋은 바둑판에 고맙다고 인사를 하니, 나는 더없이 다행한 일이었다. 그러고서 바둑판에 대한 답례로 나주 배 한 상자를 택배로 보낸다고 말했다.

나야 탁자 위에 올려놓고 바둑을 둘 수 있는 또 하나의 비자나무 바둑판이 있으니, 바닥에 앉아서 두는 두꺼운 바둑판이 아무리 값비싼 것이라 하더라도 아까울 것이 없다. 더구나 바둑을 즐기는 옛 친구에게 넘겨줄 수 있어서 큰 다행으로 여기고 있다. 지금 가지고 있는 탁상용 바둑판도 내가 집에서 바둑 둘 일이 없고, 바둑 두러 오는 친구도 없으니, 결국 누구에게 물려주어야 하는데, 이 바둑판을 물려줄 사람도 조만간 찾아야 하는 형편이다.

　나주 배 한 상자를 보냈다는 전화를 받고 이튿날 바로 서울로 올라왔다. 나주 배를 한 접시 깎아놓고, 한쪽씩 입안에 넣을 때마다 달콤한 맛이 입안에서 돌다가 가슴 속까지 뻗어 내려가는 기분이 든다. 한 개가 어찌 큰지 점심은 배 하나로 때울 수도 있다. 나주 배 한 입을 물면, 아슴푸레한 30년 전 그 옛날 배꽃이 만발한 나주의 배밭을 지나가던 광경이 떠오르고, 어쩌면 배꽃 향기도 바람에 실려 오는 것 같아, 나주 배를 다 먹고 날 때 까지는 행복한 하루하루를 보내고 있다.

　이 배에는 사근사근한 질감과 달콤한 맛이라는 기본조건이 갖추어져 있을 뿐만 아니라, 여기에다 아득히 멀리서 풍겨오는 그윽한 추억의 배꽃향기도 머금고 있다. 더구나 마음이 넓고 따뜻한 친구 김영관의 훈훈한 우정도 간직하고 있으니, 세상에 이 보다 더 맛있는 배가 어디에 있겠는가. 나는 지금까지 먹어본 과일 중에서 가장 깊고 향기로운 맛을 즐기면서, 옛 친구 김영관에게 감사한다.

14

한과 한 상자

〈한과 한 상자〉

그동안 오래 감기를 앓았고, 감기 끝이라 밖에 나가기를 두려워하다가, 그저께 점심을 먹고 나서 오랜만에 목욕을 하러 갔다. 목욕을 하고 가져 간 옷으로 갈아입고 나오니, 마치 굴원(屈原)이, "새로 머리감은 사람은 반드시 갓을 털어서 쓰고, 새로 몸을 씻은 사람은 반드시 옷을 털어서 입는다."(新沐者必彈冠, 新浴者必振衣.〈漁父辭〉)라 말한 것처럼, 상쾌한 기분에 젖어 가벼운 발걸음으로 집에 돌아왔다.

집에 돌아오니 택배로 한과 한 상자가 와 있었다. 포장의 표면을 보니 나의 벗 정담(靜潭 金基敦)이 보내준 것이다. 정담에게서 한과 상자를 이번에 두 번째 받는 것이니, 고맙고 또 고마운 일이다. 전화를 걸어 감사 인사를 드렸더니, "자네가 단 것을 좋아한다는 생각이 나서.…"라 가볍게 대답을 했다. 그 한 마디에도, 따뜻하고 깊은 정이 내 텅 빈 가슴으로 가득 흘러들어 출렁거림을 느꼈다.

내 방 작은 베란다 '천산정'(天山亭)에 나가서 상자를 열어 봉지에서 한과 하나를 입에 넣으니, 달콤하고 부드러운 맛이 입안에서 향긋하게 사르르 녹아들어, 한과는 갈매기가 되어 노래 부르고, 나는 바다가 되어 출렁거리니, 술에 취한 듯, 꿈에 취한 듯, 모처럼 흥겨움이 가슴 속에서 소용돌이치고 있었다. 내가 늙고 쇠잔하여, 외로움에 젖어 살아가고 있지만, 이렇게 친구가 있어서 얼마나 행복한지, 하늘에 감사한다. 그래서 나 자신과 친구를 생각하며, 내가 살고 있는 서울의 천산정과 정담이 살고 있는 천안을 한번 찬찬히 음미해보고 싶었다.

〈내가 사는 천산정(天山亭)〉

서울에서 노모를 모시고 사는 방배동 집 마루의 벽에는, 서예가 이동익(攸川 李東益)씨가 써준 글씨로, "동심지언, 기취여란."(同心之言, 其臭如蘭.〈『주역』, 繫辭上〉)의 액자가 걸려 있다. "같은 마음이 되어 하는 말은 그 향기로움이 난초와 같다."는 뜻이다. 사람과 사람의 만남에서 '같은 마음'이 된다는 것이 얼마나 어려운 일인 줄은 나자신 뼈아프게 느끼고 있다. 그래서 이 글의 마지막 두 글자를 따서, 이 집 이름을 '여란헌'(如蘭軒)이라 지었다.

여란헌은 35평형의 아주 작고 오래된 아파트 한 칸이지만, 방은 셋이나 된다. 건넌방은 노모가 쓰시고, 문간방은 아들이 쓰고, 안방은 아내와 내가 썼는데, 지금은 아내가 원주로 내려가 살고 있으니, 나 혼자 쓰고 있다. 마루에도 자그마한 베란다가 있지만, 내가 쓰는 안방에는 아주 작아 "분통만 하다."고 말할 만큼 작은 베란다가 딸려 있다. 나는 이 베란다에 편안한 의자와 작은 컴퓨터 책상과 내가 소유한 책 전부를 담은 작은 책장을 들여 놓고서, 주로 이 작은 베란다에 나와 앉았을 때가 많다. 나는 이 작은 베란다를 내가 숨어사는 작은 토굴처럼 생각하여, '천산정'(天山亭)이라 이름을 붙였다.

'천산'(天山)은 『주역』 제33괘인 '천산-둔괘'(天山遯卦)에서 나온 말인데, '둔괘'의 형상은 "하늘 아래 산이 있는 것이, 둔(遯)이니, 군자는 이로써 소인을 멀리한다."(天下有山, 遯, 君子以遠小人.〈『주역』, 遯卦 象辭)라 하였다. 여기서 '둔'(遯)은 '돈'이라고도 읽는데, '달아난다'는 뜻과 '숨어 산다'는 뜻이 있다. 그러니 '천상정'이란 이름은 내가 '숨어사는 곳'을 의미한다고 하겠다.

'천산정'은 독감방 같은 곳인데도, 내가 즐겨 찾아드는 까닭은 넓은 창밖으로 세상이 조금내다보이고, 담배를 마음대로 피울 수 있고, 공상에 빠져 시간가는 줄 모르고 지낼 수 있기 때문이다. '천상정' 앞에는 다른 아파트가 첩첩이 막고 있으나, 작은 틈새로 멀리 관악산 봉우리 조금과, 우면산 능선이 조금 보이지만, 나의 공상으로는 멀리 중국의 신강성(新疆省) 서쪽끝 국경에 뻗어 있는 천산(天山)산맥까지 달려간다. 나는 이곳 '천산정'에서 담배를 피우며 공상에 빠졌다가 친구들 생각을 하며, 마음속으로 그 이름들을 하나씩 불러본다. 그때는 이동주(李東柱) 시인의 "눈으로 당기면 고즈너기 끌려와 혀끝에 떨어지는 이름."(「婚夜」)이라는 구절이 내 마음에 꼭 들어맞는다는 생각을 한다.

〈친구 정담(靜潭)이 사는 천안(天安)〉

나는 정담의 탁월한 기억력과 예리한 통찰력에 항상 감탄해왔다. 그런데 그가 어찌하여 서울에서도 강남의 큰 아파트에서 살던 정담이 왜 천안에 자리잡고 살게 되었는지가 궁금했다. 그래서 물었더니, "천안이 남한의 지리적 중심이기 때문이었어."라고 간단히 대답했다. 역시 심상치 않은 대답이었다.

그래서 인터넷으로 천안시의 지명유래를 한번 검색해 보았다. 가장 눈에 띠는 대목은 고려 태조 왕건이 이곳에 깊은 관심을 기울여 '천안'이라는 지명이 붙기 시작했다고 소개된 사실이다. 그 기사에는 "930년(고려 태조13) 삼국의 중심이고 전략적 요충지라 하여 천안부(天安府)로 하고 도독(都督)을 두었다. 이때 '천안'이라는 이름이 처음 붙여졌다. 고려 태조가 천안의 왕자봉에 올라 지세를 살폈는데, 이곳에 성을 쌓으면 천하[天]가 편안[安]해 진다는 술사 예방의 말에서 지명이 비롯되었다고 한다."라 했다.

그러나 '천하가 편안하다'는 것은 사람이 결정할 수 있는 일이 아니요, '천안'이라는 한자어도 찾을 수가 없다. 차라리 "하늘의 뜻을 즐겁게 따르고 그 명령을 편안하게 받아들인다."(樂天安命.〈程伊川:『易傳』〉)는 말에서 '천'과 '안' 두 글자를 따온 것이라 보면 어떨까 하는 생각이 든다. 중국에서는 위(魏, 220-265)나라 때 '천안사'(天安寺)라는 절이 있었고, 송(宋)나라의 황궁(皇宮)에는 '천안전'(天安殿)이라는 전각이 있었다. 또한 1086년 서하(西夏)의 숭종(崇宗)이 '천안'이라는 연호(年號)를 사용했던 일이 있고, 명(明)나라와 청(淸)나라때 황성(皇城)의 정문이었던 '천안문'(天安門)은 오늘날 까지 북경에 남아 있다. 그렇다면 '천안'이라는 명칭은 '천하가 편안해진다'는 우리말식 한자어가 아니라, 중국에서 써오던 명칭을 끌어온 것이 아닐까 짐작이 된다.

"하늘의 뜻을 즐겁게 따르고 그 명령을 편안하게 받아들인다."(樂天安命)는 말이 '천안'의 뜻이라면, 세상을 달관하여 내다보는 안목이 있는 사람에게나 어울리는 말일 것이니, 아마 내 친구 정담(靜潭)에게 잘 어울리는 말이라 하겠다. 천안시의 동쪽 광덕면 매당리(廣德面梅堂里)에 있는 그의 집 '이구원'(離垢園)은 세상의 모든 허물을 벗어나 고고하게 학처럼 살고 있는 바로 그의 세상사는 모습이 아니랴. 넓고 시원한 뜰의 한쪽에 '세심정'(洗心亭)이 있으니, 이렇게 허물이 없는 마음을 또 씻어낸다면, 소동파(東坡 蘇軾)가, "나부끼는 바람에 세상 버리고 홀로 서서, 학이 되어 신선으로 오르는 듯하도다."(飄飄乎如遺世獨立, 羽化而登仙.〈「前赤壁賦」〉)라 읊었듯이, 아마 그는 머지않아 '우화등선'(羽化登仙)하는 경지에 오를지도 모르겠다.

〈정담(靜潭)의 세심정(洗心亭)과 나의 천산정(天山亭) 사이의 거리〉

나는 서울의 내 집에서 친구 정담의 천안 집까지 두세 번 찾아갔던 일이 있지만, 그 공간적 거리가 몇km나 되는지 모른다. 혹시 100km 남짓 하지 않을까 추측해본다. 시간적 거리는 대개 2시간 안팎이 아닐까 짐작될 뿐이다. 그런데 마음의 거리는 참으로 오묘하다. 어떨 때는 바로 눈 앞에 있는 듯 하다가도, 어떨 때는 아득히 멀리 있으니, 그 거리를 대중하기가 어렵다.

나는 천산정에 앉아서 담배를 피울 때면, 언제 만나도 반가운 마음의 친구들인 정담과 청라(青羅 金永寬)가 함께 여행하거나 만나서 셋이 마주하고 담배를 피우던 생각을 자주 한다. 이렇게 친구를 생각할 때면, 정담의 천안 세심정이나 청라의 보령 청라당은 바로 눈앞에 정겹게 다가온다. 그러나 다른 일이나 생각에 빠져 있으면 아득히 멀어져 보이지 않으니, 어느 쪽이 진짜 거린지 잘 모르겠다.

그래도 60년 지기(知己)이니, 하루에도 여러 차례 마음속에 자주 떠오르고, 담배를 하루 한곽 가까이 피워대니, 그때 마다 천산정에 앉아 친구들 생각을 자주 한다. 그만큼 친구의 얼굴, 목소리, 성격, 그 사는 집이 자주 눈앞에 다가오고, 내 마음도 그만큼 자주 즐거움을 누리고 있다. 그래도 목소리가 듣고 싶으면 전화를 걸어 안부를 묻는다. 이렇게 전화를 할 때면, 늙어서 자꾸 외로움이 밀려드는데, 친구가 있다는 것이 얼마나 행복한지 모르겠다.

외로움을 느낄 때면 친구 생각이 더욱 간절해진다. 그래서 나는 천산정에 올라, 이웃에 있는 친구를 찾아가듯이, 친구 생각을 하고, 또 그 집의 풍경을 눈앞에 끌어온다. 나는 이용법조차 모르지만, 주위에서 미국에 있는 손자·손녀와 화상통화를 했다고 자랑하는 이야기를 가끔 듣는다. 몇 만리 떨어져 있어도 바로 앞에 마주보고 있는듯 생생하다고 자랑이다.

그러나 나는 친구 정담의 집이 얼마나 멀던지 상관없이, 내 마음으로 눈앞에 생생하게 끌어올 수 있으니, 거리가 멀다는 것은 아무 의미가 없다. 사실 멀리 있다는 것은 공간적 거리가 아니라, 마음의 거리가 멀어졌다는 말이 아니겠는가. 마음이 멀어지면 한 집안에 살아도 천리만리 멀어지고, 마음이 가까우면 지구 끝에 살아도 바로 눈앞에 생생하게 다가오고 있지 않은가.

15

하늘에 쓰여진 시

　지난 8월 작은형제회(프란치스코 수도회) 소속의 오수록 수도사란 분이 안유경박사의 소개를 받았다고 하면서, 핸드폰으로 문자를 보내왔다. 그 내용인즉 성균관대학교 대학원 유학과 박사과정을 수료하고서 다산(茶山)철학으로 박사학위논문을 준비하고 있는데, 나의 조언을 받고 싶다는 것이다. 그래서 내가 서울 올라가는 날 약속을 하고, 집 앞에 있는 삼호교회 2층에 있는 book cafe에서 만났다. 그의 학위논문 목차를 살펴보고서, 내가 할 수 있는 몇 가지 조언을 해주었다. 그런 다음 다산의 유교경전 해석에서 천주교 교리와 조화를 이룬 사실을 들며, 천주교와 유교의 사상적 융화가 우리사회에서 중요한 의미가 있음을 사족(蛇足)으로 붙여 설명했던 일이 있었다.

　그 후 10월초에 오 수사가 자신이 지은 시 「하늘에 쓰여진 시를 읽다」와 「호수」 두 편을 보내왔다. 그제야 나는 그가 시인이기도 하구나 하는 생각을 하였다. 나는 뜰에 나가 그네에 앉아 흔들거리며, 파란 가을 하늘과 하늘에 떠 있는 하얀 구름을 바라보면서, 그의 시를 오래 음미하였다. 별다른 기교도 없고 감상(感傷)에 젖지도 않은 담담하고 소박한 그 시의 맛이 참 좋았다.

그래서 나는 오 수사께 나의 느낌을 전하여, "시인이신 오 수사님께서 하느님이 쓰신 시를 읽는 눈빛과 모든 것을 품으면서도 텅 빈 마음을 찾으시는 오수사님의 맑은 신앙과 넓은 가슴에 깊은 경의(敬意)를 드립니다."라고 답장을 보냈던 일이 있다. '하느님이 쓰신 시를 읽는 눈빛'이란 「하늘에 쓰여진 시를 읽다」에 대한 나의 감상(感賞)이요, '모든 것을 품으면서도 텅 빈 마음을 찾는 맑은 신앙과 넓은 가슴'이란 「호수」에 대한 나의 감상이었다.

오 수사의 「하늘에 쓰여진 시를 읽다」라는 제목의 시는, "하느님은 비취빛 도화지를 하늘 가득 펼치시고/ 구름으로 시를 쓰시네./ 나는 하늘을 우러러/ 두런두런 시를 읽느라/ 밥 먹는 시간도 잃어버렸네."라는 짧은 시이다. 나는 이 시를 읽으면서, 그리스도교 신앙과 신앙인의 자세가 간결하게 잘 표현되어 있다고 생각하여, 좋은 시라고 생각했다.

"하느님은 비취빛 도화지를 하늘 가득 펼치시고"의 구절에서는 하느님과 하늘을 대비시켜, 하느님이 하늘 위에 계시는 지고(至高)의 존재요 인격신임을 잘 함축하고 있는 것이라 하겠다. 여기서 '하늘 가득 펼쳐놓은 비취빛 도화지'는 대상적 존재인 우주공간으로서의 '하늘'과 우리의 시각으로 보이는 주관적 감각현상으로서 '비취빛 도화지'가 중층적으로 대비되고 있음을 보여준다. 곧 아래서부터 보면 인간의 감각현상에서 자연으로서의 우주공간을 넘어, 주재자이신 하느님이 층층이 존재하는 위계질서가 보인다. 또한 자연으로서 우주와 인간이 지닌 감각까지 주재하는 하느님의 존재가 훨씬 쉽게 느껴진다.

'구름으로 시를 쓰시네'라는 구절에서 '비취빛 도화지' 위의 '구름'은 하느님이 그린 그림이라는 주재하시는 하느님의 존재가 엿보이고, 동시에 하느님이 노래하신 '시'라는 하느님의 말씀이 들리는 듯 하다. 구름이란 모였다가 흩어지고, 머물다가 흘러가고, 하얗다가 검게 변하기도 하며, 온갖 형상을 이루기도 하고, 노을에 곱게 물들기도 한다. 이렇게 구름의 무한한 변화 속에 무한히 다양한 의미와 상징이 담겨 있을 것이다. 그래서 시인은 하늘에 펼쳐진 비취친 도화지 위에 그려진 구름을 바라보면서, "나는 하늘을 우러러/ 두런두런 시를 읽느라/ 밥 먹는 시간도 잃어버렸네."라고 하여, 자연의 변화 속에서 하느님의 말씀 곧 천명(天命)을 듣고 있음을 토로한 것이리라.

하늘을 떠가는 구름을 바라보면서, 창조자요 주재자이신 하느님의 모습을 보고, 또 하느님의 노래와 말씀에 귀를 기울일 수 있는 눈과 귀가 있다면, 그야말로 귀가 밝고 눈이 밝은 이목총명(耳目聰明)한 사람이리라. 하늘을 우러러 하느님이 노래한 시를 읽을 수 있는 눈과 귀를 가진 사람이리면, 어찌 먹고 마시고 편히 쉬려는 육신의 요구에 끌려 다닐 틈이 있겠는가. 이것이 바로 공자가 자신을 가리켜 말씀하신, "그 사람됨이 분발하여 먹는 것도 잊었고, 즐거워하여 근심도 잊었으며, 늙음이 닥쳐오는 줄도 모르더라."(其爲人也, 發憤忘食, 樂以忘憂, 不知老之將至云爾.〈『논어』7-19〉)고 하신 경지에 가까워지는 저세가 아니겠는가.

나는 뜰에 나가 그네를 타고 앉아 흔들거리며, 하늘과 산을 하염없이 바라보고 놀면서, 55년전 대학 1학년 때, 『중급불어』교과서에서 읽었던 어느 글의 한 토막을 기억하며, 다시 음미하였다. 그때 읽었던 글에서는 프랑스의 어느 유명한 시인이 외딴 섬에 갔던 일이 있는데, 그곳에서 외롭게 사는 등대지기 노인에게 심심할 터이니 자기 시를 한 번 읽어 보라고 하며, 자신의 시집을 한 권 선물하려 했다. 그때 등대지기 노인은 "나는 평생 동안 책 한권을 읽고 있는데, 아직 다 못 읽었으니, 다른 책은 필요가 없소."라고 대답했다고 한다. 그 시인이 깜짝 놀라, 그 책이 어떤 책인지를 물었더니, 노인은 "두 페이지짜리 책인데, 한 페이지는 하늘이요, 다른 한 페이지는 바다라오."라 대답하더라는 이야기다.

나야 하늘에 뜬 구름을 바라보면서, 그 한가로움을 부러워하고, 그 자유로움을 선망할 뿐이다. 또 산을 바라보면서도 그 봄날의 연두빛 청순한 신록과 여름의 짙은 녹음과 가을의 노랗고 붉게 물든 단풍과 겨울의 하얗게 눈으로 덮인 모습을 바라보며, 철따라 피어나는 꽃처럼 아름다움을 사랑할 뿐이다. 그러나 구름을 바라보며 하느님의 시를 읽을 수 있는 것이야말로 통찰력이 깊은 신앙인이 아니면 불가능한 일이 아닐까. 그래서 눈을 비비고 오 수사를 다시 보게 되었다.

16

끊어야 할 것

사람이 살면서 해야 할 일도 많고, 하지 말아야 할 일도 많다. 여기서 '하지 말아야 할 것'과 '끊어야 할 것' 사이에는 약간의 미묘한 차이를 찾아볼 수 있다. 곧 '하지 말아야 할 것'이란 내가 밖으로 하려는 행동을 그만두어 안하는 것이니, 나의 '행동'에 초점을 둔다.. 이에 비해 '끊어야 할 것'이란 내 마음 속에 일어나는 생각이나 의지를 끊는 것이니, 내 '마음'에 초점이 있다고 하겠다.

물론 '하지 말아야 할 일'이 '끊어야 할 일'과 밖으로 드러날 때는 같은 것을 가리킬 수도 있고, 또한 두 가지 말을 혼동해서 같은 뜻으로 쓸 때도 있다. 예를 들어 '담배를 피우지 말아야 한다'는 것과 '담배를 끊어야 한다'는 것은 담배를 피우지 않는다는 사실에서 같은 일을 말할 수도 있고, 서로 뒤섞어 같은 뜻으로 쓸 수도 있다. 그러나 '끊어야 한다'는 말은 자신의 의지를 단호하게 드러내 주는 것이 사실이다.

공자는 '네 가지를 끊었다'(絶四)고 한다. 곧 "억측함이 없으시고,

기필함이 없으시고, 고집함이 없으시고, 나를 내세움이 없으셨다."(毋意, 毋必, 毋固, 毋我.《『논어』9-4》)고 하였다. 우리 자신도 살아가면서 끊고 싶은 일이 많이 있지만, 의지가 약한 사람으로서는 끊는다는 것 자체가 결코 쉬운 일이 아닐뿐더러, 공자가 끊은 것과 우리가 끊고 싶어하는 것은 상당한 차이가 있는 것을 쉽게 확인할 수 있다. 우리는 보통 우리 자신의 나쁜 습관을 끊고싶어하지만, 공자는 올바른 삶을 실행하는데 방해가 되는 마음의 작용들을 끊고 있었음을 보여준다.

공자가 끊었던 네 가지를 보면, 첫 번째로 '억측함'(意)을 끊었다고 하였다. '억측'(臆測)이란 이유도 분명하지 않고 근거도 확실하지 않은 상태로 추측을 하는 것이다. 따라서 실지에서 벗어난 잘못된 지식을 불러오기 마련이다. 모든 지식이나 판단의 오류는 억측에서 발생하는 것이니, 억측으로 끌어낸 지식이나 판단은 '모래 위에 지어놓은 집'(沙上樓閣)처럼, 실상이 드러나면 한 순간에 허망하게 허물어질 수밖에 없다. 억측 위에 세워놓은 지식이나 판단에 의지한다면, 엄청난 오류에 빠져들거나 심각한 손상을 당하거나 남에게 입힐 것은 지극히 당연한 일이다.

따라서 '억측함'이 없게 하려면, 무슨 일에서나 그 원인과 과정과 귀결을 빈틈없이 자세하게 살펴서, 정확한 지식을 이끌어낼 수 있어야 한다. 어떤 사물이나 일에 대해서도 결코 방심하여 소홀히 판단하는 법이 없어야 하며, 어떤 문제에 대해서도 선입견이나 사사로운 생각을 가지고 자의적으로 판단하는 일이 없어야 한다. 주도면밀(周到綿密)하고 정확한 인식과 판단 위에서만 억측을 벗어날 수 있을 것이다.

두 번째로 '기필함'(必)을 끊었다고 하였다. '기필'(期必)이란 반드시 이루기를 기약하는 것이다. 경기장에 나가는 선수나 시험을 치루는 수험생은 '필승'(必勝)을 외치며, 이기거나 성취하기를 다짐한다. 그러나 일이란 시기가 변하고 상황이 변하면, 예상하는 대로 이루어지지 않는 수도 있기 마련이다. 그런데 성과를 얻으려는 욕심이 앞서서, 반드시 이루어내겠다고 자신을 몰아세우면, 무리함이 발생하게 되고, 결국 일을 그르칠 뿐만 아니라, 자칫 잘못하면 자기 자신조차 위험에 빠뜨릴 수도 있음을 유의하지 않으면 안 된다.

'기필함'이 없으려면, 자신의 최선을 다하되, 성취에 너무 연연하지 않아야 한다. 무슨 일을 할 때나 도달하고 싶은 목표가 있어야 하고, 그 목표에 이르기 위해 자신을 채찍질해야 한다. 그렇다고 그 목표에 반드시 도달하겠다는 기필함에 빠지면, 자칫 무리수를 써서 정당하지 않은 수단을 동원하는 경우도 있고, 다른 일을 희생시킬 수도 있다. 혹시 실패하게 되면 심한 좌절감에 빠지게 되기도 한다. 그렇다면 자신의 역량을 다하되 결과에 너무 연연하지 말아야 한다. 곧 사람으로서 할 일은 다 하지만, 결과는 천명에 맡긴다는 자세, 곧 '진인사대천명'(盡人事待天命)의 넉넉한 마음가짐이 있어야 '기필함'에서 자유로울 수 있을 것이다.

세 번째로 '고집함'(固)을 끊었다고 하였다. '고집'(固執)이란 한 번 마음 먹은 것이나 결정된 일을 굳게 지켜서 어떤 상황의 변화도 거부하는 것이다. 굳게 지켜야 지속시켜갈 수도 있으니, 굳게 지키는 '고집'이 필요한 면도 있다. 그러나 고집에 빠져 시대의 변화나 상황의 변화에 적응할 줄 모른다면, 그것은 바람에 따라 부드럽게 휠 줄 아는 유연성을 잃어버린 말라 죽은 나무(枯木)의 꼴이 아니겠는가. 살아있다는 것은 중심이 굳세면서도 환경의 변화에 따라 자신을 굽힐 줄도 알고 바꿀 줄도 아는 유연성에 있어야 한다고 하겠다.

'고집함'이 없게 하려면, 어떤 습관이나 타성에 빠져서 변화에 적응능력을 상실하는 일이 없어야 한다. 누구나 습관에 젖어 살고 있지만, 새로운 변화를 거부하는 것은 자기 생명을 해치는 것임을 깊이 각성해야 한다. 나무의 껍질은 그 나무의 생명을 보호하지만, 동시에 성장을 옥죄고 있는 것이 사실이다. 그래서 껍질은 스스로 늘어나지 못하면, 딱딱한 껍질이 터져야 그 나무가 성장할 수 있다. 굳게 지키는 지조도 변화에 적응하는 가운데서 성립하는 것이요, 시대와 환경의 변화 등 모든 변화에 적응하지 못하면 그만큼 자신의 삶이 위축되거나 고립되고 마침내 소멸될 수 있음을 진지하게 인식해야만, '고집'에서 벗어날 수 있을 것이다.

　네 번째 마지막으로 '나를 내세움'(我)을 끊었다 한다. '나를 내세움'이란 내 판단이나 주장이 옳다고 내세우며, 내 권익이 더 중요하다고 내세우는 것이다. 이렇게 자기를 내세우면 남과 부딪치지 않을 수 없다. 한 사회 안에서 서로 '나를 내세우는' 풍조가 일어나면, 그 사회는 분열과 갈등이 끝없이 이어질 수 밖에 없다.

　'나를 내세움'을 없게 하려면, 남 앞에서 자기를 낮추는 겸손함이 있어야 한다. 겸손함이 풍속으로 자리를 잡으면 다투고 대립하는 일이 일어날 수 없다. 또한 남의 존재를 소중하게 생각하여 남을 존중하는 마음이 있어야 한다. 자기를 낮추고 남을 높여서 존중하면, 남과 어울리기 쉽고, 남에게서 배우기 쉬우며, 남과 함께 일을 도모하기가 쉽다. 이렇게 남과 어울리고 남과 함께 일을 할 수 있을 때, 바로 자신의 큰 뜻을 이루기도 쉬워진다는 사실을 깊이 인식할 필요가 있다.

　'억측함'이 없으니 올바른 판단이 가능하고, '기필함'이 없으니 일에 무리가 생기지 않고, '고집함'이 없으니 변화에 유연하게 적응할 수 있으며, '나를 내세움'이 없으니, 남과 잘 화합할 수 있다. 판단이 객관성을 잃고, 의지가 현실성을 잃고, 주장이 유연성을 잃고, 자기중심에 빠져 조화를 잃는다면 자신의 삶이나 사회적 인간관계에서 결코 생명의 유연한 활력을 실현할 수 없을 것이다.

사람이 세상에서 살아간다는 것은 안으로는 자신의 관심과 역량을 알아야 하고, 밖으로 변화하는 시대와 상황의 현실을 알아야 한다. 따라서 밖으로 자신을 둘러싼 환경을 올바로 알아 '억측함'이 없다면 현실에 무리없이 대응할 수 있으며, 또 안으로 자신이 지닌 능력의 한계를 인식한다면 무모하게 '기필'하려 들지 않을 것이요, 무슨 문제나 순리로 풀어나갈 수 있을 것이다. 이와 더불어 안으로 자신의 편협함과 폐쇄됨을 깨닫는다면 '고집'에서 풀려날 수 있고, 밖으로 다른 사람을 존중할 줄 안다면 '나를 내세움'이 없이 남과 잘 어울릴 수 있지 않겠는가.

'나'라는 존재를 균형 있게 길러내기 위해서는 세상을 내다보는 눈이 밝아야 하고, 자신을 들여다보는 눈이 맑아야 한다. 또한 세상과 만남에서 언제나 유연해야 하고, 남과 어울림에 화합할 수 있어야 한다. 나는 공자가 '네 가지를 끊었다'고 말씀한 조목이 바로 자신의 생명을 건강하게 길러 큰 인격의 인간 곧 '대인'(大人)이 되는 길을 가르쳐주는 것이라 이해한다. 농사꾼이 곡식을 잘 자라게 하고 풍성한 결실을 맺게 하기 위해, 날씨와 토질을 살펴서 대처하듯이, 사람이 자신을 바르고 당당하게 키워내기 위해서는 반드시 살펴야 할 네 가지 조건을 바로 공자가 끊었다는 네 가지 조목에서 찾아볼 수 있을 것이다.

17
남은 세월의 과제

    살다보면 고통스럽고 짜증스럽더라도 참아야 할 일이 많다. 더위나 추위도 참아야 하고, 소음이나 악취도 참아야 하고, 지루함과 답답함도 참아야 한다. 이런 일이야 참다보면 지나가기 마련이다. 그런데 사람과 사람이 함께 어울리다보면, 습관이나 거동이 자신과 다르고 관심이나 기호가 자신과 달라, 참기 어려울 때가 자주 있다. 사람사이에 부딪치게 되면 짜증을 내거나 심하면 화를 내기도 한다. 이렇게 사람사이에 짜증이 나고 화가 나기 시작하면 서로 미움이 심해져서 자칫하면 인간관계의 유대가 끊어지는 수도 있다.

    우리를 참을 수 없게 하는 것은 무엇인가? 괴롭힘을 당할 때, 강요당할 때, 모욕당할 때, 억울한 누명을 썼을 때이다. 이런 때 우리는 분노가 치밀어 오르게 되어, 울기도 하고, 소리를 지르기도 하고, 싸우기도 한다. 그러나 울분을 터뜨리고 보면, 그 결과가 언제나 남에게 큰 상처를 입히거나 자신에게 심한 회한(悔恨)을 남기게 된다. 무시당하고 모욕당해 화가나서 참기 어려울 때는 어떻게 하는 것이 현명한 대응일까? 한마디로 우리 자신의 참는 힘을 길러야 한다. 참는 힘을 기르면, 분하고 억울함을 훨씬 더 쉽게 마음속에서 삭힐 수 있다. 어떤 울분도 마음속에서 삭힐 수 있다면, 자신의 삶에 평안이 오고 세상도 훨씬 평화로워질 것이다.

거문고야 타는 사람이 어느 현을 튕기느냐에 따라 제각기 정해진 소리를 내겠지만, 사람의 마음은 다른 사람으로부터 어떤 충격을 받았느냐에 따라 정해진 반응을 하지 않는다. 똑같은 충격을 받아도, 예민한 사람과 우둔한 사람의 반응이 다르고, 조급한 사람과 느긋한 사람, 어리석은 사람과 지혜로운 사람의 반응이 다르다. 참는 힘이 강한 사람이라면 울분이 터져야 할 자리에서도 웃음과 유모어로 대응할 수 있을 것이다. 참는 힘은 억지로 이를 악물고 감정을 누르는 것을 넘어서, 마음을 다스리는 수양을 해야 한다. 마음을 잘 다스리는 사람이라면, 슬픈 소리나 노여운 소리나 모욕하는 소리가 그대로 메아리가 되어 돌아 나오는 것이 아니라, 마음 깊은 곳에서 삭아 전혀 다른 맛이 나는 소리를 내며, 고치고 다듬어져 전혀 다른 차원의 소리가 되어 나올 수 있다.

세상에는 눈에 거슬리는 모습이나 행동도 많고, 귀에 거슬리는 말이나 소리도 많다. 그 거슬리는 것마다 화를 낸다면 자신의 감정만 삭막해질 수 밖에 없다. 그렇다면 먼저 화를 참아야 한다. 화를 참다보면 어느 틈에 화나는 일이 저절로 녹아버려, 마음에 평안을 유지할 수 있게 된다. 그렇다고 참아서 견디기만 하면 온갖 문제가 해결되는 것은 아니다. 거슬리고 화나는 행동이나 말을 들었을 때에도 먼저 참아야 하지만, 한 단계 더 나아가 이해하는 자세가 필요하다. 이해하려고 노력하다 보면, 왜 거슬리는 행동이나 말이 나오게 되었는지를 알게 되고, 이렇게 이해가 되고 보면, 화가 나야할 일이 웃음이 나거나 동정심이 일어날 수도 있다는 사실을 알게 된다. 이것이 공자가 말하는 '이순'(耳順)의 경지가 아니겠는가. 무슨 말도 거슬림이 없는 경지이다.

나는 오랜 세월 친밀하게 지내던 옛 친구가 술에 취해 나에게 몹시 무례하게 굴었을 때, 나는 화를 참지 못했다. 그래서 그 친구가 마음속에 어떤 상처를 가졌는지 이해하려 들지 않았고, 두 번 다시 만나지 않기로 다짐을 했던 일이 있었다. 그 친구가 세상을 떠나고 난 뒤로, 다시 나 자신을 돌아보면서 그 친구가 얼마나 다정했던지 여러 가지 추억이 되살아나 마음이 아팠다. 또한 그 친구가 집안에서 어떤 어려움과 외로움을 겪어야 했던지 뒤늦게 알게 되면서, 내 이해심이 얼마나 부족했는지 부끄럽고 후회스러울 뿐이다.

나 자신 자식을 바르게 이끌어보겠다고 생각했지만, 어린 자식의 잘못을 보고 화가 나서 매를 들기도 했는데, 번번이 후회했고, 매질이 아무런 효과가 없었다는 사실을 깨달았다. 자식이 나이 들어가면서, 잘못을 타일러도 고치지 않고 도리어 반항할 때는 몹시 화를 내어 야단을 치기도 했다. 역시 아무런 성과도 없고 나 자신의 대응이 미숙했음을 깨달으면서 후회만 쌓이게 되었다. 자식이 잘못을 저질렀을 때, 왜 잠시만 화를 참고 조금만 더 이해를 깊이 해주지 못했던가. 모두가 나의 어리석음이었음을 뼈아프게 되새겨야 할 뿐이다.

아내가 50여년을 함께 살면서 나에게 얼마나 헌신적이었는지를 하나씩 되짚어 보면, 끝없이 이어진다. 지금까지 내가 이렇게 내 일에 몰두하고 살아왔던 것도 모두 아내의 사려 깊은 보살핌과 희생적인 사랑이 아니었다면 불가능한 일임을 잘 알고 있다. 그런데 내가 아내의 말이 듣기 싫다고 "잔소리는 그만 합시다."라느니, "그 이야기는 그만 둡시다."라고 몇 차례 말을 끊어, 아내의 격분을 불러 일으켰던 일이 있다. 그때마다 내가 잘못했음을 깨닫고 사과했지만, 왜 이렇게 어리석은 짓을 되풀이 하고 있는지, 깊이 성찰을 해보아야 할 일이다.

남들이 듣기 싫은 말을 한다면, 자리를 피하거나, 참고 견딜 터인데, 왜 아내의 말은 끊으려 했던가. 물론 아내에게는 믿는 마음에 방심하고 말을 끊으려 했을 수도 있다. 그러나 되돌아보면 내가 참아내는 인내력도 부족하고 아내의 마음을 살피는 이해력도 여전히 너무 부족하다는 사실이 한없이 부끄럽다. 그제 밤에는 아내가 중간에 말을 자르는 나의 방자한 태도에 화가 나서 "사랑한다는 말은 개뿔."이라 쏘아붙일 때, 나 자신이 얼마나 거칠고 허망하며 닦여지지 못한 존재인지 너무 부끄러웠다. 그래도 다음날 마음을 풀어주는 아내가 한없이 고마웠다.

무슨 말을 들었을 때거나, 어떤 일을 당했을 때에도, 결코 순간의 감정에 지배되지 말아야 한다. 이를 위해서는 먼저 참는 힘을 길러야 하며, 무엇보다 넓고 깊게 살피는 이해력을 확보해야 한다. 무슨 말이나 일이나 참아내고 이해한다면 풀리지 않을 일이 없다. 이렇게 풀어간다면 상대방에게도 기쁨과 위로가 될 것이고, 나 자신도 후회가 없는 삶이 되지 않으랴. 세상에 참고 이해하면 화가 날 일이 없을 것이요, 누구도 무슨 말이나 일도 포용할 수 있지 않겠는가. '인내'와 '이해'와 '포용'의 세 마디는 앞으로 남은 세월동안 내가 닦아가야 할 가장 큰 과제로 삼고자 한다.

18
책상다리를 자르며

   1970년 4월에 제대하고 돌아왔을 때 우리 집은 용산구 한남동(남한 남동)에 있었다. 아마 그해 6월쯤이었던가, 외조부모님의 집은 북한남 동에 있었는데 연로하셔서 집을 처분하시고 남한남동 우리 집으로 이 사를 하시고 우리 가족은 영등포구 신도림동으로 집을 새로 사서 이 사를 했다. 이곳은 당시 변두리였고, 빈터도 많은 곳이었는데, 집장사 가 나란히 세 채를 지은 집 가운데 초입의 집을 사서 살게 되었다.

   이 집의 동쪽은 아주 넓은 공터가 기약 없이 개발을 기다리고 있는 데, 비가 오면 진탕이 되어 장화를 신고도 땅을 골라 디뎌야 겨우 드나 들 수 있었다. 집 뒤는 높은 축대로 축대 아래도 빈터였다. 앞집은 좀 큰 집이지만, 그 앞으로는 남쪽으로 기울어진 비탈인데, 좁은 골목만 남기고 판자집이 빈틈없이 가득 들어있는 이른바 빈민촌이요 달동내 였다. 집앞으로 제법 넓은 골목이 있는데, 오른쪽으로 두 집을 지나면 긴 담장이 둘러쳐 있는 수도원이었다. 우리 가족은 이 수도원 성당에서 주일미사를 드렸고, 이태리인 젊은 신부는 우리 집에도 방문하여 나와 토론을 하기도 했고, 주일날은 자기 방에서 무릎을 마주하고 앉아서 나의 고해를 들어주었다. 나는 이 신부가 비오는 날에도 검정고무신을 신고, 우리 집앞을 지나서 빈민촌으로 신자를 찾아다니는 모습을 보며, 훌륭한 신부라 생각하고 존경하는 마음을 가졌다.

이 집은 한남동 집보다 값은 쌌지만 방들도 크고 마루도 크고 마당도 넓어 편안했다. 2년쯤 살고 나서 이 집을 팔고 다시 한남동 집으로 들어갔으니, 그 짧은 사이에 이 집을 둘러싸고 생겨난 나의 추억도 많지 않았던 것은 당연하다. 그런데 내 평생에 잊을 수 없는 한 가지 추억이 이 집에서 이루어졌다. 그것은 내가 제대하면서 모아두었던 얼마 안되는 돈으로 책상 하나와 책장 하나를 맞추었던 일이다.

수소문 했더니 가까운 버스 정거장 근처에 목수가 일하는 일터가 있다고 하여 찾아 갔다. 빈터에 천막을 쳐놓고, 천막 밖에는 나무들이 조금 쌓여 있고, 천막 안에는 작업대가 있는 상태였는데, 별로 일거리가 없는 한산한 풍경이었다. 목수를 찾으니, 한참 기다린 다음에 왔는데, 목수의 첫 인상은 기억에 없지만, 그리 나쁜 사람으로 보이지는 않았다. 나는 책상과 책장을 위해 좋은 목재를 물었더니 나왕이라는 수입 목재를 추천했다.

나의 집은 문도 높고 천장도 높아서 책장도 문높이에 맞추어 폭을 넓게 만들고, 책상은 내가 자꾸만 책상으로 몸을 기울이다가 허리가 굽어지는 것을 막으려고 보통 책상보다 10cm 정도 높게 만들도록 주문했다. 나는 먼저 목재 값를 지불했는데, 목수는 나무가 잘 말라야 뒤틀림이 없다고 한달 이상 말려야 한다고 했다. 며칠 후 찾아갔더니 과연 많은 목재가 천막 곁에 쌓였고, 그 위에 묵직한 돌로 눌러 놓은 것을 볼 수 있었다.

문제는 이때부터 생겨났다. 한달이 지나 목수를 찾아갔더니 아직 한달은 더 말려야겠다고 한다. 또 한달이 지나 찾아갔더니, 목수는 어디 가고 만날 수가 없었다. 다행히 목수의 아내가 버스 정거장 앞에서 포장마차를 하고 있다는 사실을 알고, 포장마차로 목수를 찾아갈 수밖에 없었다. 목수의 아내 말로는 일을 하러 멀리 나갔으니 며칠 있으면 돌아올 것이라 한다. 이렇게 찾아가고 허탕치기를 무수히 반복하다보니 여름이 가고 가을도 다 가고 말았다. 겨울에 접어들 무렵 목수를 한 번 만났는데, 걱정하지 말라고 간단하게 대답할 뿐이었다. 말수가 적은 사람임을 알겠다. 그후 다시 만나기 어려워 포장마차로 찾아갔더니 목수의 아내는 이번에 나에게 통사정을 하는 것이다. 일은 안 하고 술만 먹고 다니니, 나더러 꼭 붙잡아 일을 시켜 달라는 것이다.

이제 나는 포기하고 말았다. 목수 간에 재목은 있으니 책상과 책장을 만들든지 말든지 내버려 두고 아예 잊으려 애를 썼다. 그러다가 연말이 다 되어 그래도 한 번 목수를 만나 "해를 넘길 작정이요."하고 따져볼 요량으로 목수 간을 찾아 갔더니, 너무 뜻밖에도 웃는 얼굴로 "다 되었으니, 이틀 후에 댁으로 가져다 드리리다."라고 말하는 것이 아닌가. 나는 고맙다는 말만 거듭 하고, 그동안 속 썩인 일에 대해 원망하는 말은 한마디도 하지 않았다.

과연 이틀 후 집에서 기다리고 있자니, 목수 내외가 리아카에 책상과 책장을 무겁게 실고 우리 집에 가져다 주었다. 책상과 책장을 제 자리에 놓고 보니, 너무 마음에 들어 "수고했다." "고맙다."는 말을 여러 번 하고, 품삯을 지불하면서, "술을 너무 많이 드시지 마십시오."라는 한마디 말만 덧붙였다.

나는 이 책상과 책장을 너무 사랑했다. 넓은 책상에는 책을 마음대로 펼쳐서 올려 놓을 수 있고, 큰 책장에는 왠만한 책은 다 꽂아둘 수 있었다. 이때 대학원 석사과정을 마칠 무렵이라 논문을 쓰고 있었는데, 신바람이 나서 펜이 원고지 위를 저절로 달리는 것 같았다. 어쩌면 책상과 책장 덕분에 석사논문을 공으로 얻은 기분이 들었다. 석사를 마치고 협성전수학교에서 교편을 잡고 있을 때도 집에 있는 시간은 잠시도 책상을 떠나지 않고, 즐거운 마음으로 일을 했다.

그런데 심각한 문제가 발생했다. 신도림동 집을 팔고, 다시 한남동 집으로 이사를 가게 되었는데, 책장이 너무 커서 어느 문으로도 들어갈 수가 없다는 사실이었다. 눈물을 머금고 맨 윗 단을 한 단 잘라낼 수밖에 없었다. 책상도 문으로 들어가지 않았지만, 창문 두 쪽을 떼어내고 겨우 들여놓을 수 있었다. 그후로 대방동 전철아파트로, 잠실5단지로, 낙성대 영해빌등 5층 셋집으로, 금강빌리지 셋집으로, 청소년 독서실 근처 2층 셋집으로, 학교 연구실로, 낙성대 동아타운 아파트 9층으로, 사당동으로, 방배동으로 끝없이 이사를 다니며, 이 책상과 책장을 끌고 다녔는데, 이사를 할 때마다 겨우겨우 힘들여 방에다 집어넣을 수밖에 없었으니, 나도 힘들었고, 아내의 원망도 많이 받아야 했다.

그동안 중요한 변화는 학교연구실에 있을 때, 다른 책상보다 높아서 불편한 점이 있기에 학교 목수간에 부탁했더니, 책상다리에서 멋진 호족(虎足)을 잘라내어서 아쉬웠으나, 그래도 이사할 때는 쉽게 방으로 들어갈 수 있어서 다행이었다. 책장은 낙성대 동아타운 아파트에 남겨두고 둘째 딸 희경이 쓰게 하였다. 책장 하나를 떼어놓고 이사를 하니 훨씬 수월해 좋았지만, 내가 그렇게도 아꼈던 책장과 작별한 셈이 되고 말았다.

이렇게 마침내 방배동 삼호아파트 7층까지 책장을 끌고 왔는데, 아내는 책상 다리를 짤라서 침상을 만들면 좋겠다고 의견을 내었다. 그래도 내가 이 책상을 얼마나 아꼈고, 얼마나 정이 많이 들었는데, 그리 쉽게 승낙할 수가 없었다. 그런데 나는 자꾸만 쇠잔해가고 내가 아꼈던 모든 것과 머지 않아 작별하지 않을 수 없다는 사실을 잘 알고 있었다. 그래서 내 자식이라도 이 책상을 잘 써줄 수 있기를 바랬는데, 아무리 둘러봐도 그럴 기미를 찾을 수가 없음을 확인했다. 마침내 결심하고, 지난 10월 8일 서울에 올라왔던 길에 희경에게 전화해서 톱을 가지고 와서 내 책상 다리를 잘라달라고 부탁했다.

이튿날(10월 9일) 희경은 남편 니콜라스까지 대동하고 방배동으로 와서, 정교한 솜씨로 빈틈없이 책상다리를 가지런히 잘랐다. 옆에서 지켜보고 있던 나는 자꾸만 내 다리가 저려오는 것 같아서 몇 번이고 다리를 쓰다듬어 주어야 했다. 그 멋지던 책상다리가 잘려나오니 마치 야구방망이의 윗부분처럼 위는 통통하고 아래는 날씬한 모습이 예뻐서 애처러웠다. 희경은 내 프린터를 올려놓았던 보조식탁도 꼭같은 높이로 잘라서 침상의 발치를 만들어 주었다. 아내가 서울 올라오면 쓸 침상이 완성된 것이다.

이제 내 주변에 내가 오랜 세월 손때 묻히고 아껴왔던 책상은 침상이 되어 요와 이불이 올라 있으니 모습을 찾아볼 수도 없게 되었다. 인생이란 이렇게 하나씩 떨구며 마무리 해가는 것인지도 모르겠다. 잘라낸 책상다리를 싸가지고 원주로 내려오니, 숙채간에서 삶아야 할 일이 많아, 아궁이에 불을 피우고 책상 다리를 하나씩 아궁이 속으로 집어넣었다. 마침내 책상다리는 다 타버려 재만 남고, 나는 아직 두 발을 디디고 서 있지만, 어쩐지 허전함을 지울 수는 없었다.

19
앨범을 정리하며

사진은 추억을 위한 풍경이요, 상상을 위한 그림책이라는 생각이 든다. 이제 나도 늙어 주변정리를 해야 하니, 다른 것은 웬만큼 정리하여, 누구에게 주거나 없애 버렸다. 지난번과 이번에 서울 왔던 기회에 앨범을 모두 꺼내놓고 버릴 사진과 사진 주인공에게 돌려줄 사진을 정리하였다. 앨범을 쌓아두면 내 가슴을 넘을 정도라 엄청나게 많아서, 대폭 과감하게 정리해갔다. 일단 정리하고 남은 앨범이 큰 앨범 2개, 중간 앨범 3개, 수첩 크기 앨범 2개로 모두 7개 남았는데, 버리거나 넘겨 준 것은 큰 앨범 5개, 중간 앨범 5개로 10개를 없앴으니, 2/3 정도를 줄인 셈이다.

앨범을 정리하면서 다시 사진을 하나하나 자세히 살펴보니, 아련한 추억이 샘솟듯이 되살아나, 그리움과 아쉬움이 밀물처럼 밀어닥쳤다. 내가 네 살 때(1946.7.20) 해운대 해변에 가족과 친척이 나를 데리고 사진을 찍은 것과 모래밭에 혼자 앉아 있는 까만 아이의 얼굴을 찍은 사진 두 장이다. 또 날짜는 알 수 없지만 다섯 살 때로 보이는 사진관에서 찍은 사진 두 장이 있다. 하나는 의자에 앉아 고개를 돌려 바라보는 내 천진한 얼굴이고, 또 하나는 내가 외조모 곁에 앉고 뒤에 어머니와 이모 둘이 서 있는 사진인데, 그때 어머니는 23세였으니, 지금 93세라 꼭 70년 전의 일이다. 이렇게 녁장의 사진은 내가 전생을 생각하여 그려보듯이, 기억 이전의 내 존재를 그려내는 아스라한 상상의 세계로 들어가는 문이었다. 이 녁장의 사진이 없었다면, 내 기억이전의 세계는 한낮 공상으로 그칠지도 모를 일이다.

초등학교 6년 동안의 사진은 지금 2장 밖에 남아 있지 않다. 초등학교 4학년 때, 연극을 하고나서 기념사진을 찍은 것이다. 한 장은 남학생 출연자들만 찍은 사진이요, 또 한 장은 남녀 학생 출연자 전체의 사진이다. 이 사진 두 장이 없었다면, 내 초등학교 시절의 추억이 얼마나 빈약해졌을지 짐작되고도 남는다.

그때 나는 남자 아이들로만 되어 있는 북쪽나라의 임금이었고, 여자 아이들은 남쪽 나라의 꽃들이었다. 이미 기억에서 지워진 여자 아이들의 꽃송이처럼 어여쁜 모습이 사진 속에 생생하다. 지금도 그때의 연극 연습하던 일과, 학예회에서 공연과, 초등학생 연극경연대회에 출연하여 우승했던 일, 및 극장에서 어느 고등학교 졸업기념 축하공연을 하였던 일 등, 세 차례의 공연동안 어린 나의 가슴에서 일어났던 기쁨과 슬픔과 외로움이 무엇이었는지 되살아나, 추억이 바다가 되어 거세게 출렁거렸다.

중학교시절 사진은 졸업 기념으로 반 전체가 찍은 사진 이외에는 방학때 송정 바닷가 바위 앞에서 뒷짐을 지고 바다를 바라보며 서 있는 사진 한 장뿐이다. 나는 그 눈길이 우수에 차 있는 듯하여, 지금 다시 보아도 마음이 저려온다. 고등학교시절부터 친구들과 깊이 사귀면서 함께 어울리고 여행도 하였는데, 이때 사진을 여러장 찍었으나, 남겨놓은 것은 몇 장 되지 않는다. 그래도 이 시절 사진에서 표정이 가장 밝았던 것 같다.

대학에 들어온 다음 고교친구들이나 대학친구들로 친구가 많아져 사진도 많아졌다. 그 시절 치렁치렁하게 많은 머리 숱이 다 사라지고 대머리가 되어가는 자신을 생각하면 쓸쓸하기만 하다. 나는 그 시절의 내 사진을 보면서 문득 나르시즘에 빠지는 기분에 잠기기도 한다. 군대 시절 사진은 장교 군복이 나를 받쳐주어 내가 이렇게 당당하던 시절도 있었던가 의심이 든다. 제대를 하고 대학원 시절은 너무 쫓기던 시기라, 학위 수여때 찍은 사진을 제외하면, 애초에 몇장 없었다.

1974년 결혼을 하면서 사진이 쏟아져 나오듯이 많아졌다. 아이들이 커가자, 또 사진이 많아졌다. 이때 아내와 아이들과 함께 찍은 사진들을 보면, 신혼초기의 행복한 시절이었음을 알겠다. 그러나 이 사진을 보면서 왜 그 때 내가 아내에게 좀 더 잘 해주지 못했을까. 왜 아이들한테 좀 더 사랑과 관심을 기울이지 못했을까 하는 회한이 솟구쳐 오른다. 추억에는 아름답기만 한 것이 아니라 아픔도 깊은 줄을 알겠다.

대학에 재직하는 기간 동안은 국제학술회의로 해외에 나가서 찍은 사진이 엄청나게 많았다. 또 학생들과 답사여행을 하면서 찍은 사진도 적지 않다. 학술회의에 나갔을 때 회의장에서 내가 발표하는 모습을 찍은 사진을 보면 무엇인가 쫓기는 듯 허둥거리는 것 같아서 아쉬웠다. 회의가 끝나고 고적과 아름다운 풍광을 찾아 여행다니며 찍은 사진은 너무 많아, 상당히 정리를 했는데도, 아직 많이 남아 있다.

사실 나는 카메라를 두 대나 샀던 일이 있다. 하나는 결혼 후에 아이들이 자라자 모습을 사진으로 찍어두기 위해 아주 단순한 초보자용 카메라를 샀다. 이 카메라를 허리에 차고 다니며 해외여행에서도 사진을 찍은 것이 많다. 또 하나는 그 당시 삼성에서 만들어내기 시작한 소형 줌 카메라였다. 그것은 1991년10월과 1992년1월 〈문화일보〉에 중국여행기를 연재하기 위해 중국여행을 하면서 신문에 게재할 사진을 찍기 위해 줌 카메라를 샀던 것이다. 이때 중국에서 찍은 사진만도 800장이 넘었다. 대부분 버렸지만, 이때는 내가 사진 찍는데 몰두했던 전성기였던 것이 사실이다.

50대가 지나면서 내 시력이 급격히 나빠져 사진의 초점을 맞추는데 자신을 잃었다. 그래서 사진기도 아이들한테 넘겨주고 사진촬영 폐업을 하였다. 이때부터 내 사진이나 내 가족사진은 모두 남이 찍어준 것 뿐이요, 내가 찍은 사진은 없다. 그래도 국내여행이나 해외여행에서 찍혀진 사진들이 상당히 많이 쌓여있다.

아내의 소녀시절부터 찍은 사진과 친정 식구들과 찍은 사진도 엄청 많아서, 내가 상당히 정리해주었다. 그래도 아직 많은 양을 남겨두었다. 나는 아내가 가장 아름다웠던 순간을 기억하고 있다. 내가 아내에게 프로포즈 하던 날의 빛나던 눈동자를 영원히 잊지 못한다. 그래서인지, 내가 참석하지 않은 아내의 친정 식구들과의 사진들이야 모두 나에게는 아내를 이해하는 배경의 자료로 남아 있을 뿐이다.

한 가지 사진들을 정리하면서, 내 자식들의 사진도 독사진은 모두 본인에게 돌려주었다. 그런데 큰 딸 희정의 사진도 상당히 많지만, 연락이 닿지 않아 아직 전해주지 못하고 있다. 처형은 사진광이라 할만큼 온 세계를 누비고 다니며 고급카메라로 엄청난 양의 사진을 찍었는데, 그 앨범들이 모두 우리 집에 와 있다. 내가 이 사진을 정리하고 남은 사진들은 앨범과 함께 여행에 취미가 있는 큰 딸에게 전해주기 위해 남겨놓고 있다.

20

나의 신앙고백

1. 신앙과 교회

신앙은 마음의 내면에 자리 잡고 있다. 마음 깊은 속에 떨림이나 울림이 있어야 신앙의 싹이 터져서 자라고, 그 떨림이나 울림이 없으면 신앙의 싹은 터져 나오지도 못하고 자라던 싹도 말라죽고 만다. 이와 더불어 신앙은 높고 밝은 대상을 지향하고 있다. 자신의 삶을 이끌어 주는 지극히 높고 두려운 존재를 받들거나, 지극히 밝고 올바른 진리를 찾아간다. 이처럼 마음의 내면은 지극히 높고 밝은 대상을 요구하기도 하고, 또 그 대상은 마음을 떨리게 하기도 하니, 내 목소리와 메아리의 관계처럼 안과 밖이 서로 작용하고 있는 것이라 하겠다.

우리는 이 마음속의 떨림을 신앙이라 하고, 그 신앙의 대상을 신(神)이나 진리, 혹은 도(道)라고 한다. 신앙은 내 마음속에서 터져 나오니, 생생하게 느낄 수 있지만, 신이나 진리나 '도'는 언제나 분명하

제1부 자신을 돌아보며 **99**

게 다가오는 것은 아니다. 마음이 신의 뜨거운 손길을 느끼거나 진리의 밝은 빛을 깨닫기란 지극히 어려운 일이니, 이를 위해서는 마음을 맑게 하고 비우기 위해 끊임없이 노력해야 한다. 우선 신을 만나는 일부터 살펴보자.

신을 만나기 위해 많은 사람들은 신의 이름을 부르며 기도를 하거나 찬송을 하고 있지만, 신의 어렴풋한 그림자를 만났다 하더라도 사람마다 제각기 다르게 드러나고 있는 것이 사실이다. 그렇다면 자신이 찾고 또 만나는 신이 과연 신의 진정한 모습인지 아닌지를 확인하기는 더욱 어려운 일이다. 하나의 달이 온갖 흐르는 강물들이나 잔잔한 호수들에 두루 비추듯이 제각기 모습이 달라도 하나의 달이 있듯이, '신'이 다양하게 드러나는 것이라 할 수도 있겠지만, 사람마다 제각기 자기 최면으로 여러 가지 '신'의 모습을 만들어내는 것이라 볼 수도 있다.

사람들이 신을 만나는 방법은 홀로 자신의 마음속에서 찾아나가기도 하지만, 여러 사람이 함께 모여서 같이 기도하거나 제사를 드림으로써, 보다 쉽게 신을 만나는 경험을 할 수 있는 것으로 여겨진다. 그래서 신앙집단이 생겨나고, 교회와 교단이 성립하게 되었던 것이라 하겠다. 교회에서 설교를 통해 '신' 존재에 대해 들음으로써, 자신이 홀로 '신'을 찾아 헤매야 하는 부담과 고통을 벗어날 수 있는 것은 사실이다. 이제 교회는 '신'의 대변인으로 권위를 갖게 되고, 대중은 교회의 권위에 복종하도록 훈련이 되어간다. 마치 모든 필요용품을 스스로 만들어 자급자족해야 하는 힘겨운 노동에서 벗어나, 슈퍼마켓에 가서 더 다양하고 유용한 용품을 사다가 쓰는 것과 비슷하다고나 할까.

종교교단이나 교회는 사람들이 '신'을 만나기 쉽도록 호소력이 강하고 감동적인 온갖 교리나 의례를 발명해낸다. 그래서 한 번 교회에 발을 들여놓은 사람은 죽음에 이를 때 까지 교회 안에서 신앙생활을 하기가 쉽다. 그런데 교회를 규칙적으로 나가고 충실하게 신앙생활을 하던 사람 가운데도 교회로부터 멀어지는 경우도 더러 있다.

이렇게 교회를 이탈하는 사람들에는 대체로 세 부류가 있는 것으로 보인다.

첫째, 신앙생활에 대해 전면적으로 회의를 느껴 신앙을 부정하거나, 드물게는 다른 종파의 신앙을 받아들이는 사람도 있다. 교회는 이런 사람들을 '배교자'(背敎者)라 일컬어 비난할 것이다.

둘째, 신앙의 열정이 식어서 교회로부터 멀어지는 사람도 있을 것이다. 물론 교회 안에서는 이런 사람들을 '냉담자'(冷淡者)라 지목하여 안타깝게 여길 것이다.

셋째, 신을 향한 신앙을 잃지 않아 그대로 지니고 있지만, 교단의 조직과 교회의 제도에 불편함이나 거부감 때문에 교회를 잘 다니다가 점차 교회를 벗어나는 사람도 나올 수 있다. 이런 사람들은 교회 안의 신앙생활에 심한 압박감이나 속박감을 느껴서 이탈하게 되는 경우로서, 상당수가 있을 것으로 짐작된다. 이런 사람들은 교회를 기피하지만 신앙을 간직하고 있다는 사실로 보아, '무교회주의자'(無敎會主義者)에 가깝지 않을까 생각한다.

집단생활이 안정감과 위안을 주는 것이 사실이지만, 동시에 자율적 판단이나 행동에 대해 심한 속박감이 견디기 어려운 측면이 있는 것도 사실이다. 어쩌면 본능적으로 집단생활을 하고 있는 사자나 늑대 가운데도 그 집단의 속박을 견디지 못하고 뛰쳐나와 혼자서 먹이를 찾아 헤매고 있는 경우도 있지 않을까 추측이 된다.

유럽이나 미국은 뿌리 깊은 기독교 전통을 지닌 사회이지만, 오늘날 교회들이 텅텅 비는 사실은 교회가 안정감을 주기보다 속박감을 주는 것으로 받아들여지면서, 교회를 벗어나고 있는 현상이 아니겠는가. 이에 비해 한국사회는 교회가 거리에 빽빽하게 들어차 있고 신도들이 구름같이 몰려드는 사실은 그만큼 한국사회가 혼란하고 불안하여 집단적 신앙생활을 통해 안정을 얻고자하는 사람들이 많다는 이야기가 아닐까.

2. 나의 신앙

나 자신의 신앙을 돌아보면, 대학시절 독실한 천주교신자인 어머니의 영향을 받아 교회에 다니기 시작했다. 그런데 교회는 아주 편안한 품과 같으면서, 동시에 나에게 맞지 않는 옷처럼 거북스럽기도 했다. 서양종교로서 지닌 의례에 대한 이질감을 많이 느꼈던 것 같다. 그러나 내 신앙의식 속에서 하느님은 여전히 알기 어려운 지극히 높은 초월지일 뿐, 내 가슴 속에 내재하여 말씀하시거나 분노하는 분은 아니었다. 나는 이 점이 나의 신앙이 지닌 한계임을 자주 느꼈다.

이에 비해 예수는 인간 예수로서 그 삶과 말씀이 가슴 속에 파고들었고, 성모 마리아는 내 어머니의 모습으로 내 마음을 감동시켰다. 그래서 나는 성모 마리아에게서 어머니를 찾고 어머니에게서 성모 마리아를 느꼈다. 그래서 신혼초 아내에게 "내 어머니는 성모 마리아 같은 분이요."라고 소개했다가, 어머니를 만나본 아내가 사나운 시어머니의 모습에 질겁하였던 일이 있었다. 신앙에는 언제나 환상이 따라

오는 것인지도 모르겠다. 실상으로서 어머니가 아니라 신앙으로서 이상의 어머니는 현실과 너무 다르게 비치는 것도 무리가 아니라 생각한다.

늙고 보니 이제는 어머니가 성모 마리아가 아님을 분명하게 알게 되었지만, 성모 마리아도 더 이상 신성하고 신비로움에 감싸인 분이 아니라, 내 마음에는 그저 아들의 죽음 앞에 통곡하는 평범한 어머니에 불과한 것으로 비쳐지고 있는 것이 현실이다. 그렇다고 평범한 어머니의 모습이 초라하기만 한 것은 아니요, 자식의 눈에는 그 사랑과 헌신에 여전히 가슴 저린 존재이다. 성모 마리아도 그러한 어머니의 한 분일 뿐이라 생각한다.

그래도 예수는 언제나 내 앞에 당당하게 서 계시고, 말씀 한 마디마다 폐부를 찌르는 것을 느낀다. 다만 물 위를 걷거나 물을 포도주로 변화시키는 등 온갖 기적에 대한 이야기는 그 시대 대중의 신앙적 요구에 부응하기 위해 만들어진 것일 뿐이요, 나의 신앙 속에서는 예수의 실지 행적이라 생각되지 않는다. 그것은 한바탕 우스개로 들릴 뿐이다. 나는 예수를 동정녀 몸에서 태어난 하느님의 아들이 아니라, 정상적인 부부의 몸에서 태어난 하느님의 아들이라 믿는다. 예수가 '하느님의 아들'이라 선포한 것은 예수 혼자 '하느님의 아들'이 아니라, 모든 인간이 '하느님의 아들'임을 각성시켜주는 선언이라 믿는다. 곧 예수를 믿음은 나 자신도 '하느님의 아들'임을 각성하게 해준 선언임을 믿는다는 말이다.

나는 예수가 부활하였다는 사건이나 교회가 가르치는 "육신의 부활을 믿는다."는 말을 믿지 않는다. 그러나 '부활'이라는 말은 죽음이 생명의 끝이 아니라, 죽음 이후에도 정신적인 생명이 어떤 형태로 유지

될 수 있음을 믿는다. 사후의 생명은 육신을 지닌 자연적 생명과는 달리 육신에서 벗어난 정신적 생명으로 상당기간 존속할 수 있을 것이라 믿는다. 따라서 '영원한 생명'이란 항구적으로 소멸되지 않는 생명이 아니다. 석가모니, 공자, 예수, 마호메트처럼 성인은 그 가르침이 많은 사람의 가슴 속에 살아있는 만큼 그 정신적 존재가 지속된다는 의미에서 부활이요 영생이라 할 수 있다는 말이다.

내 소견에는 예수의 여러 말씀이 모두 가슴에 울림으로 다가오지만, 그 가운데 지금까지 살아오면서 나에게 가장 깊은 충격을 준 말씀은 바로 그가 전도를 시작하면서 처음 말씀했던, "회개하라. 하늘나라가 다가 왔다."(마태오 4:17)는 한 구절이다. "회개하라."는 말은 자신을 돌아보고 자신의 죄를 각성해야 선으로 나아갈 수 있다는 말이요, "하늘나라가 다가 왔다."는 말은 '하늘나라' 곧 하느님의 존재를 두려워하라는 뜻으로 이해한다. 하느님을 두려워할 수 있어야, 자신의 죄를 더욱 절실히 각성할 수 있을 것이다.

사실 나 자신도 절박하게 요구되는 것이 있으면 하느님께 내 요구를 들어달라고 기도를 하지만, 나는 이런 기도가 옳지 않다고 생각한다. 기도는 하느님의 뜻을 이해하고 따르기를 기원하는 것이 정당하다고 알고 있다. 자신에게 필요한 것을 하느님께 요구하는 기도를 하는 것은 나의 나약함 때문에 생기는 것임을 되새기면서, 무엇을 요구하는 기도를 하게 될 때마다 자신을 나무라면서, 어떤 결과도 하느님의 뜻을 따르겠다고 기도하기를 다짐하고 있다.

3. 내 신앙의 풍경

　나는 예수만 아니라 석가모니나 공자도 가르침의 방식은 다르지만, 인간이 죄에서 벗어나 구원을 얻는 가르침을 제시하고 있는 점에서 공통적이라 생각한다. 나 자신 불교를 조금 공부해본 일이 있고, 유교를 전공으로 삼아왔지만, 세 성인의 가르침 가운데 예수의 가르침이 나에게는 가장 절실하게 다가왔던 사실을 고백하지 않을 수 없다.

　비유하자면, 세 가지 갈래길 앞에 서서, 가장 자주 다니는 길이 있지만, 이 길을 가보기도 하고 저 길을 가보기도 하는 경우와 같다. 첫 번째 길은 세상을 멀리 벗어난 깊은 숲 속 냇물소리가 시원한 오솔길이다. 이 길은 그윽한 운치를 지녀, 내 정신을 쇄락(灑落)하게 해준다. 두 번째 길은 세상 속으로 뻗어있는 길이다. 이 길은 나에게 세상에 대한 책임을 가장 절실하게 깨닫게 해준다. 세 번째 길은 한쪽으로 도시의 풍경도 보이고, 다른 한쪽으로 숲이 울창한 산 속의 풍경도 보이는 언덕길이다. 이 길은 내가 세상 속에서 살고 있는 존재임을 일깨워주고, 동시에 나에게 세상 너머의 세계를 깨닫게 해준다.

　사실 나는 세 번째의 언덕길을 가장 좋아하지만, 나머지 두 길을 즐겨 걸으며, 이 길이 지닌 아름다움과 소중함을 잊지 않는다. 달리 비유하면 마치 한 여인과 혼인하였으면서, 밖에 나가서는 개성이 전혀 다른 두 여인과 담소하기를 즐기는 사람과 비슷하다. 하나에만 충실하지 못하다는 비난을 받을 수 있음을 안다. 그러나 이렇게 개성이 다른 세 여인과 사귀면서 내 인생이 더욱 풍부해질 수 있음을 발견하게 된다.

　이렇게 하나의 종교에 집중하여 다른 종교들을 거부하는 신앙태도가 아니라, 서로 다른 종교들의 장점을 인정하고 융화를 추구하는 신앙이 어떻게 생기게 되었는지를 돌아보니, 대학에서 종교학을 공부하면서 여러 종교를 접하게 되었고, 종교의 공통적 성격에 대해 이해하였기 때문이요, 또한 대학 3,4학년 때 만난 김익진(金益鎭)선생이 번역한 오경웅(吳經雄)의『동서의 피안』과『내심낙원』(內心樂園)을 읽으면서 심화되었던 것으로 생각된다.

그래서 내가 연구했던 과제 가운데는 '유교의 불교비판과 불교의 대응논리', '불승의 유교경전 해석', '유교-천주교 사이의 교류와 갈등', '유학자의 노자·장자 인식' 등 서로 다른 종교나 사상 사이의 이해와 충돌문제가 상당한 비중을 차지하고 있었던 것이 사실이다. 이런 맥락에서 제자백가의 사상과 유교사상의 비교연구를 본격적으로 다루어보고 싶었지만, 이제 내 기력이 쇠진하여 더 이상 시도할 수 없게 된 현실이 안타깝기만 하다.

21

약(藥)과 독(毒)

　우리는 선과 악이나 약과 독은 항상 서로 반대되고 상극(相克)을 이루는 것이라 생각한다. 그래서 이 상극관계는 결코 뒤섞이거나 어울려서는 안 되고, 한쪽을 선택해야하며 다른 쪽은 버려야 한다고 믿는다. 그러나 세상에는 선과 악이나 약과 독이 과연 칼로 잘라놓듯이 서로 다르고 반대되는 것이기만 할까.

　빛과 어둠은 분명 상반된 것이다. 그러나 빛이 비치는 곳에는 어디에나 그림자가 생기기 마련이다. 여름날이 무더우면 몸이야 괴롭겠지만 곡식은 잘 자랄 것이요, 겨울날이 몹시 추우면 몸이야 괴롭겠지만, 해충이 죽어 질병이 적어질 것이다. 마찬가지로 질병을 치료하는 온갖 약에는 어느 것에나 사람에게 독이 되는 부작용이 따른다는 사실을 누구나 알고 있다. 뒤집어 말하면 모든 독에는 약의 효과도 들어 있다는 말이 된다.

　세상에 무엇이든 좋기만 하거나 나쁘기만 한 것은 아니라는 말이다. "축복 속에 재앙이 있고, 재앙 속에 축복이 있다."(福中禍, 禍中福)고 하지 않았는가. 댄 브라운(Dan Brown)의 소설 『천사와 악마』(Angels and Demons)에는 바티칸 교황청에서 교황의 최측근에 있던 신부가 바로 천사이면서 동시에 악마였다는 사실을 생생하게 보여주고 있다. 어쩌면 천사 안에도 악마적 요소가 있고, 악마 안에도 천사의 요소가 들어있는지도 모르겠다.

물과 불은 비록 사람이 살아가는데 필수적인 것이라지만, 지나치게 많아도 재앙이요, 지나치게 적어도 탈이 난다는 사실을 누구나 쉽게 경험할 수 있다. 마찬가지로 아무리 좋은 약도 지나치게 많이 쓰면 독이 되고, 지나치게 적게 쓰면 치료효과를 볼 수 없다. 무엇이든 지나쳐도 문제가 발생하고 못미쳐도 문제가 있으니, 적절한 정도를 찾아야만 비로소 제대로 좋은 기능을 할 수 있다는 말이다.

공자는 "세 사람이 같이 가는 데는 반드시 내가 스승삼아야 할 사람이 있으니, 그 선한 점을 가려서 따르고, 그 선하지 않은 점을 보면 (반성하여 자신의 허물을) 고쳐야 한다."(三人行, 必有我師焉, 擇其善者而從之, 其不善者而改之."(『논어』7-22))고 말씀한 일이 있다. 어디 세 사람이 같이 다니는 경우만 그렇겠는가. 세상에서 사람들은 같이 길을 가거나 같은 직장에서 일하거나, 함께 둘러앉아 먹고 마시며 담소하는 자리에서도 남들 가운데 선한 점을 보면서 좋아하여 칭찬하기도 하지만, 악한 점을 보면서 미워하여 흉을 보는 일이 흔히 있다.

그러나 공자는 오히려 남들 가운데 그 선한 점을 찾아서 자신도 배우고 따르며, 그 악한 점을 발견했을 때는 자신을 성찰하여 바로잡을 수 있다면, 이것이 바로 자신을 바르고 선하게 다듬어가는 길임을 보여준다. 진실로 공자는 독에서도 약을 찾아내어 쓸 줄 아는 분이었다고 하겠다.

많은 사람들이 좋아하여 추구하는 것이라 하여 선하기만 한 것이 아니며, 모두가 싫어하고 천시한다 하여 악하기만 한 것도 아니다. 좋아하는 것에도 독이 있고, 싫어하는 것에도 약이 있음을 눈여겨 볼 필요가 있다. 송 휘종(宋徽宗) 때의 선비 유변공(劉卞功, 호 高尙道人)이 "일반 사람은 기욕(嗜欲)으로써 자신을 죽이고, 재물로써 자손을 죽이며, 정치로써 백성을 죽이고, 학술로써 천하와 후세를 죽인다.(常人以嗜欲殺身, 以貨財殺子孫, 以政事殺民, 以學術殺天下後世.〈『賓退錄』〉)라고 말하였다 한다. 이 구절은『성호사설』(星湖僿說, 권18, '王陽明')에도 인용되고 있다.

물론 기욕(嗜欲: 기호와 욕망)이나 재물이나 정치나 학술은 사람이 사람답게 살아가는데 필요하고 또 중요한 일들이다. 그러나 아무리 필요하고 소중한 일이라 하더라도 집착하거나 균형을 잃으면, 그 독소가 자신도 죽이고 자손도 죽이고 백성도 죽이고 천하후세도 혼란에 빠지게 한다는 말이다.

사실 사람들은 누구나 기욕을 추구하고, 재물을 소중히 여기지만, 그 해독이 자신과 자손에게 미칠 수 있음을 깨닫는 사람은 드물다. 정치를 하여 세상을 구제하겠다고 벌떼처럼 모여들지만, 그 정치가 백성을 혼란과 고통 속에 몰아넣고 있다는 사실을 모르는 인사들이 많은 것도 사실이다. 학술을 높이 받드는 학자들의 진리에 대한 신념이 독선이 되면, 도리어 온 천하와 후세까지 얼마나 큰 해독을 끼치는지 모르는 경우가 허다하다.

특히 학술이 천하후세에 끼치는 해독이 심각하다는 점을 잊기 쉽다. 담헌(湛軒 洪大容)은 조선후기 주자학자들의 폐단을 비판하여,

"정학(正學)을 붙든다는 것은 실상 자랑하려는 마음에서 말미암았고, 사설(邪說)을 물리친다는 것은 실상 이기려는 마음에서 말미암았으며, 인(仁)으로 세상을 구제한다는 것은 실상 권력을 유지하려는 마음에서 말미암았고, 명철(明哲)함으로 몸을 보전한다는 것은 실상 이익을 노려보려는 마음에서 말미암았다."(正學之扶, 實由矜心, 邪說之斥, 實由勝心, 救世之仁, 實由權心, 保身之哲, 實由利心.〈「鷖山問答」〉)고 예리하게 지적했던 일이 있다.

순자도 "아내와 자식이 있으면 부모에 대한 효심이 쇠퇴하고, 기호와 욕망을 이루면 벗에 대한 믿음이 쇠퇴하며, 벼슬과 녹봉이 충족되면 임금에 대한 충성이 쇠퇴한다."(妻子具而孝衰於親, 嗜欲得而信衰於友, 爵祿盈而忠衰於君.〈『순자』, 性惡篇〉)고 하지 않았던가. 무슨 일에나 한쪽에 기울어지기 쉬우니, 그만큼 다른 쪽을 소홀하게 되는 것은 자연스러운 현상이다.

뒤집어 말하면 부모에게 효도를 지극히 하자면 아내와 자식을 소홀하게 되고, 벗에 대한 믿음을 두터이 하지면 자신의 기호와 욕망을 억제하지 않을 수 없고, 임금에 대한 충성을 다하자면 벼슬과 녹봉을 바라지 말아야 한다는 말이기도 하다. 두 가지가 모두 좋기는 어렵고, 한쪽이 좋으면 다른 쪽이 희생되어야 하니, 약 속에 독이 들어 있는 것은 분명한가보다.

절대적으로 선하고 절대적으로 진실한 것이 있다면 좋겠지만, 현실은 언제나 상대적이다. 선함 속에 악함이 들어 있고, 악함 속에 선함이 들어 있으며, 약 속에 독이 들어 있고, 독 속에 약이 들어 있기 마련이다. 그래서 절대적 선을 믿는 사람은 독선(獨善)에 빠지기 마련이요, 절대적 진리를 믿는 사람은 독단(獨斷)에 빠지기 마련이다. 독선과 독단의 해독은 모든 것을 파괴할 수 있는 맹독(猛毒)이 아닐 수 없다.

노자는 "천하의 사람들은 모두 어떤 것이 아름다운지를 아는데, 이 것은 바로 추함이 있기 때문이다."(天下皆知美之爲美, 斯惡已.〈『노자』 2〉)라 하였다. 아름다움은 추함과 대조되었을 때 아름다운 것이지, 모 든 것이 아름다우면 '아름답다'는 말이 사라질 것이다. 마찬가지로 모 든 것이 추악하면 '추악하다'라는 말이 사라질 것이다. 그렇다면 추악 함을 미워하여 모두 몰아내고 아름다움만 모아서 살 수는 없다는 말 이다. 아름다움 속에서 추악함의 그림자를 읽지 못하면 이미 아름다 움도 제대로 알지 못하는 것이 아니겠는가.

또한 노자는 "모두가 어떤 것이 선한지를 아는데, 이것은 바로 악 이 있기 때문이다."(皆知善之爲善 斯不善已.〈『노자』2〉)라 하고, "선한 사람은 선하지 않은 사람의 스승이지만, 선하지 않은 사람도 선한 사 람의 본보기이다."(善人者, 不善人之師, 不善人者, 善人之資.〈『老子』 27〉)라 하였다. '악'이 없는 '선', '선'이 없는 '악'은 애초에 존재할 수 없다.

연꽃이 진흙 속에서 피어나 향기롭듯이 '선' 또한 '악' 속에서 실현 되기에 더욱 향기로울 수 있다. '선'은 '악'을 포용하면서 자라고, '악' 은 '선'을 길러준다. 따라서 자기만이 선하다는 '독선'(獨善)과 자기만 이 옳다는 '독단'(獨斷)에서 벗어나 '악'을 포용하고, '악'을 통해 자신 을 바로잡아가는 '선'이라야 진정한 '선'이라 할 수 있지 않겠는가.

오늘의 우리 사회에서 대립과 적대감이 날로 심화되는 현상도 독선 과 독단에 사로잡혀 독기(毒氣)만을 뿜을 뿐, 남을 이해하고 포용하는 힘을 잃었기 때문이라 보인다. 서로 가슴을 열고 상대방의 말에 귀를 기울이며, 서로 허심탄회하게 호소하여 상대방을 감동시키는 데서부

터 그 얽히고 꼬인 매듭을 풀어가야 하지 않을까. 이런 생각이 현실과
전혀 동떨어진 한낱 공상(空想)에 그칠 뿐이라 하겠는가.

22

욕심과 양심

　요즈음 우리가 사는 세상에는 어디에나 목표에 먼저 도달할 수만 있다면 수단방법을 가리지 않는 풍조가 속속들이 침투되어 있는 것 같다. 학부모가 자녀교육을 한다면서 거액의 돈으로 선생을 매수하거나 입학시험도 부정으로 통과하는 경우가 더러 있다. 이러고서도 부모나 자녀나 선생 어느 누구도 부끄러워 못 견디는 사람은 찾기 어렵다. 어쩌다 적발되면, 그저 재수가 없었다는 표정이다.

　사회의 온갖 비리가 죽 끓듯이 부글거리고 있지만, 누구도 책임의식이 없다. 오히려 제때 챙기지 못하고 우둔하게 굴다가 기회를 놓쳤다고 아쉽게 여기거나 후회하는 사람들이 많은 것으로 보인다. 비리는 탐욕의 결과이다. 사람마다 가슴 속에서 타오르는 이기적 탐욕을 적절히 통제하는 장치가 고장 나거나 이 통제장치를 잃어버렸다면 그 사회는 온갖 부정과 비리, 불법과 폭력이 만연하기 마련이다.

　우리사회처럼 전통의 질서를 잃어버리고, 새로운 시대의 질서가 정착되지 않은 과도기적 상태에서는 이기적 욕망이 지도층에서부터 서민대중에 이르기까지 광범하게 퍼져나가기가 쉽다. 이런 사회에서는 남을 위해 봉사한다거나 국가와 사회를 위해 헌신한다는 말은 무척 공허하게 들릴 수밖에 없다. 그러나 이런 사회일수록 "네가 자선을 베풀때에는 오른 손이 하는 일을 왼손이 모르게 하여라."(〈『마태오 복음서』6:3〉)는 예수의 말처럼, 착한 마음으로 착한 일을 하면서도 자기 마음속에 도덕적 만족감조차 갖지 않는 모습은 사람의 가슴 깊이 울리는 감동을 줄 수 있다. 곧 순수하고 텅 빈 마음으로 선(善)을 실행한다는 것은 마치 사막 한 가운데 떨어져 목마름으로 시달리는 사람에게 한 모금의 물처럼 달고, 심한 매연 속에 갇혀서 숨쉬기도 어려운 사람에게 어디선가 불어오는 한 줄기 맑은 바람처럼, 생명을 살려내는 희망을 줄 것이다.

이기적 욕심에 끌려 다니다 보면 남을 고통스럽게 할 뿐만 아니라, 자신도 고통에 시달리게 된다는 사실을 깨달을 필요가 있다. 그래서 세속적 탐욕을 훌훌 벗어버리게 하는 데는 종교가 상당한 기여를 해왔다. 실지로 우리사회에는 어느 나라 못지않게 종교단체도 많고 종교인들이 많이 있다. 특히 우리사회의 종교인들은 열렬한 신앙심으로는 지상에서는 어디 내놓아도 빠지지 않음을 자부할 만하다. 그러나 우리사회의 퇴패와 비리는 여전히 성행하고 있으니 어찌된 일인가.

물론 종교에도 허물이 있을 수 있다. 때로는 신앙적 열정이 독선(獨善)과 광신(狂信)으로 빠져들어, 가족이나 친구 사이에도 정상적인 대화조차 하기 어려운 경우가 흔히 있다. 사람이 많이 모인 곳이면 정거장이나 전철 속에서 까지 "예수 천당. 불신 지옥."을 외치고 다니는 광경을 보면서, 죽은 다음의 이익으로 유혹하는 모습이 보기에도 안

쓰럽고 괴롭다. 심지어는 내년에 세상의 종말이 올 테니 믿으라고 돌아다니는 사람도 있는데, 금방 거짓으로 드러날 일을 가지고도 절박하게 위협하기를 조금도 망설이지 않고 서슴없이 하고 있다.

모두가 믿게 하려는 목적의식은 분명한데, 그 방법과 결과에 대한 건전한 선택이 보이지 않는다. 탐욕과 이기심에 병든 사람의 마음을 치료해주어야 할 종교마저도 이기심에 병들고 만 것이 아닌지. 우리 사회의 종교는 장님이 장님을 이끌고 길을 나가는 꼴이 아닌가 걱정스럽다. 움베르토 에코의 소설『장미의 이름』(The Name of the Rose)에서 윌리엄 수도사가 "악마란 하느님을 너무 사랑하고, 자신이 믿는 것을 절대로 옳다고 믿는 자이다."라고 한 말에 따르면, 악마란 신앙인 속에 많이 들어 있다는 생각을 하게 된다.

어쩌면 겸손의 아름다운 마음씨와 희생적인 봉사정신도 그 속을 잘 들여다보면, 자신의 덕망을 더욱 높이 올려놓고 싶은 마음, 자신의 명예를 더욱 튼튼하게 지키고 싶은 마음이 깃들어 있을지도 모른다. 재산이 많은 사람들이 사회사업에 자기 재물을 희사하는 데는 그의 이름을 드러내주어야 하는 조건이 따르기 마련이다. 홍수나 태풍이나 화재를 만나거나, 불시에 큰 재난을 당하여 어려움에 놓여있는 이웃을 돕기 위해 사회운동을 벌이고 있다. 불우이웃을 위해 의연금을 내는데도 방송국에서는 줄줄이 이름과 금액을 읽어가고 있다. 신문에다 큼직한 활자로 이름과 금액을 밝혀주는 것이 돈을 내게 하는데 상당한 효과가 있지 않겠는가.

심지어 절에서 부처님 앞에 바치는 헌금이나, 교회에서 하느님께 바치는 헌금도 많은 사람들 앞에서 이름과 금액을 밝히는 경우가 많은 것으로 들었다. 부처님을 기려서 절을 중수하는 데도 재물을 내어

놓은 사람의 이름을 비석에다 새겨놓아 영구히 전해주려는 마음 씀을 본다. 자신이 재물을 바친 공덕이 축복으로 돌아와 저지른 죄를 용서받거나 큰 복을 받기를 바라고, 죽은 뒤에 천당이나 극락으로 올라갈 수 있도록 보장받고자 하는 실리적 판단이 상당한 정도로 작용하고 있는 것이나 아닐까.

주위를 돌아보면 작은 선행을 하고서 크게 생색을 내려는 통속적인 마음 씀을 자주 만나게 된다. 그 얄팍한 속셈을 들여다 볼 때 조소를 보내기도 하고, 때로 자신의 마음속에서도 발견하고는 부끄러움을 느끼기도 한다. 그래서 어쩌다가 사심(私心)없이 남을 돕거나, 이름을 알리지 않고 기부하는 사랑의 마음을 만나게 되면, 가슴에 깊은 감동을 느끼게 되고, 그 고귀함을 새삼 깨닫고 머리를 숙이게 되기도 한다.

사람마다 가슴 속에는 이익과 권력을 차지하려는 '욕심'(欲心)과 공정하고 정의로움을 지키려는 '양심'(良心)이 있다. 욕심을 따르는 마음인 '인심'(人心)과 도리를 따르는 마음인 '도심'(道心)이 바로 '욕심'과 '양심'에 상응되는 것이라 하겠다. '욕심'은 고삐 풀린 말처럼 날뛰고 달려 나가는 데, '양심'이 '욕심'의 고삐를 재빨리 낚아채어 단단히 쥐고 방향을 잡으면, 하루에 천리도 갈 수 있을 만큼 큰 힘을 발휘할 수 있을 것이다.

그렇다면 사람이 욕심을 모두 제거하는 것도 옳지 않고, 양심만 가지고도 스스로 문제를 헤쳐 나가기가 어렵다. 욕심의 추진력과 양심의 방향타가 적절히 조화롭게 기능하여야 양심의 올바른 방향으로 욕심의 충동이 지닌 추진력을 발휘해 나아갈 수 있으리라 본다. 말하자면 양심과 욕심은 자전거의 앞바퀴와 뒷바퀴처럼 방향타와 추진력으로 기능하는 것이 가장 바람직하다.

자전거의 비유에서 양심이 방향타(앞바퀴)요 욕심이 추진력(뒷바퀴)의 역할을 한다면, 여기에 한 가지 조건이 더 필요하다. 가는 도중에 급경사의 비탈길을 내려갈 때에나, 혹은 큰 장애물을 만났을 때에는, 브레이크를 잡아 속도를 조절하거나 급하게 정거시켜야 한다. 이런 브레이크의 역할을 하는 것이 '지성'이라 할 수 있다. 전체적 상황과 구체적 조건을 판단한 '지성'이 그때 그때 빠르고 늦기를 조절하고 머무르고 출발하기를 결정할 수 있어야, 올바른 방향으로 끝까지 안전하게 갈 수 있을 것이다.

 이렇게 양심이 올바른 방향을 찾고, 욕심이 강한 추진력으로 밀고 나가며, 지성이 전체적 상황 속에서 통제할 수 있다면, 건강한 인격으로 모든 행동에 균형과 아름다움을 이룰 것이요, 위험을 잘 극복하여 그 목적을 안전하게 성취할 수 있을 것이다. 이것이야말로 인간의 지극히 선하고(盡善), 지극히 아름다운(盡美) 삶을 이루는 모습이라 할 수 있을 것 같다.

$$\underline{23}$$

진정한 효(孝)

유교문화 전통에서 '효'(孝)를 위한 행동은 참으로 다양하다. 아침 저녁으로 문안을 드리거나, 부모 앞에 모릎을 끓고 앉아 절대적 복종 의 뜻을 보이거나, 부모가 죽으면 삼년상(三年喪)을 치루며 무덤 곁에 서 시묘살이를 하는 등, '효'를 위한 행동은 참으로 다양하다. 그러나 이런 '효'를 위한 행동(孝行)에는 겉으로 형식만 갖춘 것에서부터 마음을 온통 기울이고 심하면 생명까지 바치는 여러 가지 양상이 있다. 그 가운데 과연 진정한 '효'는 무엇일까?

『중용』(19:2)에서 공자는 "조상의 큰 뜻을 잘 계승하고, 조상의 사업을 잘 발전시킨다."(善繼人之志, 善述人之事.)는 말에서 자질구레한 효 도의 행실이 아니라, 근본적이요 큰 효도로서, 효도의 진정한 의미를 밝혀주고 있다. 아침저녁으로 문안을 드리며 부모의 몸을 편안하게 봉 양하는 일이나, 부모의 말씀을 어김없이 받드는 순종하는 일은 '효도' 로 널리 강조되어 왔다. 그러나 봉양하고 순종하는 일은 오히려 '효도'

의 작은 절목이라 보고, 진정한 효도가 무엇인지 깨우쳐주고 있다.

진정한 효도란 부모가 가슴에 품고 있던 큰 뜻이 무엇인지를 깨달아서, 돌아가신 뒤에도 그 큰 뜻을 잘 계승하는 일이요, 부모가 이루고자 했던 큰 사업이 무엇인지를 잘 살펴서, 돌아가신 뒤에도 그 큰 사업을 잘 펼쳐내고 발전시키는 일이 진정한 효도임을 제시하고 있다.

옛 조상을 받들어 제사를 성대하게 행하거나, 살아계신 부모가 즐거워하고 만족하도록 정성을 다해 봉양하는 것이 효도의 과제인 것은 분명하다. 그러나 앞 세대만 바라보는 효도는 과거를 지향한 도덕규범의 틀에 사로잡힌다는 문제가 있다. 사실 부모를 받들기 위해 자신의 모든 것을 바치고 자신의 뜻과 꿈을 포기하는 효도의 태도는 '노예도덕'이라 비난을 받는 것이 당연하다.

이에 비해 부모의 큰 뜻과 사업이 자손을 통해 이어가며 발전해 가게 한다면, 그것은 미래를 내다보고 나아가는 진취적 도덕규범이라는 점에서, 효도의 의미가 더욱 크고 깊게 드러난다고 하겠다. 진정한 효도는 과거와 미래를 동시에 내다보는 양쪽 눈을 밝게 떠야 한다는 말이다.

자식을 굶겨죽이면서 부모를 잘 봉양했다거나, 임종을 맞은 부모를 한 순간이라도 더 살게 하기 위해 자기 손가락을 잘라 부모의 입에 피를 흘려넣었다는 '효자'의 일화들을 줄줄이 싣고 있는 효행(孝行)의 기록들은 너무 극단적으로 앞 세대를 향해 기울어지고, 지나간 세대에 얽매어 있는 과거지향적 도덕의식이라 하지 않을 수 없다.

물론 조상과 부모의 큰 뜻과 사업을 미래로 이어가며 실현하려면, 과거의 조상과 부모에 대한 관심과 이해가 소중하다. 조상과 부모가 돌아가셨다고 잊어버리면, 자기 한 몸만 남게 되니, 이어가야할 큰 뜻과 사업도 세우기가 어렵다. 세상에는 출세하여 높은 지위에 오른 사람이 이기적 탐욕에 빠져 뇌물을 받았다가 법정에 서는 경우도 심심치 않게 보인다. 이들은 자신의 조상과 부모가 지닌 큰 뜻과 사업을 망각하였으니, 크게 불효한 사람이 아닐 수 없다.

한 나라도 미래에 큰 성취를 이루고자 하면, 반드시 과거의 역사를 잘 살펴서, 앞 시대의 큰 뜻과 사업을 분명하게 인식해야 하고, 앞 시대의 과오를 깊이 인식하여 되풀이 하지 않도록 경계해야 한다. 조선시대의 유교지식인들은 사람의 도리를 밝히고 정의로움을 실현하려는 큰 뜻을 가졌으나, 독선에 빠져 당쟁을 일삼다가 나라를 망치고 말았다. 그런데 오늘날 우리사회의 지도층들이 조선시대 지식인들의 큰 뜻은 망각하고 독선과 분열의 폐습만 되풀이 하고 있다면, 이것은 역사에 불효한 자들이라 하지 않을 수 없을 것이다.

한 가지 큰 문제는 보모나 조상의 큰 뜻과 사업을 계승하고 발전시키기 위해 부모와 조상을 돌아보아도 큰 뜻과 사업이 보이지 않는 경우가 많다는 현실이다. 이런 경우에는 어떻게 하는 것이 진정한 효도를 실현하는 길인가. 실제로는 벼슬하면서 뇌물만 거둬들여 재산을 이룬 부모, 윗사람에게 아부하고 아랫사람에게 가혹하여 잇속을 챙겼던 부모, 술에 절은 주정뱅이나, 도박에 빠진 노름꾼, 남을 속이고 재물을 뺏는 사기꾼… 이런 부모가 눈앞에 떠오르면 무슨 뜻을 이어가고 무슨 사업을 일으켜야 한단 말인가.

세상에는 보고 배워야 할 모범이 되는 부모만 있는 것이 아니다. 부모의 행적을 보면서 그렇게 하지 말아야 한다고 마음 먹게 되는 경우도 상당히 많을 것이다. 불행하게도 부모와 조상을 돌아보아도 계승할만한 뜻과 사업이 없는 경우에는 그 자손으로서 어떻게 진정한 효를 행할 수 있을 것인가. 부모의 모범이 자손의 길을 열어주기도 하지만, 부모의 악행을 보고서 자신을 경계하면서 바른 길을 찾아가기도 한다.

어떤 사람이 어려서는 주정뱅이 부모로 부터 매를 맞으며 학대를 받고 자랐는데, 그가 뒷날 반듯하게 성장하여, 큰 뜻을 세우고 큰 사업을 일으켰다면, 그는 훌륭한 부모를 만나 부모의 뜻과 사업을 이어간 사람보다, 부모를 위해서 더할 수 없이 큰 효도를 행한 것이라 할 수 있다.

그렇다면 큰 효도는 부모의 큰 뜻과 사업을 잘 계승하여 발전시키는 것이지만, 부모가 큰 뜻과 일으킨 사업이 없다 하더라도, 자신이 큰 뜻과 사업을 일으켜서 부모를 빛나게 하였다면, 이것이 진정한 의미에서 부모의 뜻을 잇고 사업을 계승하는 것이라 할 수 있다. 그만큼 부모의 큰 뜻과 사업이란 부모가 갖고 있는지 아닌지의 문제를 떠나서 하나의 이상적 가치라 볼 수도 있을 것이다.

공자가 효도의 진정한 의미를 밝혀주는 말씀이 바로 "조상의 큰 뜻을 잘 계승하고, 조상의 사업을 잘 발전시킨다."는 한마디 이다. 아침 저녁으로 문안을 드리며 부모의 몸을 편안하게 봉양하는 일이나, 부모의 말씀을 어김없이 받드는 순종하는 일은 '효도'로 널리 강조되어 왔다. 그러나 봉양하고 순종하는 일은 오히려 '효도'의 작은 절목이라 보고, 진정한 효도가 무엇인지 깨우쳐주고 있다.

24

진실의 실상

　진실은 큰 목소리에서 확인되는 것이 아니다. 의견이 갈라질 때, 목소리 큰 사람이 토론에서 이기는 것이 아니라, 차분하게 논리를 펼치는 사람이 이긴다. 그런데 세상에서는 큰 목소리로 사납게 꾸짖는 사람이 지배하고 있으니, 어찌된 일인가. 조선시대 유학자들은 불교를 이단(異端)이라 배척하고, 불충불효(不忠不孝)하며 허무(虛無)한 도리라 비판하는데 언성을 높였다. 그렇다고 유교는 진리로 확인되고 불교는 허위로 확인되었던 것은 아니다.

　한말의 대표적 문장가인 이건창(李建昌)이 지은 19세기 후반에 살았던 이봉(离峰, 金樂玹)선사의 '탑명'(塔銘)의 기록에 따르면, 이봉선사는 자정에 일어나 먼저 대궐을 향해 네 번 망배(望拜)하기를 평생토록 그치지 않았다고 한다. 어떤 사람이 묻기를 "불교에서는 '도'(道: 佛道)를 즐거워하는데 어찌하여 이렇게 하기를 좋아하시오."하였더니, 이봉선사는 "충(忠)과 효(孝)는 이치가 본래부터 있으니, 공적(空寂)

에 도피하여 충과 효를 잊는다면 이른바 '도'가 아니다. 장부가 때를 만나 등용되면 조정의 '충'이 있고, 때를 만나지 못하여 은둔하면 산림 (山林)의 '충'이 있다. 내가 아침저녁 고요한 마음으로 수행하는 바는 임금의 은혜에 보답하기를 서원하는 것이니, 곧 내가 '도'로 삼는 것이다."(忠孝理之固有, 逃空寂而忘忠孝, 非所謂道也, 丈夫遇而登庸, 則有 朝廷之忠, 其不遇而隱淪則有山林之忠, 吾所以昕夕薰修, 誓報君恩者, 乃吾以爲道也.〈李建昌, 『明美堂集』, '离峰和尙塔銘'〉)라고 대답했다 한다.

또한 이건창은 이봉선사를 칭송하면서, "내가 근세의 사대부를 보니, 조상의 문벌을 차지하고 임금의 은총과 녹봉을 받는데, 남의 힘을 빌어서 벼슬하는 자는 굽실거리며 순종하는 작은 '충'에 불과하며, 그 마음은 정성에서 나오는 것이 항상 적고, 이욕에서 나오는 것이 항상 많다. 그렇다면 선사가 남들이 모르는 자리에서 대궐을 향해 망배(望 拜)하며, 나라를 위해 기도하고 축원하기를 늙어 죽을 때까지 게을리 하지 않았던 것은 현명하다고 할 수 있다."(吾觀近世士大夫, 席祖先之 閥閱, 荷君上之寵祿, 所藉手而致身者, 不過爲婦寺之小忠, 心之出於誠 者恒少, 而出於利者恒多, 然則師之望拜祈祝於人所不知之地, 至老死 而靡懈者, 可以謂賢矣.〈위와 같음〉)고 하였다.

이른바 유교를 받들며 불교를 이단으로 배척하는 사대부들의 대부분이 권세나 이익을 탐하고 나라를 위한 충성도 정성도 부족하다면, 이들을 정도(正道)라 할 수 있겠는가. 부모를 버리고 출가하여 충과 효의 도리를 저버렸다고 비판받고 있던 불교의 승려가 지성으로 나라와 임금을 위해 기도하고 축원한다면, 이를 사도(邪道)나 좌도(左道)라 비난할 수 있겠는가.

그렇다면 진실은 어떤 지위나 명성이 보장해주는 것이 아니다. 정부의 요직에 높은 지위를 차지한 사람들이 나라를 위해 더 큰 일을 하는 것이 아니라, 이권을 밝히는 모리배일 수 있다. 국회의원이 국민의 대표라는 명목을 지니고 있지만, 국회라는 큰 건물이 모리배의 집단을 수용하는 곳인지도 모르겠다. 시장바닥의 한쪽 구석에 자그마한 좌판을 벌여놓고 나물을 파는 할머니가 오히려 분수 바깥의 욕심 없이 정직하게 살아가는 사람일 것이다.

송운(松雲 惟政)선사는 어느 날 제자들을 불러 모아놓고, "여래는 나의 뱃속에 있는데 어찌 밖에서 구하느라 세월만 보내고 있는가."(如來在我肚裏, 何必走外求, 而蹉過日時耶.〈「松雲大師石藏碑銘幷序」, 韓佛8, 76上〉)라고 질타하였다 한다. 그동안 그렇게 열심히 불상 앞에 나가 무수히 절하고, 불경을 암송했던 것이 모두 가짜요, 진짜는 내 마음을 깨닫는 것에만 있다는 말인가. 극단적으로 나가면 중국의 어느 선사처럼 나무불상을 도끼로 쪼개어 아궁이에 불을 지펴도 좋다는 말인가.

다시 생각해보면 "여래가 나의 뱃속에 있다."는 말에도 진실을 저버리는 요소가 깃들어 있는 것일 수도 있다. 뱃속의 여래를 만나려고 아무리 오랜 세월 면벽(面壁)하여 참선해도 깨달음을 못 얻는 사람도 많고, 혹은 깨달았다고 나서는 사람이라고 진실의 정답이 되었다고 할 수 있겠는가. 거리에서 굶주리고 병든 불쌍한 사람들을 가련하게 여겨 발 벗고 나서서 돕는 사람의 자비심이 바로 부처의 마음으로 나타나는 것이 아닐까.

노자가 "'도'를 '도'라 말할 수 있으면 진정한 '도'가 아니요, '이름'을 '이름'으로 부를 수 있으면 진정한 '이름'이 아니다."(道可道, 非常道,

名可名, 非常名.〈『노자』1〉)라고 말했다. 진리는 말로 규정될 수 없는 살아 움직이는 것이라는 말로 이해된다. 어떻게 규정하던지, 규정해 놓는 순간 진리는 그 규정 속에 갇혀있기를 거부하고 빠져나가 버린다는 말이다. '이름'이란 어떤 실체를 규정하는 기호 같은 것인데, 이름을 붙이는 순간 그 실체는 '이름'에 사로잡히지 않는 다른 얼굴을 보여준다는 말이다. 그러니 불변의 진리(常道)나, 완전한 이름(常名)은 무엇으로도 규정될 수 없다는 사실을 밝혀주고 있다.

변함없음(常)이란 변화함(變) 속의 한 순간을 포착한 것인지도 모르겠다. 출렁이는 물결 위에 영롱하게 반짝이는 빛을 보았다면, 그 빛은 변함없는 것이 아니라 변화의 한 순간에 드러난 현상일 뿐이다. 누구나 바라는 '영원'한 세상은 이 세상에 존재할 수 없으니, 사후세계에서나 만난다고 말하지만, 또 다른 시각에서는 '영원'이란 한 '순간' 속에서 포착되는 불빛 같은 것으로 만날 수도 있다.

세상의 모든 것은 변화한다. 우리는 변화의 격동이 괴로워 불변의 세계를 그리워하는지도 모르겠다. 그러나 변함이 없는 진리를 붙잡고 있는 순간 우리는 진리가 아니라 거짓을 붙잡고 있는 것이다. 『주역』(周易)의 '역'(易)에는 세 가지 뜻이 포함되어 있다고 한다. 첫째 '역'은 바뀐다(變易)는 뜻이요, 둘째 '역'은 바뀌지 않는다(不易)는 뜻이요, 셋째 '역'은 쉽고 간단하다(易簡)는 뜻이다.

한 글자 속에 내포되어 있는 서로 다른 세 가지 뜻은 사실 긴밀하게 연결되어 있는 것이다. 곧 현상에서 보면 모든 것은 변하는 것(變易)이지만, 원리나 법칙에서 보면 변화 속에는 변하지 않는 것(不易)이 있으며, 응용에서 보면 변화하는 현상은 복잡하지만, 변화하지 않는 원리를 파악하면 쉽고 간단하게(易簡) 대응할 수 있다는 사실을 말한다.

우리가 추구하는 진실도 변함없는 추상적 원리가 아니라, 변화 속에서 변화가 일어나는 원리로서 현실 속의 원리임을 확인할 필요가 있다. 변화하는 현실을 떠나서는 진리도 진실도 붙잡을 수 없는 것이니, '도리'가 요순시대부터 변함없이 전해지는 것이라는 허황된 꿈에서 깨어나야 하며, 원래 도리는 우리가 지금의 이 현실세계에서 두 발로 밟고 걸어가야 하는 '길'임을 깨닫는 것이 중요한 과제일 것이다.

25

비판과 포용

　아무런 형상이 없는 존재인 신(神)에게도 가슴 속에서 분출되는 감정에 따라 두 얼굴이 있다고 한다. '사랑의 신'과 '분노의 신'이다. 어디 그뿐인가. 산사(山寺)를 찾아가도 대자대비(大慈大悲)하신 부처님을 만나기 전에, 반드시 먼저 천왕문(天王門)을 들어서자마자 사나운 얼굴로 심장을 찌를 듯이 눈을 부릅뜨고 노려보는 사천왕(四天王)부터 만나야 한다. 하기야, 인간의 마음이나 행동에는 선량한 면과 간악한 면이 있으니, 사람을 다스리자면 상을 주어 권장하기도 하고 벌을 내려 경계하기도 해야 하는 사실과 같은 이치일 것이다.

　한 가정에서도, "아버지는 엄격하시고, 어머니는 자애로우시다."(嚴父慈母)라 하니, 자식을 가르치는데도 엄격함과 자애로움의 두 모습이 갖추어져야 한다는 뜻이리라. 실제로 엄격함으로만 대하면 부모-자식 사이에도 거리가 멀어지기 쉽고, 자애로만 대하면 자식은 방자하거나 무례함에 빠지기 쉽다. 따라서 분노에 빠져 사랑을 잃어서도 안 되고, 사랑에 집착하여 엄격함을 잊어서도 안 되며, 그래서 사랑과 분노나 자애로움과 엄격함은 동전의 양면처럼 항상 함께 가야하는 것임을 제시하고 있다.

공자는 '어진 덕'(仁)을 덕의 바탕으로 중시하고 있지만, 맹자의 가르침에서는 '어진 덕'(仁)과 대응되는 덕목으로서 '의로움'(義)의 중요성을 강조하고 있다.. 그런데 '어진 덕'의 포용정신과 '의로운'의 비판정신은 서로 보완적 기능을 하는 것이요, 결코 어느 한쪽만 가지고 다른 쪽을 버릴 수 있는 것이 아니다. 그렇다고 항상 동시에 작용하고 있는 것으로 볼 수도 없다. 따뜻하게 품어주어야 할 때는 품어주고, 엄격하게 꾸짖어야 할 때는 꾸짖어야 한다.

'어진 덕'(仁)과 '의로움'(義)은 유교의 도덕규범에서 가장 기본적인 덕목이지만, '어진 덕'의 포용자세나 '의로움'의 비판자세는 어느 한 쪽에 기울어지면 반드시 폐단을 일으킨다는 사실을 경계할 필요가 있다. 그래서 어떤 문제에 당면하면 '어진 덕'으로 포용할 것인지, '의로움'의 기준을 내세워 비판할 것인지 판단해야 한다. 곧 그 시대의 현실이 갈등과 대립에 빠져있으면, '어진 덕'의 포용정신이 절실하게 요구된다. 이에비해 그 시대의 현실이 탐욕과 불법에 빠져 있다면, '의로움'의 비판정신이 소중하고 아쉽다. 일상생활 속에서 가족이나 친우 사이에서도 나태하고 무례한 행동이 자주 드러나면 엄격하게 꾸짖어 바로잡아줄 필요가 있고, 그 반대로 너무 두려워하거나 위축됨에 빠져들면 감싸주고 격려해주는 자세가 필요한 것과 같다.

그런데 '어진 덕'으로 포용할 것인지, '의로움'을 기준으로 비판할 것인지는 현실의 상황을 살펴서 판단해야 한다. 문제는 그 판단의 적합성은 어떤 덕목이 현실에 필요하고 중요한지를 결정하는 것으로 끝나지 않는다. 이와 더불어 그 판단이 당면문제를 적절하고 균형있게 이끌어가는지 그 적합성을 잘 살펴야 할 필요가 있다. 마치 의사가 환자의 병을 살펴 약을 처방했다 하더라도, 자신이 처방한 약이 그 환자의 병을 효과적으로 치료하고 있는지, 부작용은 없는지 계속해서 주의깊게 살펴야 하는 것과 마찬가지이다. 이렇게 대처방법이 적절했는지, 그 '알맞음'(中)을 확보할 수 있을 때, 그 덕목의 기능이 정당함을 인정받는 것이다. 또한 그 '알맞음'은 항상 시기와 상황에 '알맞아야' 하는 '시중'(時中)의 원리를 따라야 한다.

조선시대를 돌아보면, 그 시대정신을 이끌어가던 인격적 주체인 '선비'는 '의로움'을 중심적 원리로 삼아, 부패하고 탐욕에 빠져들던 시대의 폐단을 바로잡는데 큰 역할을 하였다. 어떤 불의와도 타협하지 않고, 어떤 권력의 위협이나 재물의 유혹에도 의연하게 맞섰던 선비의 '의리정신'은 불의에 대한 '비판정신'으로 서릿발처럼 엄격하고 가을바람처럼 칼칼한 것이었다. 그래서 '선비'라는 말을 듣기만 해도 비굴하게 굽실거리던 허리가 꼿꼿하게 일어섰으며, 불의나 불법과 타협하는 관행에 젖어 있다가도 불의에 대한 눈빛이 증오심으로 이글거리는 눈빛으로 변했다.

그런데 조선후기에 들어서면서 선비의 '의리정신'은. 안으로 자신과 의견을 달리하는 선비들을 서로 비판하면서 온 나라를 당쟁의 소용돌이 속에 빠져들게 하였고, 밖으로 이미 멸망한 명나라만 높이면서 청나라를 비롯한 모든 외국의 문물을 오랑캐요 야만으로 배척하면서 폐쇄 속에 빠져들게 하였다. 한마디로 선비의 '의리정신'은 불의와 싸우는 용기와 강인함을 보여주었지만, 비판에 몰입하면서 포용능력을 상실하고 말아 심각한 폐단을 일으키고 말았다.

'어진 덕'이 지닌 포용능력과 '의로움'이 지닌 비판능력은 우리가 살아가는데 소중한 도리요 덕목이다. 문제는 이 둘을 어떻게 균형이 잘 잡히고 적절하게 살현할 것인가에 달려 있다. '어진 덕'과 '의로움'의 관계에 대해 맹자는 "어진 덕은 사람의 마음이요, 의로움은 사람의 길이다. 그 길을 버리고서 따라가지 않으며, 그 마음을 잃어버리고서도 찾을 줄을 모르니, 슬프다."(仁, 人心也, 義, 人路也. 舍其路而弗由, 放其心而不知求, 哀哉.〈『맹자』11-11:1〉)라 하여, '사람의 마음'(人心)과 '사람이 가야하는 길'(人路)로 대비시켰는데, '어진 덕'이 '의로움'의 바탕이 되고 있음을 밝혀주고 있다. 정명도(明道 程顥)는 "'어진 덕'이 본체요, '의로움'이 작용이다."(仁者體也. 義者用也.〈『二程遺書』4-36〉)라 하여, '본체'(體)와 '작용'(用)으로 대비시키기도 하였다.

본체와 작용이 서로 떨어져 있는 것이 아니지만, '어진 덕'이 본체라면 '의로움'은 '어진 덕'의 실현이라야 한다. '의로움'이 '어진 덕'을 잊고 있다면, 그것은 '의로움'의 그 정당성을 확보하지 못하고 있음을 말한다. 물론 구체적 현실에서는 '어진 덕'이 주축이 되기도 하고, '의로움'이 주도하기도 하는 수가 있다. 그런데 '어진 덕'이 '의로움'을 갖추지 못하면 불완전하다고 하겠지만, '의로움'이 '어진 덕'에서 벗어났다면 그것은 잘못된 것이라는 심각한 문제를 드러내고 있는 것이다.

그런데 우리의 일상생활을 돌아보면 다른 사람에 대해 칭찬하는 말을 듣기는 너무 드물고, 꾸짖고 나무라거나 비판하는 말은 너무 자주 듣게 된다. 인간의 기질에는 자신과 친한 사람에 대해서는 너그럽지만, 친하지 않은 사람에게는 의심하고 경계하거나 적대시하는 경향이 있는 것으로 보이기도 한다. 그래서 다른 사람에 대해 따뜻하게 포용하는 '어진 덕'의 실행이 소중한 덕행으로 중시될 필요가 있다.

불교에서는 '온화한 안색에 정다운 말씨'(和顔愛語)라는 말이, 『화엄경』(華嚴經, 권56, 離世間品)에서 10가지 '따로 따로 받는 법'(不共法)의 하나로 제시되고, 『무량수경』(無量壽經, 第8 積功累德)에서는 아난(阿難)과 법장(法藏)이 서원하는 수행의 조목으로 제시되고 있다. 유교전통에서도 '온화한 안색에 따뜻한 말씨'(和顔溫語.〈『宋名臣言行錄』, 李昉〉)나, '온화한 안색에 웃음 머금은 말씨'(和顔笑語.〈宋 楊簡, 『慈湖詩傳』권19〉) 등 다양한 표현이 보인다.

이처럼 엄격한 비판의 태도는 사람의 마음을 곧게 하고 세상을 맑게 하는데 중요한 덕목인 것은 사실이다. 그러나 이에 앞서 따뜻한 포용의 태도가 인간관계를 부드럽게 해주고, 사람들이 서로 어울리면서 마음에 기쁨이 피어오르게 해준다. 이처럼 화합과 포용은 인간관계에서나 인간의 삶에서 바탕을 넓고 튼튼하게 확보해주는 역할을 한다. 따라서 화합과 포용이 없는 비판과 배척은 남을 해치고 자신을 삭막하게 하며, 결국은 사회전체를 황폐하게 한다는 사실을 깊이 경계할 필요가 있다.

26
맑은 바람이 불어오는 산촌

바람과 싸우며 살아온 뱃사공들은 바람의 방향에 예민할 수밖에 없다. 그래서 바람의 방향을 구별하여 '샛바람'(동풍), '하늬바람'(서풍), '마파람'(남풍), '된바람'(북풍), '높새바람'(북동풍)이라는 방위에 따라 불어오는 바람을 가리키는 아름다운 우리말을 남겨주어서 고맙다. 사실 뱃사공만이 아니라 누구나 바람 속에 산다. 부드러운 '미풍'(微風), 거센 '강풍'(强風), 몹시 사나운 '폭풍'(暴風·颱風), 갑자기 세차게 부는 '돌풍'(突風), 따스한 '온풍'(溫風), 뜨거운 '열풍'(熱風), 차가운 '냉풍'(冷風)이 바뀌어가며 쉴 새 없이 불고 있는 세상에 살고 있다.

머리까지 맑게 해주는 솔바람(松風)이나, 답답한 가슴을 시원하게 열어주는 바닷바람(海風)을 마시기도 하고, 맑은 바람을 마시며 밝은 달을 바라보는 '청풍명월'(淸風明月)의 운치가 얼마나 좋은가. 그러나 미세먼지가 하늘을 가린 날의 혼탁한 바람에는 숨쉬기도 괴롭고, 사막의 거센 모래바람 속에는 살아있기도 어려울 것이다. 이렇게 우리는 온갖 바람을 맞으며 살아가고, 그 바람 속에서 숨을 쉰다.

"가지 많은 나무에 바람 잘날 없다."고 하지만, 나무만 그러하랴. 우리 모두는 바람에 떠밀려 살아왔고 바람을 맞으며 살아가고 있다. 시인 서정주는 「자화상」(自畫像)이라는 시에서 "스물 세 해 동안 나를 키운 건 팔할(八割)이 바람이다."라 토로하였지만, 바람 없이 크고 바람 없이 살아가는 생명이 어디 있으랴. 그렇다면 세상 자체가 바람이라 해야겠다. 여기서 '바람'은 더 이상 공중에서 불고 있는 것을 가리키는데 그치는 것이 아니다. 한 시대와 사회의 상태나 분위기도 모두 '바람'이라 일컫는다.

그래서 우리가 살고 있는 세상을 '풍진(風塵)세상'이라 하지 않던가. 그러고 보니 세상과 바람은 하나의 양면처럼 서로 떨어질 수 없는 사이인지도 모르겠다. 한 사회의 관습이나 규범을 '풍속'(風俗)이라 한다. 임금이나 관리가 백성을 가르쳐서 감화시키는 것을 '풍화'(風化: 敎化)라 하고, 신하가 완곡한 표현으로 임금에게 올려 경계하는 말을 '풍자'(風刺) 혹은 '풍간'(風諫)이라 한다. 그래서 "윗사람은 아랫사람을 '풍화'(風化)하고, 아랫사람은 윗사람을 '풍자'한다."(上以風化下, 下以風刺上.〈「詩序」〉)고 하였다.

뿐만 아니라 음악을 '풍류'(風流)라 하고, 학교나 학문의 분위기나 성격을 '교풍'(校風) 또는 '학풍'(學風)이라 한다. 또한 한 사람에서 품위 있는 말과 거동을 '풍모'(風貌)나 '풍채'(風采)나 '풍도'(風度)라 하고, 인간관계에서도 어진 임금과 현명한 신하가 뜻이 잘 맞는 것을 '바람과 구름의 만남'(風雲之會)이라 한다. 심지어 남녀가 법도에 벗어나 애정에 빠져드는 것을 '바람났다'고 하니, 세상에 바람 없는 무풍지대(無風地帶)가 어디 있기나 한지 모르겠다.

공자는 "군자의 덕은 바람이요 소인의 덕은 풀이라, 풀은 위로 바람이 불어오면 반드시 바람 따라 눕는다."(君子之德風, 小人之德草. 草上之風, 必偃.〈『논어』12-19〉)하여, 군자가 소인을 가르치고 이끌어가는 덕을 '바람'에 비유하고, 소인이 군자의 가르침을 받고 따르는 덕을 풀에 비유하였다. 세상의 풍속이 바른 도리에 순화되면 '정풍'(正風)이지만, 간교하고 사악한 풍조에 물들면 '변풍'(變風)이라 한 것은 『시경』(詩經)의 여러 나라 노래 곧 '국풍'(國風)을 구별하는 방법이었으니, 군자의 풍화(風化)를 입어서 일어나는 바람이 '정풍'이요, 소인들이 주도하면 사회에서 일어나는 바람은 '변풍'이 된다는 것이다.

'바람'은 한 사회나 개인에서 어떤 성격이나 상태를 가리키는 말이기만 한 것이 아니다. 도도히 흐르는 강물을 보면서 그 원류(源流) 내지 원천(源泉)을 생각하게 되는 것처럼, '바람'에도 어디서 불어오는지 그 근원이 있기 마련이다. 『중용』(33:1)에서는 군자의 도리로 세 가지 조목을 들면서, '먼 것은 가까운 데서부터 시작됨을 알 것'(知遠之近), '바람은 불어오는 곳이 있음을 알 것'(知風之自), '은미한 것은 뚜렷하게 드러남을 알 것'(知微之顯)을 말했다.

여기서 '바람은 불어오는 곳이 있음을 안다'는 조목에 대해, 다산은 "'조화'(造化)의 자취를 붙잡고서 '조화'의 근본을 알아차리는 것을 말한다."(謂執造化之跡, 而認造化之本也.〈『中庸講義』〉)고 해석하였다. 눈앞에 드러나는 현상을 보면서 근원이나 근본이 어디에 있으며 무엇인지를 알아야 한다는 뜻이다. 그리스도교의 교리에 따르면, 세상에 있는 만물을 보면서, 그 만물이 나온 곳을 찾고, 그 만물을 만드신 창조주가 있음을 알아야 한다는 말과 같은 맥락이다.

'바람'은 물처럼 흐름이요, 흐름은 변화를 의미한다. 한 사회에서 새

롭게 일어나 성행하는 추세를 '풍조'(風潮)라 한다. 바람과 조수처럼
방향이 바뀌는 현상을 비유로 삼은 말이다. 시대마다 유행이 바뀌듯
이 한 사회의 성격과 정신도 끊임없이 바뀌어간다. 이렇게 변하는 데
는 내부적 요인이나 환경적 조건이 원인으로 작용하기 때문이다. 물
론 우발적으로 바람의 방향이 바뀌는 것으로 보이기도 하지만, 그 내
면을 정밀하게 관찰한다면 '우연'도 모두 '필연'의 한 양상임을 알 수
있다.

  문제는 바람에 휩쓸려가듯 물에 떠내려가듯 변화에 따라가기만 하
는 것은 자주성을 잃은 것으로 문제가 있다. 때로는 이 시대를 부는 사
상과 기풍(氣風)이 왜곡되었을 때, 그 방향과 성격을 관찰하고 그 바
람의 근원과 올바른 모습을 인식해서, 바람의 방향과 성격을 바로잡
는 '정풍'(整風)운동을 일으킬 필요가 생긴다. 1963년 우리나라에 '추
풍회'(秋風會)라는 정당이 세워진 일이 있었는데, 그 내용은 알 수 없
지만, 그 정당의 명칭만 보면, 마치 가을바람(秋風)이 무덥고 먼지 많
은 바람을 맑게 하듯이, 당시의 혼탁한 사회풍조를 정화(淨化)시키겠
다는 뜻을 담고 있는 것이 아닐까 짐작된다.

  한 사회를 휩쓰는 '풍조'를 섣불리 바로잡아 보겠다고 나섰다가 거
센 저항의 '역풍'(逆風)을 맞고 무너지는 일이 흔히 있다. 1916년 10월
부터 시작된 '촛불집회'의 바람은 박근혜대통령을 탄핵하여 물러나게
하는 성과를 거두어 스스로 '촛불혁명'이라 일컫기도 한다. 그러나 '촛
불집회'의 중심세력이 좌파라 하여, 우파에서 이에 맞서서 '태극기집
회'를 열었다. 마치 두 바람이 마주쳐서 회오리바람이 소용돌이치듯
온 나라가 소란하고 혼돈상태에 빠진 분위기다. 두 바람이 서로 이기
려고 싸우고 있으니, 어찌 사회적 안정을 찾을 것이며, 어찌 올바른 풍

조로 사회를 이끌어갈 수 있을까.

현실에서는 두 풍조가 싸울 때에 정당한 자가 이기기보다는 강한 자가 이기는 경우가 대부분일 것이다. 언제나 의롭고 진실한 지성은 역사에서 뿐만 아니라 종교집단에서도 패배하여 박해를 당했던 사실을 흔히 볼 수 있다. 그렇다고 불의한 풍조가 끝내 이기는 것은 아니다. 마치 '돌풍'이나 '태풍'이 거세다 하더라도 결코 오래가지 못하고, 얼마가지 않아 제풀에 무너졌던 사실을 누구나 알고 있다.

공산주의가 태풍처럼 일어나 세계의 절반을 점유하고 자유진영과 대치하였지만, 100년도 못가서 저절로 무너져갔던 사실을 우리는 현대사에서 직접 목도(目睹)해 왔다. 그러나 앞으로 바람의 방향이 어디로 향할지 알기가 쉬운 일이 아니다. 맹자는 "천하에 사람이 살아온 지는 오래 되었는데, 한 번 다스려졌다가 한 번 어지러워졌다."(天下之生久矣, 一治一亂.〈『맹자』6-9:2〉)고 하였다. 세상에 불어오는 바람에는 언제나 맑고 순조로운 바람만 있는 것이 아니다. 거칠고 혼탁한 바람이 불 때도 있는 것이니, 너무 자족하거나 너무 절망할 것은 아니라는 점을 유의할 필요가 있을 것이다.

27

독선의 해독

누구나 자기중심으로 생각하는 경향이 있다. 자신이 먼저 가지려 들거나, 좋은 것을 가지려 들거나, 많이 가지려드는 것은 단순히 욕심의 문제가 아니다. 인간이 태어날 때부터 지니고 있는 본래의 성질이라 해야 할 것 같다. 특히 인간은 자신의 판단이나 주장을 옳다고 내세우는 고집스러운 면이 있고, 남의 비판을 받으면 본능적으로 자신을 정당화하려 드는 경향이 있다. 심지어 자신이 과오를 저질렀음을 알고도 핑계를 대거나 변명을 늘어놓는 일을 흔히 보게 된다. 좋게 말하면 자기보호 본능에 따른 것이라 하겠지만, 이런 모습을 아름답다고 할 수는 없을 것이다.

세상은 자기 혼자만 사는 곳이 아니다. 그러니 언제 어디서나 자기 판단과 어긋나는 다른 판단을 하는 사람을 만나게 되고, 자기 의견과는 다른 의견을 가진 사람을 만나게 된다. 누구나 자기 주장에 동조하는 사람을 좋아하고, 상반되는 사람을 싫어하거나 경계한다. 물론 진심으로 그 주장이 일치하여 서로 동조한다면, 그것은 이른바 '같은 마음에서 나오는 말'(同心之言)이니, 어찌 아름답고 향기롭지 않을 수 있겠는가. 그러나 세력이나 이해관계에 눌려서 동조하거나 아첨하느라 동조하는 사람들이 모여들어 한 목소리를 낸다면, 그 부화뇌동(附和雷同)하는 꼴을 '개 한 마리가 짖으면 온 동네 개가 따라짖는'(一吠衆吠) 모습과 크게 다르지 않을 것 같다.

자기 의견과 남의 의견이 어긋나고 상반될 때는 어떻게 해야 하는가. 살아가면서 수시로 겪어야 하는 중대한 문제가 아닐 수 없다. 이때 남의 말과 남의 생각을 경청하고 이해하려는 사람은 마음이 넓고 생각이 깊은 사람이다. 그러나 때로 자신의 주장이 옳다고 끝까지 고집하거나 남의 견해를 전혀 이해하려들지 않고 꺾으려고만 드는 사람을 만나면, 더불어 말하기도 어렵고 함께 일하기도 어려움을 느끼게 된다. 이렇게 사람들 가슴 속이 항아리처럼 깊은 사람과 접시처럼 얕은 사람이 나눠진다. 그릇이 큰 사람은 좀처럼 다투는 일이 없지만, 그릇이 작은 사람은 작은 일에도 발끈하고 화를 내거나 남들과 다투는 일이 자주 있다.

그래도 사람의 감정에는 서로 비슷한 데가 많아서, 아주 모난 성격이 아니라면, 웬만한 일에는 같이 웃고 같이 울기도 한다. 무엇보다 심한 충돌을 일으키는 요인은 자기의 생각이나 믿음만이 절대로 옳다는 '독선'(獨善)이다. 독선이 심하면 자기 의견에 동조하지 않으면 무조건 적대적인 태도를 드러내기도 한다. 조선시대 선비의 의리정신은 고결하지만, 독선에 빠지면 자기 생각만이 의리요 선(善)이며, 다른 견해는 모두 불의(不義)여 악(惡)으로 적대시하는 독선에 빠졌던 사실을 볼 수 있다. 오늘 우리의 사회가 좌파와 우파가 대립하는 현실에서 타협과 조화의 길을 찾지 못하는 것은 양쪽 모두 독선에 빠져 있기 때문이다. 더구나 우리 주변의 기독교인들 사이에는 기독교 신앙만이 유일한 진리라는 독선에 빠져 있는 사람들이 자주 눈에 띈다.

예수가 "나는 길이요, 진리요, 생명이다."(『요한의 복음서』14:6)라고 한 말은 방황하는 인간의 가슴에 호소하는 강력한 힘이 느껴진다. 그러나 바로 이어진 예수의 말씀에, "나를 거치지 않고서 아무도 아버지께 갈 수 없다."는 구절은 천주교 신자인 나 자신도 무척 낯설어, 누군가 뒤에 붙여넣은 것이 아닐까 의심이 든다. 이른바 광신자가 거리에서 "예수 천당, 불신 지옥!"이라 외치는 소리와 같은 맥락이라 섬뜩한 느낌마저 든다. 믿지 않는 그 많은 사람들을 모두 지옥에 던져넣고 만족스러워 한다면 그런 사람은 독선에 빠진 광신자들일 것이요, 분명 예수는 아닐 것이다. 왜냐하면 이런 태도는 길도 아니요, 진리도 아니요, 생명도 아니기 때문이다.

자기만이 옳다는 독선은 반드시 남을 해친다. 독선의 해독은 작게는 남의 마음에 상처를 주고, 크게는 남의 생명을 해칠 것이다. 중세에 가톨릭 교회의 독선으로 얼마나 많은 사람들이 참혹하게 불에 타 죽었던가. 오늘의 독일은 나치가 유태인을 대량학살했던 사실에 깊이 통회하지만, 가톨릭교회는 자신이 중세에 저지른 살상의 죄악에 대해 통회할 줄을 모르고 있다. 그것은 교회가 아직도 가슴을 열지 못하고 독선에 매달려 있기 때문이 아닐까. 독선은 자기중심의 유아기적 사유요, 결코 열려 있는 사회의 성숙한 사유일 수가 없다. 유아의 독선은 불만이 있으면 울어서 남의 관심을 끄는데 그친다. 그러나 큰 힘을 지닌 어른이 독선에 빠지면 진리의 이름, 혹은 신의 이름을 내걸고 살상과 전쟁을 서슴없이 저질렀던 것을 역사 속에서나 오늘의 현실에서 분명하게 볼 수 있다.

내가 길이면 남에게도 다른 방향으로 뻗은 길이 있을 수 있고, 내가 진리면, 남에게도 다른 성격의 진리가 있을 수 있다는 사실을 인정하지 않는다면, 그 길은 독선의 길이요, 그 진리는 독선의 진리가 아니겠는가. 움베르토 에코는 소설 『장미의 이름』 속에서 주인공인 수도사의 입을 빌어, "악마란 하느님을 너무 사랑하고, 자신의 믿음을 절대로 옳다고 믿는 사람이다."라 하였다. 곧 독선이 바로 악마의 얼굴임을 잘 보여주고 있다.

어떻게 하면 독선에서 벗어날 수 있는가. 이것은 지극히 어려운 문제이다. 두 가자 병통을 들어서 그 해결방법을 찾아보고자 한다. 첫째, 독선은 자신의 의견이나 믿음과 다른 남에 대한 증오의 마음을 일으킨다. 그렇다면 어떤 경우에서나 이 증오의 마음을 사랑의 마음으로 바꿀 수 있어야 독선의 해독에서 벗어날 수 있다.

둘째, 독선은 자신의 주장만 하고 남의 말을 들으려 하지 않는다. 그렇다면 무엇보다 먼저 나의 말을 하기 전에 남의 말을 경청하고 그 의미를 깊이 이해하기 위해 노력해야 한다. 남의 말이 안 들리거나 아무 의미가 없는 것으로 느껴지고, 자기 말만 하게 되면 바로 자신이 독선의 늪에 빠져들고 있다는 사실을 확인해야 한다. 귀가 크고 입이 작은 것이 독선을 벗어난 모습이라면, 귀를 크게 열고 입을 자주 쉬게 해주는 것이 독선의 해독에서 벗어날 수 있는 방법이 아니겠는가.

독선은 아름다움의 기준을 하나에 일치하는데 있다고 믿는다. 모든 것을 하나로 통합시킴으로써 질서와 통일을 이루려고 한다. 그러나 아름다움은 하나로 통일됨에도 있지만, 더 큰 아름다움은 여러 가지가 서로 어울려 조화를 이루는데 있음을 인식할 필요가 있다. 여러 가지 소리를 내는 목청과 악기가 조화를 이룰 때 획일화의 차원을 훨씬 넘어서는 화합과 조화의 생동하는 세계가 열릴 수 있다. 물론 여러 가지 다양한 것이 뒤섞이면 부딪치거나 혼란을 일으킬 수 있다. 그래서 쉬운 방법으로 획일화를 추구하게 된다. 여기서 다양성이 혼란과 갈등을 넘어서서 조화를 이루어내면 획일화의 차원을 훨씬 뛰어넘은 생명이 숨쉬는 아름다움이 살아날 수 있을 것이다.

제2부

삶을 돌아보며

01
맛의 세계와 깊이

인간이 세상의 온갖 사물과 변화를 감각하는 기관으로 귀, 눈, 코, 입, 몸(耳·目·鼻·口·形)의 오관(五官)을 말한다. 귀로 듣는 소리에도 오음(五音)이 있고, 눈으로 보는 빛깔에도 오색(五色)이 있으며, 코로 맡는 냄새도 오취(五臭)가 있고, 입(혀)으로 맛보는 맛도 오미(五味)가 있는데, 다만 몸으로 느끼는 촉각은 꼬집어 다섯 가지를 들기가 어려운 것인지, 오촉(五觸)을 말하지는 않는 것 같다. 하기야 다섯 가지를 말하는 것은 전부가 아니라 가장 중요하고 대표적인 것을 들고 있는 것이라 생각된다.

이 다섯 가지 감각기관은 모두 마음이 의식작용을 하는 도구이니, 마음의 통제를 받아야 하는 것은 당연한 일이다. 그런데 이 다섯 가지 가운데서도 귀와 눈이 가장 중시되고 있는듯하다. 소강절(宋, 邵康節)은 시(詩)에서 "귀가 밝고 눈이 밝은 사나이라네."(耳目聰明男子身.〈「觀物」〉)라 읊었고, 공자도 예순의 나이에 이른 경지를 "남의 말이

귀에 거슬리지 않았다."(耳順.〈『논어』2-4〉)고 말하지 않았던가.

사실 코로 냄새 맡고, 입으로 맛을 보고, 몸으로 감촉하는 것은 귀로 듣고, 눈으로 보는 것보다 품격이 떨어지는 것이라 인정할 수 있다. 눈과 귀가 어떤 감각기관보다 정밀하게 인식하고 판단하는데 중요한 역할을 한다는 것은 사실이다. 그렇지만 늙거나 다치거나 병이 들어 앞을 못 보기도 하고 소리를 못 듣기도 하지만 살아갈 수는 있다. 나의 옛 친구로 시력을 거의 잃어가고 있는 사람이 있는데, 내가 걱정스러워 했더니, "눈이 안 보이면 물건을 잃지만, 귀가 안 들리면 사람을 잃게 되니, 안 보이는 것이야 말을 들을 수 없는 것보다는 낫지 않은가."라고, 자신을 위로하는 말을 듣고서 깊이 감탄했던 일이 있다. 여기서 귀가 눈보다 더 소중하다는 사실에 공감하였다.

다시 생각해보면 입으로 맛을 보는 미각(味覺)은 눈과 귀보다 낮은 차원이겠지만, 사람이 살아가는데 훨씬 원초적이고 바탕이 되는 감각기관이라 볼 수도 있을 것 같다. 안들리고, 안보이고, 냄새도 못 맡고, 촉각조차 잃었더라도 살아갈 수는 있는데, 맛을 느낄 수 없어서 식욕을 완전히 잃으면, 삶의 의욕 자체를 잃지 않을까 생각이 든다. 그렇다면 맛을 느끼는 미각이 삶의 원초적 바탕이요 동력으로 중요한 기능임을 인정해줄 필요가 있을 것 같다.

사람들이 살아가는 모습을 보면 음식의 맛에 매우 예민하게 반응을 하는 듯하다. 입맛이 까다로운 사람은 입맛에 맞지 않으면 배가 고파도 먹기를 거부하는 경우가 흔히 있다. 사람들이 모인 자리에서는 맛있는 음식에 대한 이야기가 자주 화제로 오르고, 맛있는 음식을 위해 멀리까지 찾아가는 일도 흔히 있다. 교토에 잠시 머무르던 시절의 경험인데, 라면집이 늘어선 골목을 자주 왕래하면서 보니, 다른 라면집은 텅텅 비다시피 한산했는데, 오직 한 라면집 앞에는 사람들이 길게 줄을 늘어서 기다리는 모습을 보고, 라면 한 그릇 먹기 위해 3,40분쯤은 기다려도 될 만큼 그 맛의 차이가 중요한 것인지 의아했었다. 친지나 동료들과 단체로 여행을 갈 때 보면, 우리도 끼니때 마다 유명한 맛집을 골라 가려고 세심하게 마음 쓰는 사실을 자주 확인하게 된다.

맛은 혀끝에서 느끼는 감각이지만, 음식의 맛에 머물지 않는다. 맛의 세계가 다양하게 넓어지면서 일상의 대화나 독서에서도 맛이 소중하게 여겨지고 있음을 본다. "이 글은 참 감칠맛이 난다."라거나, "이 글은 아무 맛도 없다."라는 소리를 듣게 된다. 말을 듣고 글을 읽으면서도 모르는 사이에 맛을 보고 있음을 엿보게 된다. 말이나 글에 담겨있는 뜻을 더욱 생생하게 이해하는 것도 맛으로 표현된다. 말이나 글에 들어 있는 생각을 분명하게 드러내주는 '말뜻의 맛'이 바로 '의미'(意味)이다. 우리가 어떤 말의 의미를 안다는 것은 그 말뜻의 맛을 안다는 것이라 할 수 있겠다. 그래서 소강절은, "달이 하늘 복판에 이르는 그 자리, 바람이 수면 위로 불어오는 그 때, 이 같은 맑은 생각의 맛이야, 아마도 아는 사람 드물리라."(月到天心處, 風來水面時, 一般淸意味, 料得少人知.〈「淸夜吟」〉)라 읊었다.

맛의 요소야 음식이든 말이나 글이든 생각이든 대상 속에 간직된 것이지만, 그 맛을 느끼는 주체는 바로 자신이다. 내 입으로 잘 씹어그 맛을 음미하지 않으면 무슨 맛인지 제 맛을 느낄 수 없다. 그러니 자신이 말이나 글을 잘 음미하지 않으면 무슨 맛인지 제 맛을 느낄 수가 없다. 따라서 아무리 좋은 말이나 글이라도 깊이 음미하지 않고 건성으로 듣거나 읽는다면, 그 깊은 뜻을 알 수가 없다. 그래서 말이나 글을 깊이 음미하지 않는 것을 주자(朱子)는 '대추를 통째로 삼키는 것'(鶻崙呑棗.《『주희집』39, 答許順之》)에 비유하여 경계하였던 일이 있다. 그렇다면 깊이 음미할 줄 아는 사람은 말 한마디를 들어도 그 말에서 드러내지 않는 숨겨진 뜻까지 맛보고 알아차려야 하니, 이른바 '언외지미'(言外之味)를 맛볼 줄 아는 것이다. '음미'(吟味)한다는 말도 시를 읊조리며 그 아름다운 시상(詩想)을 섬세하게 맛보듯이, 말이나 글의 뜻을 깊이 맛보는 것을 말한다.

한걸음 더 나아가면, 맛은 '도리'(道)라는 근원적 세계를 분명하게 이해하는 역할을 하기도 한다. 한(漢)나라 채옹(蔡邕)은 "가난함에 편안하고 침잠함을 즐거워하며, 도리를 분명하게 체득하고 진실을 지킨다."(安貧樂潛, 味道守眞.《「辭州辟」》)고 하여, 도리를 깊이 체득하는 것을 맛을 깊이 느끼는 것에 연결시켜, '도리를 맛본다'는 표현으로, '미도'(味道)라 하였다. 공자도 사람들이 지나치거나 못 미쳐서 '중용'(中庸)의 도리를 온전하게 행하거나 밝히지 못함을 맛에 비유하여 설명하면서, "먹고 마시지 않는 사람이 없지만, 맛을 제대로 알아낼 수 있는 자는 드물다."(人莫不飮食也 鮮能知味也.《『중용』4:2》)고 하였다. 도리를 온전하게 행하고 밝히는 것이 음식의 맛을 깊이 음미하는 것과 매우 잘 상응하고 있음을 보여주는 말이다.

또 한 걸음 더 나아가면 근원적 진리에 대한 인식을 직접 맛으로 표현하기도 한다. 불교에서는 부처의 가르침이 '똑같은 한 가지 맛'이라는 뜻으로 '일미'(一味)라 하였다. 그래서 『법화경』(法華經, 藥草喩品)에서는 "여래의 설법은 '일상'(一相)이요 '일미'이니, 이른바 '해탈상'이다."(如來說法, 一相一味, 所謂解脫相.)라 하였다. 부처의 가르침인 해탈의 도리를 '일미'라 하였으니, 진리의 실상을 '일미'라 일컫고 있음을 보여준다. 이와 더불어 위진(魏晉)시대에는 노자와 장자의 사상을 '현학'(玄學)이라 하였는데, 이를 '현미'(玄味)라 일컫기도 하였다. 도리의 깊고 오묘한 경지를 말할 때도 '미도'(味道), '일미'(一味), '현미'(玄味) 등 '맛'으로 표현하는 것은, 가장 심원한 경지를 이해하고 체득하는 데서도, 다른 감각이 아니라 바로 '맛'의 감각으로 형용되고 있음을 말해준다.

노자도 '도'(道)를 말하면, "그것은 담박하여 맛이 없다."(淡乎其無味.〈『도덕경』35〉)고 하여, '도'에는 아무런 맛이 없다고 부정하면서도, '담박하다'(淡)는 맛의 형태로 표현하였다. 또한 노자는 '도'를 실현하는 방법으로 "맛이 없음을 맛보아야 한다."(味無味.〈『도덕경』63〉)는 역설적 표현으로 감각적 맛을 넘어선 맛의 근원적 세계를 제시하였던 것이다. 이처럼 말이나 형상으로 표현할 수 없는 근원적 실재로서 '도'를 설명하면서도 '맛'을 통해 그 생생한 체득의 경험을 드러내고 있는 것이 사실이다.

이처럼 미각의 맛이란 시각이나 청각처럼 분별적이고 명확하게 드러내는 감각과는 달리, 훨씬 더 직감적이면서 미묘한 세계까지도 드러내주는 깊이를 지닌다는 사실을 엿볼 수 있게 한다. 혹시 사람에게도 맛이 있는 것은 아닐까. 맛이 상큼한 사람, 구수한 사람, 달콤한 사람이 있는가 하면, 맛이 느끼한 사람, 톡 쏘는 사람, 시큼한 사람이 있지나 않을까. 문득 자신을 돌아보게 된다.

02

책을 읽는 맛

76세의 노인이 되어 자신을 돌아보니, 8세에 초등학교에 들어간 후로 지금까지 나는 책과 함께 살았다. 더구나 책을 읽고 책을 쓰는 것을 직업으로 살아 왔으니, 책은 나의 작업장이요, 놀이터요, 교회였다. 내 평생은 '책 속에, 책과 함께, 책을 사랑하며' 혼자 살았으니, 나는 한 마디로 '외로운 책벌레'라 해야겠다.

그런데 막상 나의 전공분야 서적은 나에게 평생 동안 무거운 짐이었다. 때때로 어떤 구절에서 법열(法悅)에 가까운 기쁨을 얻었던 일은 있지만, 문리(文理)도 제대로 얻지 못하고서 속을 태우며 한문서적을 읽고 또 읽어가야 했다. 그것은 마치 열사(熱砂)의 사막을 건너는 고통에 가깝고, 좀 과장하면 신의 불을 훔쳐 인간에게 전해주었다는 죄로, 프로메테우스가 쇠사슬에 묶여, 낮이면 언제나 독수리에게 간을 쪼여 먹혀야 하는 고통을 당했던 것처럼, 나는 '괴로운 책벌레'였다.

돌아보니 소설이 재미있어 밤새워 읽기도 하였고, 시(詩)가 좋아서 몇 번이고 되읽으며 즐겼던 일도 있었다. 그러나 주로 한문서적 속에 파묻혀 평생을 살아 왔는데, 그 속에 깊고 깊은 세계가 있음을 알고 소중히 여기기는 했지만, 정작 그 책의 제 맛을 제대로 즐기며 희열을 맛보지 못하고 살았으니, 그야말로 나는 '가련한 책벌레'였나보다.

퇴계선생이 이담(靜存齋 李湛, 字 仲久)에게 보낸 답장의 한 대목은 책 읽기의 맛을 진솔하게 설명하고 있다. 곧 "다만, 책을 볼 때에는 맛이 있어서 맹자(孟子)가 말했던 '추환(芻豢)의 말씀'이 참으로 나를 속이지 않았음을 실감했는데, 이 뜻이 한 해 한 해 갈수록 더 깊어졌습니다. 이 때문에 공부를 갑자기 폐하지 못하였을 뿐입니다."(但於看時有味, 覺得孟氏芻豢之言, 眞不我欺, 此意一年深似一年, 以此不能頓廢耳.〈『퇴계집』, 권10, 答李仲久〉라 말했었다.

'추환'(芻豢)에서 '추'(芻: 蒭)는 꼴이요, 소나 양 등 꼴을 먹는 짐승을 가리키고, '환'(豢)은 곡식이니, 돼지나 닭 등 곡식을 먹는 짐승을 가리킨다. '추환의 말씀'(芻豢之言)이란 맹자가 사람은 누구나 꼴을 먹는 짐승의 고기나 곡식을 먹는 짐승의 고기를 좋아한다는 사실을 지적한 것이다. 여기서 맹자는 인간이 하늘로부터 타고난 자질은 같지만, 마음이 어디에 빠지느냐에 따라 서로 다른 모습을 드러내는 것일 뿐이라는 사실을 비유로 밝히고 있다.

그렇다면 모든 사람이 같은 자질을 타고난다는 사실을 어떻게 증명하고 있는가. 맹자는 먼저 사람의 마음이 이치나 의로움을 좋아한다고 주장하면서, 그것은 모든 사람들의 입은 맛있는 맛을 좋아하고, 귀는 아름다운 소리를 좋아하고, 눈은 아름다운 색깔을 좋아한다는 감각적 성향이 같다는 경험적 사실과 일치시고 있다. 곧 맹자는 "이치(理)와 의로움(義)이 내 마음을 기쁘게 하는 것은, 마치 꼴 먹는 짐승의 고기나 곡식 먹는 짐승의 고기가 내 입을 기쁘게 하는 것과 같다."(理義之悅我心, 猶芻豢之悅我口.〈『맹자』11-7:10〉)고 말한 구절에서 끌어온 말이다.

퇴계(退溪 李滉)의 편지에서 언급된 이 구절을 발견하고 가장 좋아하면서 깊이 음미했던 사람은 다산(茶山 丁若鏞)이라 할 수 있다. 그래서 다산은 퇴계가 말한 '책을 읽는 맛'의 구절을 발견하고, 크게 깨달았음을 보여준다. 다산은 먼저, 독서를 통해 경험하는 '기쁨'(悅)의 의미를 감각적인 '맛'으로 비유하여 친절하게 설명한 퇴계의 말씀에 깊이 탄복하였다.

> "정자(程子)와 주자(朱子) 등 여러 선생이 그 제자의 물음에 답하거나, 경전(經傳)의 뜻을 해석하면서, 흔히 '마음을 가라앉히고 익숙하게 음미하여, 스스로 깨쳐야 한다'(潛心玩味,當自得之)고 하였지만, 끝내 그 맛이 어떠한지에 대해서는 말하지 않았다. 전날에는 더욱 의혹스러웠으나 풀지 못하였는데, 요즈음에 차츰 생각해보니, 무릇 맛이란 이 맛을 맛본 사람과 말할 수 있고, 맛보지 못한 사람과는 비록 말하더라도 하나같이 모르는 것이다."〈『與猶堂全書』詩文集 권22,「陶山私淑錄」〉

다산은 정자·주자 등 대유(大儒)가 제자들에게 '스스로 깨우치기'를 강조하기만 하고, 그 글의 맛을 말하지 않은 이유에 대해, 맛을 모르는 사람에게는 맛을 설명할 수 없었기 때문에 말하지 않았던 것이라 해명하였다. 과연 책을 읽으면서 제 맛을 맛보고 즐길 수 있는 것은 오직 그 책을 지은 사람의 수준에 올라선 사람이어야 한다고 할 수 있다. 그래서 그는 "후세 사람은 안자(顏子)가 즐겼던 것이 무슨 일인지 모른다. 안자의 지위에 이르지 못한 사람은, 결코 안자가 누렸던 즐거움을 누리지 못할 것이다."라 하였다.

다산은 책을 읽고 제 맛을 느낄 수 있는 수준의 사람이 그 맛을 느껴보지 못한 사람에게 설명하기 어려움을 꿀맛의 비유를 들어, "비유컨대, 꿀을 먹어본 사람이 꿀을 먹어보지 못한 사람과 꿀맛을 말하려 해도, 끝내 형용할 수 없는 것과 같다."고 설명하고 있다.

여기서 두 가지 의문이 생긴다. 하나는 진실로 책을 읽고 깨달아 제 맛을 느낀 사람은 아무런 설명도 할 수 없고, 다만 '너도 깨달아 보아라.'고 말할 수밖에 없다는 말인가? 또 하나는 그 정신의 세계를 깨달은 경지를 다만 '맛'으로 표현하는 것으로 충분하다는 말인가?

먼저 책 속에서 진리를 깨닫고 그 맛과 즐거움을 느낀 사람은 언어로 완전한 설명이야 불가능할지 모르지만, 그래도 비유와 상징 등으로 사람의 상상력을 자극시켜 이해를 끌어올릴 수 있으며, 이를 위해 노력한다면 상당한 수준으로 그 이해와 맛의 즐거움을 공유할 수도 있을 것 같다. 전혀 불가능한 것으로 단정하는 것은 너무 박절한 것이라 생각된다.

다음으로 책 속에서 진리의 깨달음이 어찌 '맛'으로만 충분하게 설명될 수 있으랴. 깨달음이나 제 '맛'을 경험한다면, 그 결과가 인간의 의식 속에 감동으로도 전해지고, 희열이나 황홀함으로도 전해지며, 인격적 변화로도 드러나는 것이라 보인다. '맛'이란 가장 원초적인 감각일 뿐이니, 어찌 진리를 깨닫는 경지에 이르는 순간을 묘사하기에는 한계가 있을 것이라 생각된다. 정자도 『논어』를 읽고 나서 그 지극한 경지에 이르면, "자기도 모르게 손이 춤추고 발이 춤춘다."(不知手之

舞之, 足之蹈之.〈『이정유서19-79〉)고 말하지 않았던가.

　나아가 다산은 책을 읽는 맛의 중요성을 강조하여, "지금 선생의 '맛
이 있었다.'는 말씀은 어떤 좋은 맛이 있는지를 분명하게 아는 것이지
만, 거칠고 부족한 사람은 역시 상상해 보아도 알 수 없을 것이다. 슬
프다. 사람이 세상을 살아가면서 정자·주자·퇴계가 맛본 바의 맛을
맛볼 수 없고, 또 안자가 누렸던 즐거움을 누릴 수 없다면, 비록 날마
다 다섯 가지 술(五齊: 泛齊·醴齊·盎齊·緹齊·沈齊〈『周禮』, 天官,
酒正〉)과 여덟 가지 온갖 진귀한 요리(八珍: 淳熬·淳母·炮豚·炮牂
·擣珍·漬·熬·肝膋.〈『周禮』, 天官, 膳夫條의 鄭玄注/ 그밖에 여러
설이 있음)을 실컷 먹고, 고관대작의 즐거움을 누리더라도, 오히려 굶
주리고 궁곤한 것과 같다."고 하였다.

　진실로 책을 읽고 깨닫는 즐거움이 세상의 모든 즐거움을 훨씬 뛰
어넘는 것이라 할 수 있을까? 먹고 마시고 권력과 부귀를 누리는 즐거
움 보다 낫다는 것은 쉽게 인정할 수 있다. 그러나 진리의 큰 깨달음의
경지에서 얻는 맛과 즐거움은 책에만 있는 것은 아니지 않을까. 살아
가면서 큰 고통이나 고뇌를 겪다가 깨닫는 기쁨도 있고, 예술가의 어
느 경지에서 얻는 깨달음의 맛도 있을 것이며, 실험실에서 연구하는
과학자의 새로운 발견에서 얻는 깨달음의 맛도 있을 것 같다.

　그러나 학자만이 아니라 일상생활 속에서 독서를 하게 되는데, 그
속에서 나름대로 깊이의 맛을 누구나 느낄 수 있다. 특히 그 깊은 맛을
제대로 느낄 때의 기쁨은 때로 세상의 무엇과도 바꾸고 싶지 않을 수
있다. 독서하는 모든 사람에게 그 깊은 세계가 있음을 일깨워주고, 항
상 좀더 깊은 맛을 느낄 수 있도록 격려하는 것은 참으로 소중한 일이
아닐 수 없다.

03

술의 운치와 악취

술에 취하면 그동안 억눌렸던 감정에서 갑자기 풀려나서, 흥분이 되거나 과감해지는 것이 사실이다. 그래서 소심한 사람은 술기운을 빌어 윗사람에 항의를 하기도 하고, 흠모하는 여인에게 애정고백을 하기도 하지 않는가. 시인들은 취흥이 도도해지면 시상(詩想)도 자유롭게 일어나는가 보다.

술과 연관된 한시(漢詩)야 무수히 많겠지만, 내가 가장 좋아하는 한시 두 편을 들면, 밝은 달 아래 혼자 술을 마시며 취흥을 읊은 당나라의 시선(詩仙) 이백(李白)의 「월하독작」(月下獨酌)과 손님이 오신날 반가워 술잔을 나누고 남은 술을 이웃 노인과 마시는 따스한 인정을 노래한 당나라의 시성(詩聖) 두보(杜甫)의 「객지」(客至)이다.

이백은 「월하독작」에서는 "…잔을 들어 밝은 달을 부르고, 그림자를 마주하니 세 사람이 되네.…내가 노래를 부르면 달은 제자리를 맴돌고, 내가 춤을 추면 그림자는 어지러이 일렁이네. 취하기 전에는 함

께 기쁨을 나누지만, 취한 뒤에는 각기 헤어져 흩어지는구나.…"(擧杯
邀明月, 對影成三人,…我歌月徘徊, 我舞影凌亂, 醒時同交歡, 醉後各分
散.)라 읊고 있다. 『당시선』(唐詩選, 송재소 외 편역, 전통문화연구회,
2015)에 실린 해설에는 "홀로 술을 마시는 고독과 취흥에서 느끼는
자득의 기쁨이 참신한 상상력으로 절묘하게 어우러졌다."고 하였다.

　친구도 없이 홀로 술을 마시고 취해서 노래하고 춤추는 꼴은 분명
고독하다 하겠다. 그런데 그의 고독이 아무도 없이 홀로 있는 것이 아
니라, 밝은 달이라는 자연이 함께 있고, 자기 그림자라는 또 하나의 자
신이 함께 어울려 '세 사람'(三人)이 어울리고 있다. 그렇다면 '고독'의
본질이 홀로 있기만 한 것이 아니라, 둘이나 셋이나 혹은 여럿이 자기
내면의 의식 속에서 함께 어울려 놀고 있는 것임을 잘 보여주고 있는
것이라 하겠다.

　두보는 「객지」에서 "…꽃길은 오시는 손님 없어 쓸어본 적 없는데,
오늘 그대 위해 사립문을 처음 여는구려, 밥상은 저자가 멀어 맛있는
반찬 없고, 술동이는 집이 가난해 묵은 막걸리뿐이네. 이웃 늙은이와
마주앉아 마셔도 좋다면, 울타리 너머로 불러와 남아있는 술잔을 비
우세."(花徑不曾緣客掃, 蓬門今始爲君開, 盤餐市遠無兼味, 樽酒家貧
只舊醅, 肯與鄰翁相對飲, 隔籬呼取盡餘杯.)라 읊었다.

　두보가 사천성(四川省) 성도(成都)의 완화초당(浣花草堂)에 살 때
도 찾아오는 손님 한 사람 없이 무척 빈곤하고 외롭게 살았던 것 같다.
외삼촌이 지나는 길에 찾아와서 처음 사립문을 열었다 하니, 그의 삶
도 고독했던가 보다. 손님이 모처럼 찾아왔다고 대접을 하려고 해도
가난한 살림에 대접할 거리가 없어 술독에 남은 묵은 막걸리를 내놓
고서, 울타리 넘어 이웃집 늙은이도 불러다 얼마 안되는 그 막걸리를

함께 다 비우려 하고 있다.

손님이 반가우니 대접할 것은 없어도 그동안 쌓였던 회포를 풀기도 바쁠 터인데, 어찌 내 집에 온 손님 대접하는데 이웃노인까지 불러온단 말인가. 이백은 혼자 술을 마시며 고독을 내면화하고 있다면, 이와는 달리 두보는 외롭게 살아가는 이웃노인까지 불러서 내 집 손님과 함께 마시며 반가워하는 인정, 곧 이웃으로 열린 따스한 인정을 보여주고 있다. 내 손님이 이웃노인의 손님이기도 하고, 쉰 막걸리라도 함께 어울려 마시며 외로움을 풀고 있음을 보여준다.

사실 술은 답답하거나 속상해서 혼자 마시기도 하고, 반가운 친구와 만나서나 축하하고 위로하기 위해 함께 마시기도 한다. 그러나 술을 마시는 데는 특히 품격과 운치를 드러내기도 하지만, 절제를 잃으면 온갖 추태를 부리거나 악취를 풍기기도 한다. 우리 사회에는 밤거리에서 만취하여 인사불성으로 헤매거나 소리를 지르며 싸우는 광경을 너무 흔히 보게 된다.

공자의 생활습관을 언급한 가운데, "술은 일정한 한도를 두지는 않았지만, 어지러운데 미치지는 않으셨다."(唯酒無量, 不及亂.〈『논어』10-06〉)는 언급이 있다. 여기서 "술은 일정한 한도를 두지는 않았다."(唯酒無量)는 구절에 대해 "술은 한량없이 마셨다."라고 해석하는 경우가 있지만, 한량없이 마시고 크게 취했는데도 어지러운데 미치지 않는다는 것은 그저 공자가 호주가(豪酒家)이지만 술버릇이 좋았다는 말일 뿐이다. 이에비해 "일정한 (분량의) 한도를 두지는 않았다."는 해석은 다산(茶山 丁若鏞)의 견해에 따른 해석인데, 공자가 술을 마실 때 여유로움과 절제를 잘하고 있다는 말이니, 훨씬 타당한 해석으로 보인다.

다산은 술을 마시는 정취에 대해 깊은 관심을 가졌던 인물이었던가
보다. 그가 둘째 아들 학유(學游)에게 술을 과도하게 마시지 말도록
간곡히 당부하는 글을 보냈던 일이 있었다.

　　"참으로 술맛이란 입술을 적시는 데 있는 것이다. 소가 물을 마시듯
　마시는 저 사람들은 입술이나 혀는 적시지도 않고 곧바로 목구멍으로
　넘어가니 무슨 맛이 있겠느냐. 술의 정취는 살짝 취하는 데 있는 것이
　다. 저 얼굴빛이 주귀(朱鬼)와 같고 구토를 해대고 잠에 곯아떨어지는
　자들이야 무슨 정취가 있겠느냐."(誠以酒之味在沾脣, 彼牛飮者, 酒未嘗
　沾脣漬舌, 而直達于喉, 有何味也, 酒之趣在於微, 彼面如朱鬼, 吐惡物困
　睡者, 有何趣也.〈『與猶堂全書』[1]21, 寄游兒〉)

　　입술을 적시며 술맛을 즐기고, 살짝 취기를 느끼며 정취를 누린다
면, 어찌 술 마시는 것이 우아하고 품위있지 않겠는가. 이런 음주문화
가 한 사회에 자리잡게 된다면, 술이 결코 어떤 비난의 대상도 되지 않
을 것이다. 그러나 다산이 말하듯이 '소가 물을 마시듯' 드러붓는 폭
음(暴飮)의 풍조나, '구토를 해대고, 잠에 곯아떨어지는' 등 온갖 추태
(醜態)에는 야비하고 천박한 풍조의 악취가 풍기고 있다.
　　우리사회의 음주문화가 언제부터 이렇게 폭음과 온갖 추태로 더럽
혀지게 되었는가. 아마도 일제침략에 나라가 망하는 대파국(大破局)
을 겪으면서 구질서가 무너졌고, 아직도 새로운 질서를 세우지 못한
혼돈기에 좌절과 방황을 하였기 때문이 아니겠는가. 또한 그것은 자
신을 절제하는 도덕의식이나 풍속 내지 문화를 상실했기 때문일 것이
다. '절제'의 장치도 능력도 없는 사회는 비루하고 야비하지 않을 수

없다. 경제적 성장으로 상당히 여유를 갖게 되었지만, 물질적 여유가 '절제력'을 길러주지는 않는다.

　세계에서 술 소비량이 몇 번째로 손꼽히는 우리나라가 술에 취해 제멋대로 난폭하게 행동하는 버릇이 들었으니, 법질서가 지켜질 까닭이 없고, 정점에서 바닥까지 법질서가 무시되니, 부패가 만연하지 않을 수 없는 것은 지극히 당연한 귀결인지도 모르겠다. 복지사회를 만들어가는 것이 중요하고, 청년들의 일자리를 만들어주는 것이 시급하겠지만, '법질서'가 미운 사람 잡아넣기 위해 그물질 할 때나 쓰이고, 사람들의 마음 속에 '절제력'이 없다면, 우리 사회는 희망이 없는 사회, 썩어가는 사회가 될 위험에 놓이지 않겠는가.

04

채우기와 비우기

나 자신이 살아온 과정을 돌아보면, 30대와 40대전반 까지의 장년기(壯年期)까지는 채우는데 골몰했던 시기였던 것 같다. 책도 엄청 많이 사들이고, 눈에 띄는 대로 온갖 자료를 모아들였다. 그러나 40대후반부터 50대의 중년기(中年期)에는 모아들이려는 욕구가 현저히 줄어들고, 정리를 하는데 관심을 집중했다. 60대이후의 노년기(老年期)에는 그동안 쌓아놓았던 것을 내보내는데 힘썼던 것 같다. 그래서 장년-중년-노년의 단계가 축적기와 정리기와 배출기로 각각의 특징이 있지 않은가 하는 생각이 든다.

사람은 누구나 뱃속이 비면 음식을 먹어 채워야 살 수 있다. 이처럼 채우는 것은 사람이 살아가는 길임에 분명하다. 그러나 뱃속을 항상 가득 채우고 비우지 않는다면, 필경 큰 탈이 나서 그 목숨조차 해칠 수 있지 않은가. 그렇다면 늘 비워놓기만 할 수도 없고, 늘 채워놓기만 할 수도 없는 것이 현실이다. 바람직하다면 채워야 할 때 채워주고, 비워야 할 때 비워주어야 한다. 바로 때를 알아 때에 맞게 대응하는 것이 옳다고 하겠다.

그런데 왜 채우는 것을 경계하고 비우는 것을 권장하는 것일까. 사람이 살아가는 동력의 기본조건으로 '욕망'이라는 것이 있는데, 이 욕망은 끝없이 채우고자 하고 비우려 들지 않기 때문인 것 같다. 아무 욕망이 없이 숨만 쉬고 살아갈 수야 없지만, 그렇다고 욕망에만 의지해서 살아가려들지 말고, 욕망을 적절하게 견제하는 것이 바로 인간이 살아가는 필수적 조건이라 하겠다, 이렇게 자신의 욕망을 절제하는 힘이 '이성'이다. 욕망의 대상이 올바른 것인지 그릇된 것인지를 판단해서 마땅하게 통제해주고, 또 욕망을 추구하는 정도가 지나친지 못 미치는지도 판단하여 적절하게 조절해줄 수 있는 것이 바로 '이성'의 역할이라 하겠다.

플라톤의 『파이드로스』(Phaedrus)에서는 말 잘 듣는 흰말과 귀먹고 성질 사나운 검정말의 두 마리 말이 끄는 마차를 몰고 가는 마부는 이 두 말을 잘 조절해야 목적지까지 안전하게 달릴 수 있음을 제시하고 있다. 여기서 검정말과 흰말은 '욕망'과 '이성'을 비유하는 것으로 볼 수 있다. 이처럼 사람은 자기 자신이 생각하거나 욕망하는 그대로 추구할 수 있는 것이 아니라, 자신의 속에 전혀 다른 방향으로 자신을 끌고 가려는 힘이 작용하고 있음을 알 수 있다. 더구나 '욕망'의 충동은 거세게 날뛰니, 굴복시켜 길들이기가 좀처럼 쉽지 않은 것이 사실이다.

공자는 "이득을 보면 그것이 의로운지를 생각하라,"(見得思義.〈『논어』16-10〉)고 가르쳤지만, 현실에서는 이익을 만나게 되면 서로 차지하겠다고 다투는 것을 흔히 볼 수 있다. 어느 집단이나 조직에서도 이른바 '밥그릇 싸움'이 일어나거나 '자리다툼'이 벌어지고 있는 것이 현실이다. 심지어 조선후기의 선비들은 '의리'를 명분으로 내세우면서 당파싸움(黨爭)을 벌였는데, 끝없이 서로 다투다가, 결국은 국론을 분열시켰고, 마침내 국가의 명운을 벼랑 아래로 굴러 떨어지게 하고 말았다.

'당쟁'의 실상을 들여다보면, '의리'라는 숭고한 이념으로 그럴듯하게 포장하고 있지만, 그 실지는 권력과 이익을 차지하기 위해서라면 살상도 마다하지 않는 이전투구(泥田鬪狗)의 '밥그릇 싸움'이었음을 드러내고 있다. 여기서 보면, '의리'가 '이성'의 판단에 따라 제시되는 정당한 가치라 하더라도, 현실에서는 그 '의리'나 '이성'도 병들고 왜곡되어, 추악하게 일그러진 '의리'와 간교하게 변질된 '이성'이 드물지 않게 나타나고 있다는 사실을 엿볼 수 있게 한다.

그렇다면 욕망이 날뛰지 못하도록 통제할 수 있기 위해서는 재갈을 물리고 고삐를 달아야 하는데, 웬만큼 튼튼한 재갈이나 고삐가 아니면 욕망을 견제할 수가 없을 것이다. 그러나 여기서 욕망을 무조건 억누르려고만 하지 말고, 욕망이 스스로 한도를 넘지 않도록 절제할 수 있게 하기 위해서, 욕망 속에 이성적 성찰능력을 길러준다면, 훨씬 더 부드럽게 욕망이 통제될 수 있을 것으로 보인다. 가득 채우려는 욕망으로 하여금, 가득 채우는 것이 도리어 고통과 불행을 초래할 수 있음을 각성시킴으로써, 적정한 선에서 멈출 줄 알고 균형을 이룰 수 있게 한다면 가장 바람직한 욕망의 자기 절제가 될 수 있겠다.

『주역』에서는 "천도(天道)는 가득 찬 것을 이지러지게 하여, 겸허한 것에 보태어 주며, 지도(地道)는 가득 찬 것을 변화시켜서 겸허한 것에로 흘러들게 하며, 귀신은 가득 찬 것에는 해를 끼치고, 겸손한 것에 복을 주며, 인도(人道)는 가득 찬 것을 싫어하고 겸손한 것을 좋아한다."(天道虧盈而益謙, 地道變盈而流謙, 鬼神害盈而福謙, 人道惡盈而好謙.〈謙卦, 彖辭〉)고 하였다. 하늘도 땅도 귀신도 사람도 모두 가득 찬 것을 이지러지게 하거나 싫어하여 회피하게 하는 것임을 안다면, 욕망이 어찌 가득 채우려고만 하겠는가.

따라서 채움은 비움을 잊지 않아야 그 바른 길을 잃지 않을 수 있으니, 채움과 비움은 서로 떠날 수가 없는 것임을 깨달을 필요가 있다. 어떤 의미에서는 비움이 없이는 채움도 불가능하고, 채움이 없이는 비움도 불가능하다는 것이 사실이다. 욕망과 이성도 어느 한 쪽에만 정당성이 있는 것이 아니라, 서로 상응하여 작용하고 양자가 균형을 이룰 때에 건전한 욕망이 되고, 건강한 이성이 될 수 있음을 잊지 말아야 한다는 말이다.

공자는 '거처하는 옆에 두고 교훈으로 삼는 그릇'(宥坐之器)을 설명하여, "비게 되면 기울어지고, 알맞으면 바로 서고, 가득 차면 엎어진다."(虛則欹, 中則正, 滿則覆.〈『荀子』, 宥坐〉)고 말했다. 채움과 비움이 균형을 이룰 때 그릇이 바르게 서지만, 가득 차면 엎어지고 텅 비면 기울어지니, 채움과 비움의 어느 한 쪽이 정당한 것이 아니라, 균형과 조화를 이루도록 요구하고 있는 사실을 주목할 필요가 있다. 다시 말하면 욕망과 이성의 어느 한 쪽만 강조해서는 안되고 양쪽 모두 필요함을 인정하면서, 양자의 균형과 조화를 이루는 것이 가장 바람직한 지점임을 각성하도록 가르치고 있는 것이다.

실제로 나 자신의 삶을 돌아보아도, 노년에 와서 비우는데 상당히 힘썼던 것은 사실이지만, 그래도 남아 있는 것이 너무 많다. 온갖 잡동산이를 안고 있으면서도, 아까워서 버리지를 못하고 있는 심정이다.

그만큼 채우려는 욕망, 지키려는 욕망의 강도에 비해 비우려는 욕망의 강도가 약하다는 사실을 고백하지 않을 수 없다. "빈손으로 왔다가 빈손으로 간다."고 하는데, 앞으로 살날이 얼마 남지 않았는데도 과감하게 내보내지 못하니, '균형'과 '중용'을 실현한다는 것이 얼마나 어려운 일인 줄을 알겠다.

05

마음가짐을 확고하게 해야.

　나는 70평생을 돌아보니, 후회가 구름처럼 몰려와 온 하늘을 덮는 다. 무슨 까닭인가, 어찌된 일인가. 모두가 나의 나태함과, 나약함과, 비겁함 때문이었음을 고백해야겠다. 내가 부지런했고, 강인했고, 용감 했더라면 이렇게 심한 후회를 하지는 않아도 되었을 터인데. 어쩌면 좋단 말인가. 이제 머릿속은 안개 속처럼 흐릿하고, 기력은 십리를 걷 기도 어려울 만큼 소진되고 말았으니, 답답한 마음만 가득하다.

　젊은 날 술을 마시며 소비했던 내 시간과 나태하여 방치했던 내 건 강을 다시 돌아가 바로잡아보고 싶어도 어찌할 길이 없다. 또 중년에 나태함과 공상에 빠져 낭비했던 시간은 어찌할 것인가. 이제 노년에 건강을 잃고 집중력도 사라지자, 흘러간 역사드라마나 보며 또 세월 을 허송하고 있으니, 이 업보를 어찌 갚아야 할 것인가. 나태한 습성에 젖어 운동을 게을리 했으니 구석구석 병마가 파고 들게 된 사실이나, 오랜 세월 치통에 고생하면서도 양치질도 게을러 하였으니, 이제 이

빨 네 개만 겨우 남아 틀니에 의지하고 살아가니, 이 모든 것이 하나같이 나의 나태함과 나약함이 저질러 놓은 죄라, 하늘 아래 피할 길이 없지 않은가.

청년시절 길을 잘못 들어가, 담배를 피우기 시작한 뒤로, 끊어보려고 무수히 되풀이해 시도해보았지만, 번번이 다시 되돌아가 끊지 못하고 담배를 피워왔으니, 나의 나약한 의지에 어찌 스스로 절망하지 않을 수 있겠는가. 아내가 그렇게도 여러 차례 혹독하게 야단을 쳐도 잠시 뿐 되돌아가고 마니, 생각해보면 이 나약한 자신이 가련하기만 하다. 이렇게 나약함은 나의 타고난 기질인가 보다. 부끄럽고 부끄러울 뿐이다.

나는 어지러운 세상에 혼자서 분개는 할 줄 알지만, 학생시절 그 잦은 대모에 한 번도 참여했던 일이 없었고, 주변에서 많은 불의를 보면서도, 불의에 정면으로 맞서서 싸워본 일이 한 번도 없었으니, 이 또한 비겁한 것이 아니랴. 그렇다고 멀리 내다보면서 깊은 통찰력을 다듬어 바른 길을 찾아서 제시하려 시도해 본 일도 없으니, 이 역시 비겁하다는 자책을 벗어날 길이 없다. 나는 조선시대 선비들의 의리정신을 공부했지만, 글만 읽고 글로 옮겨 썼을 뿐이니, 귀로 들은 말을 입으로 전하는 '구이지학'(口耳之學)을 했을 뿐이다. 그저 제 밥그릇이나 챙기고, 제 앉은 자리만 지키다가 늙고 말았던 범부(凡夫)이니, 누가 나를 기개 있는 선비요 포부를 지닌 장부라 하겠는가.

제자 황상(黃裳)이 15세때 스승 다산(茶山 丁若鏞)에게, 자신이 '둔하고'(鈍), '막히고'(滯), '미욱함'(戞-[알])을 들어서, 배우기 어려움을 호소했던 일이 있었다. 이때 다산은 "무릇 둔하더라도 파들어 가면 그 구멍이 넓어지고, 막혔다가 소통이 되면 그 흐름이 툭 트이며, 미욱함을 닦아내면 그 빛이 윤택하게 되는 법이다. 파들어 가는 것은 어떻게 하느냐? 부지런함이다. 소통시키는 것은 어떻게 하느냐? 부지런함이다. 닦아내는 것은 어떻게 하느냐? 역시 부지런함이다. 이 '부지런함'을 어떻게 다 할 수 있느냐? '마음가짐을 확고하게 하는 것'이다."라 대답하였다.알

다산의 이 가르침은 15세의 어린 제자가 학문의 길로 나오도록 격려하는 말이지만, 75세의 이 늙은이가 앞으로 살아가는 길을 찾는데도 절실히 필요한 침석(鍼石: 針砭)이 됨을 깨닫게 한다. 나의 나태함을 깨뜨리는 것이야 당연히 부지런함으로 고쳐야 하겠지만, 나의 나약함은 마음가짐을 확고하게 함으로 치료할 수밖에 없다. 나아가 나의 비겁함을 깨뜨리기 위해서는 지금 내가 태극기나 촛불을 들고 거리에 나가고 싶지도 않을뿐더러, 내 길은 부지런히 독서하고 사색하여 세상을 위한 길을 찾는데 있을 뿐이다.

사실 나는 일중독 증세를 보일 정도로 오랜 세월 저술에 몰두했었다. 그러나 그것은 내가 부지런해서가 아니라, 몰입되어 끌려들어갔던 것일 뿐이다. 더구나 요즈음 나는 술도 거의 마시지 않고, 공상에 빠져 시간을 낭비하지도 않는데, 왜 내 생활에 부지런함이 필요하단 말인가. 무엇보다 건강이 나빠지면서 나 자신이 한없이 풀어지고 있는 현실을 가슴 아프게 지켜보고 있다. 심지어 전공서적조차 두 페이지 이상 읽기가 너무 힘드니, 지금 이런 나를 붙들어 일으켜 세우기가 얼마나 어려운 일인지 짐작이 된다. 그러나 지금 붙들어 일으키지 않으면, 결국 살아서 나락으로 굴러 떨어지게 되리라는 사실을 잘 안다. 그러니 내가 '마음가짐을 확고하게 하여' 독서와 집필을 '부지런히 함'만이 나의 활기를 다시 되살리는 길이다.

나는 66년 가을부터 담배를 피우기 시작하였으니, 지금까지 51년 동안 피어온 셈이다. 중간에 3년 동안 끊어본 일도 있고, 1년 동안 끊어본 일도 있으며, 몇 달이나 며칠을 끊었던 일은 무수히 많다. 담배를 끊었다가 실패할 때마다 나 자신의 의지가 나약함을 탄식하고 절망해 왔다. 이제는 아내가 참아주지 않고, 나 자신도 나의 나약한 의지에 너무 실망하여 남은 세월 끊어볼 결심을 하고 있다. 또 무너진다면 내 자존심도 심각한 상처를 입을 것이요, 아내를 더 이상 실망시키기도 어렵다. 그 해결 방법이 바로 '마음가짐을 확고하게 하는 것'일 뿐이다.

세상에 대한 나의 책임을 위해 내가 비겁하지 않기 위해서는 나 자신 생각을 깊이 하고 행동을 바르게 하는 수밖에 없다. 생각하기가 힘들고 글쓰기도 힘들지만, 그래도 '마음가짐을 확고하게 하여' 나를 일으켜 세우는 것이 바로 나의 책임을 저버리지 않고 나 자신을 살려내는 길이요, 그것이 나를 구원하는 길임을 거듭 확인한다.

06
사람을 안다는 것

    사람이 '사람을 안다'(知人)는 것은 사람과 사람이 모여 사는 '인간 세상'을 깊고 넓게 해주며 아름답고 보람 있게 해주는 가장 소중한 길이라 보인다. 사람이 사람을 모른다면 세상은 위태롭고 불안하며, 황량하고 삭막할 것임에 틀림없다. 일상생활에서 낯설고 모르는 사람들 틈바구니에서 눈에 익고 아는 사람을 만나게 되면, 자기도 모르게 입가에 미소가 피어오르고 눈빛이 반짝이게 된다.

    '사람을 안다'(知人)는 일에도 세 가지 경우가 있을 것으로 보인다, 첫째는 남이 '자기를 알아주는'(知己) 것이니, 남들로부터 자신의 장점을 인정받아 자기를 드러내는 일이다. 둘째는 자기가 '남을 알아보는'(知人) 것이니, 남을 올바르고 깊이 알아서 자신의 세계를 넓히는 일이다., 셋째는 나와 남이 '서로를 알아주는'(相知) 것이니, 서로 깊이 알아줌으로써 가장 높은 차원의 우정을 이루는 일이라 하겠다.

    먼저 사람은 누구나 '자기를 알아주는'(知己) 사람을 필요로 한다.

아무도 자기를 알아주지 않는다면, 자기 존재의 가치를 밖으로 드러낼 길이 없지 않겠는가. 그러니 자기를 알아주는 사람에게 깊은 친밀감을 느끼게 되고, 감사하게 되며, 그 사람을 위해 자신의 역량을 발휘하고 싶어질 것이다. 윗사람이 자기를 알아준다면 누구나 그 윗사람을 위해 정성을 다해 봉사함으로써 자기를 실현하고자 하기 마련이다.

전국(戰國)시대 진(晉)나라의 예양(豫讓)이 "선비는 자기를 알아주는 사람을 위해 죽고, 여인은 자기를 사랑하는 사람을 위해 화장한다."(士爲知己者死, 女爲悅己者容.〈『戰國策』18, 晉策1〉)는 유명한 말을 남긴 일이 있다. '자기를 알아주는' 사람을 위해서는 목숨도 버릴 수 있다 하였으니, '자기를 알아준다'는 것이 한 인간의 삶에서 얼마나 소중한 것인지 잘 보여주고 있다.

춘추시대 백아(伯牙)가 거문고를 타면 종자기(鍾子期)는 그 소리의 깊은 뜻을 제대로 알아들었으니, 자기의 소리를 알아주는 '지음'(知音)의 벗 종자기가 죽자 백아는 거문고 줄을 끊어버렸다 한다. 진실로 자신을 알아주는 '지음의 벗'(知音之友)을 잃으면 자신의 존재마저 상실하게 된다는 말이다.

그러나 공자는 '남이 자기를 알아주기'만 바라는 태도를 경계하여, "남이 알아주지 않더라도 노여워하지 않으면 군자가 아니냐."(人不知而不慍, 不亦君子乎.〈『논어』1-1〉)고 말씀하였다. 남이 자기를 알아주지 않더라도 동요하지 않고 자신을 정립하는 자세를 요구하고 있다. 보통 사람이라면 누구나 남이 자기의 재능이나 역량을 알아주지 않을 때는, 속이 상해 낙담하거나 화를 내기 마련이다. 그러나 이런 감정의 동요를 극복할 수 있어야, 큰 인격의 인물이 될 수 있음을 가르쳐준다. 물론 사람이면 누구나 남이 자기를 알아주기를 바라는 것은 사실이다. 그렇지만 남이 자기를 몰라준다 하더라도 실망하거나 분노하는 감정의 동요를 일으키지 않고, 자기의 인격과 역량을 닦아나간다면, 어찌 훌륭한 인격의 인물이라 할 만하지 않겠는가.

다음으로 사람은 누구나 세상을 살아가려면 '남을 알아보는'(知人) 안목을 갖추어야 한다. 남의 심성과 생각을 제대로 알지 못하면 남에게 속임을 당하거나 남에게 배울 수 있는 좋은 기회를 잃게 되고, 남의 재주와 역량을 알지 못하면 남에게 패배를 당하거나 남의 능력을 활용할 수 없게 된다.

'남을 알아보는 안목' 곧 지인지감(知人之鑑: 知人之明)이 있어야 사람을 제대로 가려서 제자리에 두어 씀으로써 큰 공적을 이룰 수 있고, 동시에 자기 자신을 다듬어 키울 수 있기도 하다. 그래서 공자는 "남이 자기를 알아주지 않음을 근심하지 말고, 내가 남을 알아주지 못함을 근심해야한다."(不患人之不己知, 患不知人也.〈『논어』1-16〉)고 말하지 않았던가. 이 말은 '자기를 알아주기' 바라기에 앞서 먼저 '남을 알아보는' 것이 급한 일임을 보여주고 있다.

우(禹)임금은 "남을 알아보면 지혜로우니, 인재를 가려 뽑아 적절한 벼슬을 줄 수 있고, 백성을 편안하게 하면 은혜로우니, 백성들은 임금을 그리워한다."(知人則哲, 能官人, 安民則惠, 黎民懷之.〈『書經』, 皐陶謨〉)고 말한 일이 있다. 여기서 다산(茶山 丁若鏞)은 "'남을 알아본다'는 것과 '백성을 편안하게 한다'는 것은 『대학』 한 편의 종지(宗旨)요 또한 『대학』 한 편의 결국(結局)이다."(知人安民者, 大學一篇之宗旨, 亦大學一篇之結局.〈『尙書古訓』〉)라고 하였다. 그렇다면 여기서 '남을 알아본다'(知人)는 것은 자신의 인격을 닦는 '수기'(修己)의 문제요,

'백성을 편안하게 한다'는 것은 '치인'(治人)의 문제임을 말한다. 따라서 남을 알아볼 수 있으려면 자신의 지혜가 밝아져야 하니, '남을 알아본다'는 문제는 바로 자신의 인격을 닦는 수양 곧 수기(修己)에 필수적 조건이 되고 있음을 보여준다.

'남을 알아보는' 일은 결코 쉬운 일이 아니다. 사람이 자기 중심에 빠져 자기를 알아주기만 바라고 남을 알아보려들지 않기 때문이다. 그래서 공자는 "남이 자기를 알아주지 않음을 근심하지 말고, 내가 남을 알아주지 못함을 근심해야한다."(不患人之不己知, 患不知人也.〈『논어』1-16〉)고 하지 않았던가. 그만큼 자신의 덕과 지혜가 밝아져야 남을 알아볼 수 있는 것이 사실이다.

여기서 공자는 '남을 알아보는' 방법을 제시하였는데, 먼저 "말을 알아듣지 못하면 사람을 알 수 없다."(不知言, 無以知人也.〈『논어』20-3〉)고 하여, 남의 말을 깊이 알아들을 수 있어야, 그 사람됨을 바르게 알 수 있음을 지적했다. 좀 더 구체적으로 제시하여, "그가 무엇 때문에 하는지를 보고, 어떤 도리를 따라가는지를 살피며, 어디에 이르러 그치는지를 자세히 살펴보아야 한다."(視其所以, 觀其所由, 察其所安.〈『논어』2-10〉)라 하였다. 한 사람의 말과 행동에 그 동기를 알고, 그 원칙을 알고, 그 목표가 무엇인지를 안다면, 그 사람됨이 다 드러나 아무 것도 숨길 수 없게 됨을 강조하였다.

그 다음으로 사람은 일상생활에서 고독하게 홀로 살 때가 아니라, 다른 사람과 어울려 살 때 진정으로 행복해 질 수 있다. 사람과 사람이 만나 서로 감정과 생각에 소통이 이루어질 때, '서로를 알아주는'(相知) 우정이 이루어진다. 이것이 바로 공자가 "벗이 멀리서 찾아오면 즐겁지 아니하랴."(有朋自遠方來, 不亦樂乎.〈『논어』1-1〉)라고 말한,

벗과 서로 알아주고 어울리는 즐거움이다.

'서로를 알아준다'는 것은 상대방이 '자기를 알아주고'(知己). 자기는 '상대방을 알아주는'(知人) 일이 동시에 이루어지는 가장 높은 이상적 단계라 하겠다. 한쪽만 상대방을 알아주고 있다면 그것은 '짝사랑'처럼 온전한 모습이 아니다. '서로를 알아주는' 단계로 나아가야, 비로소 사람이 사람을 아는 인간관계의 실현이 완성된다고 하겠다.

관중(管仲)은 포숙(鮑叔)이 자기를 알아준 우정을 절실하게 토로하면서, "나를 낳아준 사람은 부모이지만, 나를 알아준 사람은 포숙이다."(生我者父母, 知我者鮑子也.〈『史記』권62, 管晏列傳〉)라 말했던 일이 있다. 이처럼 자기를 알아주는 붕우와 자신을 나아준 부모를 견주기도 하였다. 여기서 포숙이 관중의 처지와 역량을 진실로 알아주기만 했던 것이 아니라, 관중도 포숙의 아량과 덕을 깊이 알아주었던 것이니, 이렇게 서로를 깊이 알아주는 우정을 '관포지교'(管鮑之交)라 일컫고 있다.

『주역』에서는 "두 사람이 한 마음이 되면 그 예리함은 '쇠'도 끊을 수 있고, 한 마음에서 나오는 말은 그 향기가 '난초'와 같다."(二人同心, 其利斷金, 同心之言, 其臭如蘭,〈繫辭上8〉)고 하였다. 두 사람이 한 마음이 되어 주고받는 이야기는 무엇이나 뚫고 들어갈 수 있을 만큼 예리하고 또 향기롭다 하였으니, 여기서 '쇠'와 '난초' 곧 '금란'(金蘭)은 서로 한 마음이 되는 우정으로 이를 '금란지교'(金蘭之交)라 한다.

사람이 사람을 알고 알아주는 일이 어찌 벗들 사이에만 있겠는가. 가까이 부모-자식 사이도 서로 알아주는 관계라면 부모와 자식은 효도(孝)니 자애(慈)니 하는 도덕적 차원을 넘어서 서로의 삶에 깊은 충족을 얻을 수 있고, 형과 아우 사이나 남편과 아내 사이에서도 서로 알아줄 수 있다면, 서로를 이루어주는 삶을 살아나갈 수 있지 않겠는가. 그렇다면 진정한 우정은 세상에 나가 사귀는 벗들만 아니라, 나이와 처지를 넘어서 모든 인간관계 속에서 이루어질 수 있음을 알겠다.

$\overline{07}$

아이는 어른의 아버지

워즈워스(William Wordsworth)의 유명한 시. 〈내 가슴은 뛰노라〉(My heart leaps up)의 한 구절에서, "아이는 어른의 아버지"(The child is father of the man)라 읊고 있다. 이 구절은 우리의 상식을 완전히 뒤집어놓은 언급이라 특히 눈길을 끌게 된다. 이런 역설적인 표현에는 어쩌면 상식으로는 이해할 수 없는, 특별하고 심오한 의미를 담고 있는 것으로 보이기도 한다.

상식으로 보면 어른은 오랜 세월을 살아왔으니, 당연히 어린 아이와는 비교할 수 없이 많은 경험을 축적하고 있으며, 생각의 폭도 훨씬 넓고 깊다고 하겠다. 이에 비해 아이는 미숙하기도 하고 유치하기도 하니, 그래서 '철부지'라 불리기도 한다. 따라서 성숙하고 또 세련된 어른이 미숙하고 유치한 어린아이를 이끌어주는 보모요 스승의 역할을 한다고 해야 할 것이다. 그런데 어른이 아이의 아버지가 아니라, 오히려아이가 어른의 아버지라 하니, 여기에 무슨 뜻이 숨어 있는 것인가.

제2부 삶을 돌아보며 **175**

누구나 어린 시절에는 무지개를 볼 때마다 너무 신기하고 놀라워 가슴이 뛰었던 경험을 간직하고 있다. 이에 비해 어른이 되어서 무지개를 바라보면, 이미 무수히 무지개를 보아 왔으니 새삼스럽게 신기할 것이 없고, 햇빛이 공중에 떠 있는 물방울을 통과하면서 빛이 굴절되어 여러 가지 색으로 갈라지는 분광(分光)현상의 이치를 알고 있으니, 무지개가 놀랍거나 신비할 것도 없다.

　그렇지만 어른의 눈에도 무지개는 여전히 아름다움을 지녔기에, 무지개를 바라볼 때는 가슴이 뛰고 설레었던 동심(童心)에 대한 추억에 젖게 된다. 아마 어릴 적에 무지개를 붙잡아보려고 동무들과 풀밭을 달려가던 추억이 살아나서 그런 것이 아닐까. 역시 아이 때의 선명하던 놀라움이나 두근거림은 어른이 되어서는 흐릿해지고 만 것이 사실이지만, 무지개를 바라보며 황홀감에 빠졌던 그 느낌은 어른이 된 지금도 아직 자신의 가슴에 어린 시절의 느낌이 그림자처럼 남아 있음을 발견하게 될 것이다.

　어릴 적에는 그렇게도 투명하며 생생하던 느낌이, 어른이 된 뒤에는 비록 여전히 남아 있다하더라도, 상당히 빛이 바래서 희미해지고 말았다는 사실을 누구나 알 수 있다. 따라서 어른이 되어서는, 아이가 지닌 동심(童心)의 순수하고 온전함을 어느 정도 잃어버려 혼탁하고 미약한 상태로 지니고 있게 되는 것이 아닌가. 그래서 아이 때 온전하던 것을 어른이 되어 미약하게 되고 말았다면, "아이는 어른의 아버지"라 말할 수 있지 않으랴.

　우리는 어른이 되어서도 자신의 어릴 적 감정이나 습관이나 성질을 그대로 간직하고 있다는 사실을 발견하고 놀라기도 한다. 그래서 "세살 버릇이 여든까지 간다."는 속담이 있게 되었나 보다. 어떤 유전적 요소 때문으로 어릴 적 감정이나 기질을 어른이 되어서도 간직하는 것으로 보이기도 한다. 어떻던 어른이 되어서 지니고 있는 기질의 많은 부분은 어린 시절에 드러나기 시작하는 것이 사실이다. 그렇다면 그 어린 아이 시절의 감정이 30년 전 혹은 60년 전의 일이라면, 현재 자신의 감정이란 그 어린 시절의 감정이 아버지뻘일 수도 있고 할아버지뻘일 수도 있는 것이 아니겠는가.

다른 시각으로 볼 수도 있다. 아이의 감정은 대부분 순수하고 진실하다고 할 수 있다. 이에 비해 어른의 감정은 흔히 복합되어 애매하거나 거짓으로 꾸미거나 간교하게 속일 때가 많은 것이 사실이다. 어린 아이는 자신의 감정에 대해·성찰하거나 반성하는 일이 거의 없지만, 어른은 자신의 감정에 대해 성찰하면서 부끄러워 할 때가 많은 것은, 바로 감정의 순수함과 혼탁함, 진실함과 간교함의 차이 때문으로 보인다. 그렇다면 어른은 어린아이에게 배워야 할 것이요, "아이는 어른의 '스승'이다."라 말할 수도 있을 것 같다.

그래서 맹자가 말하기를, "대인이란 갓난아이의 마음을 잃지 않은 자이다."(大人者, 不失其赤子之心者也.〈『맹자』8-12:1〉)라 하였다. '대인'(大人)은 성인(聖人)과 같은 수준의 완성된 인격이라 할 수 있다. 이러한 '대인'(大人)도 갓난아이(赤子)의 때 묻지 않은 순수함을 간직해야 한다면, 누구나 부모의 가르침을 가슴에 간직하듯이 어린 아이의 마음을 잃지 않고 간직해야 함을 강조하고 있는 것이 아니랴.

같은 맥락에서 예수도 "너희가 돌이켜 어린 아이들과 같이 되지 아니하면, 결단코 천국에 들어가지 못하리라. 그러므로 누구든지 이 어린 아이와 같이 자기를 낮추는 그이가 천국에서 큰 자니라."〈『마테오』 18:3~4〉고 말하였다. 예수는 어린아이를 천국에 들어갈 수 있는 바람직한 인간형의 모범으로 제시하면서, 특히 어린아이의 '자기를 낮추는' 덕을 인격의 큰 덕으로 확인하고 있다.

그만큼 인간의 진정한 선량함과 아름다움은 바로 어린아이의 천진함과 겸손함에서 찾을 수 있음을 강조한 것이요, 간교함이나 자만심에 젖어있는 어른을 깊이 경계하였던 것으로 보인다. 그렇다면 자식이 아버지를 본받듯이, 어른은 어린아이의 덕을 본받아야 한다는 말이다. 이런 의미에서 "아이는 어른의 아버지."라 할 수 있을 것 같다.

여기에 한 가지 반론이 제기될 수 있다. 과연 어린아이는 천진무구하고 겸손하기만 한 것인가? 어른처럼 교활하거나 자만심에 빠져있지 않다는 것은 쉽게 인정할 수 있다. 그러나 어린아이는 본능대로 배가 고프면 울고 무엇이나 먹으려들기도 하고, 자기가 갖겠다고 떼를 쓰는데, 그런데도 어린아이를 천진하고 겸손하다 할 수 있겠는가. 어른은 체면을 생각하고 자신의 욕망을 절제할 줄을 아는데, 아무 절제 없이 욕망을 드러내는 어린아이의 태도를 어찌 어른이 본받을 수 있겠는가.

이 반론에 대해 나로서는 어린아이의 천진함과 겸손함을 내세우는 것은 어른의 간교함과 자만심을 경계하기 위한 것이지, 어린아이 자체로 돌아가자는 것은 아니라 이해된다. 어른은 어린아이를 보면서 가르칠 것도 많겠지만, 자신을 반성한다는 시각에서 보면 어른이 어린아이에게서 배울 것도 많음을 주목하여, "아이는 어른의 아버지."라 말한 뜻을 깊이 되새겨볼 필요가 있다.

08

실행의 원칙

사람이 살아간다는 것은 끊임없이 당면하는 문제에 대응하여 행동하는 것이다. 올라가야 할지, 내려가야 할지 결정해야 하고, 나가야 할지 나가지 말아야 할지 결정하여 실행해야 한다. 때로는 가야 할지 말아야 할지 망설이게 되거나, 이러지도 못하고 저리지도 못하는 혼란스러운 처지에 놓여 방황할 수도 있지만, 너무 오래 머뭇거리고만 있을 수는 없다. 끊임없이 선택과 결단을 요구하는 것이 현실이다.

"에라 모르겠다."하고 행동하는 것은 무대책에 무책임한 태도이다. 이렇게 행동하여 좋은 결과를 낳았다고 하더라도 결코 바람직한 일이 아니요, 요행일 뿐이다. 선택하고 결단하여 행동하는 데는 자신의 판단력에 대한 평가가 따르게 된다. 또한 그 판단력이 바로 자신의 삶에서 가장 중요한 역량이다. 칼과 칼이 부딪치는 전쟁터라면, 찔러야 할 순간과 막아야 할 순간을 번개처럼 빨리 판단해야 하는데, 그 판단력이 예리한지 우둔한지의 역량은 그 병사가 승자가 될지 패자가 될지를 판가름 나게 해준다.

나아가 자신의 판단에 따른 행동에는 그 결과에 대해 책임이 따르기 마련이다. 자신의 판단과 행동에 대해 책임감이 얼마나 강한지 약한지는 그의 인격적 주체가 얼마나 확고하게 정립되었는지를 확인할 수 있게 한다. 특히 그 행동의 결과가 실패하였을 때 과오를 인정하고 책임을 지는 태도와 변명을 늘어놓거나 책임을 회피하는 태도는 그 인격의 주체성이 어떤 상태인지 쉽게 엿볼 수 있게 한다.

여기서 누구에게나 당면한 일에 대응하여 판단하고 행동하는 데에는 자신의 가치기준 내지 원칙이 요구된다. 이익을 원칙으로 하거나 정의를 원칙으로 하거나 원칙이 분명하고 확고해야 한다. 아무 원칙도 없이 그때그때 즉흥적으로 대응한다면, 감정이나 분위기에 이끌려 과오에 빠지기 쉽다. 그만큼 자기 마음속에 원칙을 지니고 있으면, 판단과 행동에 일관성도 있게 되고, 자신의 책임감도 분명하게 각성할 수 있게 된다.

공자는 "군자가 천하의 온갖 일에 대응하는 데는, 그렇게 해야만 한다는 것도 없고, 그렇게 해서는 안 된다는 것도 없으며, 의로움에 견주어 행한다."(君子之於天下也, 無適也, 無莫也, 義之與比.〈『논어』 4-10〉)라 말했던 일이 있다. 사실 사람들은 '이렇게 하는 것이 도리다.'라거나, '저렇게 하는 것이 관례이다.'라 하면서, 남들의 행동을 규제해 어느 쪽으로 몰고 가려 하고 있다. 또 '이렇게 하는 것은 예법에 어긋난다.'라거나, '저렇게 하는 것은 풍속에 저촉된다.'라 하면서, 남들의 행동을 제재하여 어느 쪽으로 못나가게 막으려 하고 있다.

이렇게 도리니 관례니, 예법이니 풍속이니 하여 행동을 규제함으로써 일정한 통일성을 주면, 어느 정도 인간사회에 질서나 전통을 형성할 수 있다. 그러나 그 질서나 전통이 사람들의 자연스러운 감정과 생각을 억눌러 속박하는 문제점이 있다. 더구나 그 질서와 전통이 왜곡되거나 타락하여 그 사회를 퇴폐와 혼란 속에 빠뜨릴 때는 어찌해야 할 것인가. 조선시대는 신분제도에 따라 반상(班常)의 차별을 법도로 삼으면서, 사회전체를 비인간적인 차별의 사회로 만들었던 것이 사실이다.

여기서 공자는 일에 대응하는 원칙으로 '의로움'(義)을 제시하였다. 당면하는 일에 대응하는 자신의 행동 원칙은 오직 '의로움'에 맞는지 아닌지에 따라 그 일이 의로우면 행하고, 의롭지 않으면 행하지 않아야 한다는 것이다. 도리나 예법이나 풍속이나 관례라 하더라도, 이에 구속되지 않고, 오직 자신의 가슴에 이 일이 '의로움'에 맞는지 아닌지를 물어보고 행할지 말지를 판단하고 실행한다는 말이다. 이 점에서 공자는 진정한 자유인의 모습을 잘 보여주고 있다.

그렇다면 '의로움'(義)이 무엇인지를 분명히 인식하는 것이 핵심적 과제라 하겠다. '의'(義)라는 글자는 원래 '선'(善)과 '아'(我)의 두 글자가 결합된 것이라 한다. 원래는 '자기를 선하게 한다'(善我)는 뜻이라 하였다. 그래서 한(漢)나라 동중서(董仲舒)도 "의로움은 자기를 바로잡는데 있지 남을 바로잡는데 있는 것이 아니다.…어짊으로 남을 다스리고, 의로움으로 자기를 다스린다."(義在正我, 不在正人,…以仁治人, 以義治我,〈『春秋繁露』, 仁義法〉)고 하여, '의로움'이 안으로 자신을 향한 절제임을 지적하였다. 이에 비해 주자는 "의로움이란 마음의 규제함이요 일의 마땅함이다."(義者, 心之制, 事之宜.〈『孟子集注』, 梁惠王上1〉)라고 하여, 의로움이 안으로 자신과 밖으로 일의 양쪽에 적용되는 기준임을 보여주고 있다.

여기서 다산은 "의로움에 맞으면 행하고 어긋나면 그만두는 것이니, 이것이 이른바 '시중'(時中)이라 한다."(中於義則行之, 違於義則止之, 此所謂時中之義也.〈『論語古今註』, 里仁〉)고 하여, 의로움이 안으로 자신을 선하게 하는 것임을 전제로 확인하고, 그 다음에 밖으로 나가 만사 만물에서 이 의로움에 견주어보아 행동의 여부를 결정하는 것이라 하여, 자신을 선하게 하는 의로움이 모든 행위의 원칙이 되고 있음을 보여준다.

그러나 조선시대에 '의리'(義理)를 내 세웠던 선비들이 고정된 규범으로서 의리에 사로잡혀 남을 포용하지 못하자, 안으로 당파분열로 갈등을 일삼았고, 밖으로 시대변화에 적응하지 못하고 폐쇄화되고 말았다. 또한 이들은 '의로움'을 내세우면서도, 실상은 '의로움'이 자신을 열어가고 자유롭게 하는 '선'임을 망각했기 때문에. 자신 속에 폐쇄되어 남을 거부하는 '독선'(獨善)에 빠졌고, 고정된 규범에 사로잡힌 독선적 의로움에 사로잡히고 말았다는 사실을 진지하게 성찰할 필요가 있다.

자신의 욕심과 편견을 벗어나 열린 마음의 '선'(善)을 이룸으로써, 이 선함으로 모든 일에 대응하여 판단하고 실행하는 '의로움'이 드러나게 된다. 이러한 '의로움'은 무엇에도 구애받지 않는 자유로운 판단이 되고, 어떤 형식에도 고착되지 않는 활발하게 살아 움직이는 '의로움'으로서 실행의 원칙이 될 수 있을 것이다. 따라서 '의로움'은 어떤 상황에도 적절하게 대응할 수 있어야 한다. 이처럼 열려있는 실행의 기준으로서 '의로움'은 바로 '시중'(時中)의 도리와 일치됨을 확인할 수 있다.

09

허물을 고치는 용기

세상에 허물이 없는 사람이 어디 있겠는가. 문제는 자신의 허물을 살펴려들지 않으며, 허물이 있다는 것을 알아도 고치려 들지 않는데 있다고 하겠다. 자기 몸에 어떤 병이라도 나면, 그 병을 치료하기 위해 재빨리 병원을 찾아다닐 줄은 알지만, 자신에 허물이 있는데도 고칠 줄을 모르니, 슬픈 일이 아니랴. 사람이 올바르게 사는 도리는 다른 것이 없고, 자신의 허물을 고치는 것일 뿐이라 말해도 되지 않을까.

그래서 공자께서는 "허물이 있으면 고치기를 꺼리지 않아야 한다."(過則勿憚改.〈『논어』9-25)고 간곡하게 당부했으며, 그래도 고치지 않고 있는 사람들을 위해, "허물이 있는데도 고치지 않는다면, 이것을 허물이라 한다."(過而不改, 是謂過矣.〈『논어』15-30〉)고 위엄 있게 타일렀던 말을 들을 수 있다. 어디 그 뿐이랴, 예수께서 맨 처음 선포했다는 말도, "회개하여라. 하늘나라가 가까이 왔다."(『마테오 복음서』4:17)는 한 마디라 전해지고 있다.

허물없는 사람이 없다지만, 너 나 할 것 없이 이 허물을 고치기가 결코 쉽지 않은 일이라는 사실도 분명한 것 같다. 사람은 누구나 본능적으로 자신의 장점은 드러내려 하고, 약점은 감추고 싶어 한다. 어쩌다가 남에게 자신의 약점이 들키기라도 하면, 얼굴이 붉어지고 재빨리 그 자리를 벗어나려고 한다. 그 반대로 남이 잘되는 것을 보거나 남의 뛰어난 점을 보고서는 부러워하기도 하지만, 시샘을 하는 일이 많다. 웬만큼 인격이 높고 그릇이 큰 사람이 아니면, 등 뒤에서 남을 칭찬하기 보다는 허물을 꼬집고 들추어 말하기를 좋아하는 것이 사실이다.

우리 사회에서도 큰 잘못을 저지른 공직자가 법정에 서기만 하면, "아무 기억이 없다."느니, "관행이 그랬다."느니 하고 변명을 일삼는 경우를 흔히 볼 수 있다. 이들은 자신의 허물을 인정하는 것은 자신이 죽는 길이라 믿고 있는 것이 분명하다. 이런 일이야 우리 사회만 있는 현상은 아닌 것 같다. 맹자가 "옛날의 군자들은 허물이 있으면 고쳤는데, 지금의 군자들은 허물이 있으면 그것을 그대로 밀고 나간다.…지금의 군자들은 어찌 다만 그대로 밀고 나갈 뿐이겠는가. 또한 허물을 따라가면서 변명까지 하고 있다."(古之君子, 過則改之, 今之君子, 過則順之.…今之君子, 豈徒順之, 又從而爲之辭.〈『맹자』4-9:8)고 말했던 일이 있다. 이를 보면, 맹자가 살았던 전국시대에도 군자라 일컬어지는 사람들이 허물을 저지르고 고치기는 커녕 변명만 일삼았다는 것을 알 수 있겠다.

그렇다면 사람이 하늘로부터 부여받은 '성품'(性)이 착하다고 하더라도, 사람은 본능적으로 자신을 미화시키려 하며, 자신의 허물을 감추려드는 존재라는 사실을 인정하고 출발하지 않을 수 없다. 그래서 자신이 아무리 훌륭한 척하는 지도자거나 거룩한 척하는 성직자도 모두가 그 뱃속에는 구린 것이 가득 들어 있다는 것을 전제로 받아들여야 할 것 같다. 우리 주변에는 자신의 의견은 절대로 옳다는 확신에 빠진 학자들과, 자신의 신념만이 절대적 진실이라 주장하는 사회운동가나 종교인들이 많지만, 독선(獨善)에 빠진 이들은 아무도 구원할 수 없을 뿐만 아니라, 자기 자신도 구원 받을 수 없다는 사실조차 모르고 있으니 어찌하겠는가.

문제를 해결하는 출발점은 자신의 허물과 죄를 인정하는데 있다. 자신이야 하늘을 우러러 한 점 부끄럼이 없다고 생각하더라도, 사람으로 살아 있다는 사실 자체가 허물의 늪을 벗어날 수 없으며, 인간으로 태어났다는 사실이 죄 속에 살고 있는 죄인임을 인정해야 한다는 말이다. 사람답게 사는 바른 도리는 먼저 자신의 허물을 솔직하게 인정하는 일이요, 그 다음에 그 허물을 감추지 말고 고쳐가는 일이라 할 수 있다.

자신에게 허물이 있는데도 눈을 감고 외면하거나, 허물이 있음을 알면서도 부끄러워할 줄 모른다면 허물을 고칠 의지가 없다는 말이다. 그래서 공자는 "부끄러워할 줄 아는 것은 용기에 가깝다."(知恥, 近乎勇.〈『중용』20:10〉)고 하였다. 자신의 허물을 부끄러워할 줄 알고 고치기 위해서는 용기가 있어야 한다. 자기 허물을 변명하려들고 부끄러워할 줄 모르는 사람은 파렴치하거나 비겁한 사람이요, 부끄러운 줄 알고 과감하게 고치는 사람은 진정으로 용감한 사람이라 하겠다.

우리 역사 속에서는 자신이 속한 신념집단의 허물을 감싸거나 정당성을 내세웠던 사람은 무수히 많았지만, 스스로 자기 신념집단의 허물을 과감하게 성찰하여 정화를 시도했던 용감하고 양심적인 지성을 드물게 찾아볼 수 있다. 조선중기의 고승 서산(西山 休靜)대사는 당시 유교사회의 불교비판에 맞서 불교옹호론을 펼쳤던 것이 아니라, 불교교단의 철저한 자기성찰을 추구하였다. 그는 『능엄경』(楞嚴經)에서 "어찌하여 도적들이 나의 옷을 빌리고, 여래를 팔며, 온갖 종류의 업(業)을 짓느냐."라고, 거짓된 승려를 도적이라 질책하는 구절을 인용하면서, "'여래를 판다'는 것은 인과(因果)를 다스리며, 죄와 복을 늘어놓고, 몸과 입은 물 끓듯 하며, 사랑과 미움을 뒤섞어 일으키니, 가엾다고 할 만하다."〈「禪家龜鑑」〉고 하여, 교단과 승려의 허물을 과감하고 생생하게 드러내었다.

조선후기 실학자 홍대용(湛軒 洪大容)은 당시 도학자들이 허위와 독선에 빠져 미혹됨을 비판하면서, "(옛 성현의) 사업을 높이면서 그 진실은 망각하고, 그 말씀을 익히면서 그 의도는 상실하였다.〈「毉山問答」〉〉고 하였다. 한마디로 도학자들이 탐욕과 공허한 관념에 빠져 '도리'를 어지럽힘으로써 나라와 천하를 어지럽히고 있음을 과감히 성찰하고 있음을 보여준다.

사실 어느 시대의 학자나 어느 종교교단의 성직자들도 서산대사와 홍대용의 이 냉엄한 질책에서 자유로울 수는 없을 것으로 보인다. 이렇게 철저히 자신을 성찰하여 질책하는 용기는 바로 그 시대 사회에 건강한 생명력을 불어넣어준다고 할 수 있다. 개인이나 사회나 국가나 종교는 언제나 안으로 과감한 자기성찰을 통해 끊임없이 자기정화를 함으로써, 비로소 건강한 생명력을 지키고 건전하게 기능할 수 있음을 알아야할 필요가 있다.

10

겸손과 공경

사람이 살아가면서 끊임없이 다른 사람을 만나게 된다. 만나는 상대방이 나이 많은 노인일 수도 있고, 비슷한 연배일 수도 있고, 어린 아이일 수도 있다. 또 지위가 높은 사람이나 부유한 사람을 만날 수도 있고, 가난하고 비천한 사람을 만날 수도 있다. 때로는 부드럽고 온화한 성품의 사람을 만날 때도 있고, 신경질적이거나 난폭한 사람을 만날 때도 있다. 이렇게 사람은 얼굴만 제각각 다른 것이 아니라, 성격도 제각각이고, 환경도 서로 다르며, 교육정도나 직업도 서로 다르니, 만나는 사람을 어떻게 상대해야 할 것인지는 살아가는데 중요한 문제가 아닐 수 없다.

공자는 사람의 덕으로 '어짊'(仁)을 가장 중시했는데, '어짊'이 무엇인지를 묻자, "사람을 사랑하는 것"(愛人.〈『논어』12-22〉)이라 대답했다. 예수도 "네 이웃을 너 자신처럼 사랑해야 한다."(『마르코』12: 31)고 가르치지 않았던가. 그러나 가슴 속에는 미움도 있고 노여움도 있는데, 사람이 어찌 모든 사람을 사랑하고만 살 수 있으랴.『대학』 (10:15)에서는 "오직 어진 사람이라야 사람을 사랑할 수도 있고, 사람을 미워할 수도 있다."(唯仁人, 爲能愛人, 能惡人)고 하였으니, 의롭지 못한 것을 미워하는 마음도 사랑하는 마음에 바탕을 두었을 때 정당하다는 것을 보여준다. 아마 예수가 "너희는 원수를 사랑하여라."(『마테오』5:44)라고 말한 것도, 원수에 대한 미움도 사랑하는 마음을 잃지 말아야 함을 보여주는 것이 아닐까.

그러나 사람이 남에 대해 사랑하는 마음을 가져야 하지만, 그 사랑의 마음을 드러내는 태도는 상황에 따라 여러 가지로 나타날 수 있다. 굶주리고 헐벗은 불쌍한 사람들을 위해 자신의 재물을 나누어 도와주는 것은 분명 사랑의 표현이다. 그러나 일상생활에서는 물질적인 도움으로 사랑을 표현하기 보다는 인격적인 대우로 사랑을 표현하는 것이 더 일반적인 것으로 보인다. 남에게 친절을 베푸는 것도 사랑의 표현이지만, 남을 높여 공경하는 태도와 자신을 낮춰 겸손한 태도는 사람과 사람 사이에 인격적 만남으로서 더욱 소중한 태도라 하겠다.

어른을 공경하고 스승을 존경하는 것만이 아니라, 모든 사람과 사람의 만남에서 상대방을 높여주고 공경하는 것은 그 사람에 대한 사랑을 표현하는 방식이라 할 수 있다. 물론 어른이나 스승을 사랑하는 방식은 공경하는 것이 당연하다. 그러나 젊은이나 제자를 사랑하여 보살피고 아껴주는 것도 공경하는 마음과 다르지 않다. 아랫사람이라 하여 거만하게 굴고 함부로 대하여 공경하는 태도가 없다면, 그것은 아랫사람을 사랑하는 마음이 없는 것이다. 또한 친구들 사이에서도 서로 공경하는 태도가 없다면 함부로 하게 되니, 친구에 대한 사랑이 부족한 것이라 하겠다.

옛 사람들은 부부 사이에서도 서로 공경하여 '손님'을 대하듯이 하도록 가르치고 있다. 부부의 친밀함은 한 몸이라 할 만큼 가깝지만, 공경하는 마음이 없으면 쉽사리 방자하게 되고, 심하면 서로 미워하고 원망하여 원수처럼 여기게 되니, 부부 사이에서도 공경이야 말로 사랑을 가장 튼튼하게 지켜주는 방법이 되는 것임을 알 수 있다.

공자는 어진 덕에 대해 "대문을 나서서 만나는 사람은 누구라도 큰 손님 뵙듯이 하고, 백성을 부리는 일은 큰 제사 받들듯이 해야 한다."(出門如見大賓, 使民如承大祭.〈『논어』12-2〉)고 가르쳤다. 사람을 사랑하는 어진 덕이란 대문을 열고 길거리에 나가 만나게 되는 온갖 종류의 사람들에 대해 큰 손님을 대하듯이 공손해야 하고, 자기가 지위를 얻어 아랫사람을 부리게 되면 아랫사람에 대해 큰 제사를 받들듯이 경건해야 한다는 가르침이다.

'공경'(恭敬)이라는 말은 바로 행동을 단속하여 공손하게 하고(恭), 마음을 단속하여 경건하게 하는 것(敬)이라 하겠다. 또한 '공경'은 자신만을 내세워 오만하고 방자하게 굴거나, 방심하여 제멋대로 함부로 행동하는 것을 깊이 경계하는 것이기도 하다. 공경하려면 끊임없이 자신을 성찰하여 몸과 마음을 단속해야 하니, 공경함으로 사랑한다는 것은 결코 누구를 좋아한다는 감정에만 충실하여 좋아하는 감정이 터져 나오는 대로 행동하는 것이 아니다.

그래서 사도 바오로는 진정한 사랑을 그려내어, "사랑은 참고 기다립니다. 사랑은 친절합니다. 사랑은 시기하지 않고, 뽐내지 않으며, 교만하지 않습니다. 사랑은 무례하지 않고, 자기 이익을 추구하지 않으며, 성을 내지 않고, 앙심을 품지 않습니다."(「코린토 신자들에게 보낸 첫째 서간」13:4~5)라 하였다. 그렇다면 '사랑'은 결코 달콤하고 행복하기만 한 것이 아니다. 오히려 괴롭고 안타까운 것인지도 모르겠다.

겸손과 공경이 때로는 너그러움일 수도 있고 때로는 두려움일 수는 있으나, 사랑을 건강하게 지키기 위해서는 겸손과 공경이 따라야 한다. 상대방을 무시하거나 함부로 하고 오만하게 굴면서 사랑이 지켜질 수는 없지 않겠는가. 하느님이 인간을 사랑하는 것도 자신을 버리고 희생하였던 것이며, 인간이 하느님을 사랑하는 것도 경건한 마음으로 공경하는데 있는 것이 아니겠는가.

11

분노와 원망

왜 사소한 일에도 화가 나는 것일까? 남이 무심코 던진 말 한마디에도 자존심에 상처를 입고 화를 내는 일이 흔히 있다. 남이 자기를 믿어주지 않거나, 이해해 주지 않거나, 인정해주지 않는다고 화를 내기도한다. 남이 무시하거나 냉대하면, 심한 모욕감에 화가 치밀어 욕설을퍼붓거나 싸움판을 벌이는 경우도 자주 볼 수 있는 것이 세상 풍경이다.

어쩌면 모르는 사람에 대해서 보다, 가족이나 친구, 동료 등 가까이잘 아는 사람에 대해 화를 내는 일이 더 자주 있는 것 같다. 가까운 사람에게는 신뢰와 기대를 갖게 되는데, 신뢰가 무너지면 마음속에 실망이나 울분의 골이 깊어지고, 기대가 어긋나면 가슴 속에 서운함이싹트거나 원망이 뿌리를 내리게 된다. 실망이나 원망이 커지면 쉽게분노로 터져 나온다. 울분이나 노여움이 폭발하면, 친하게 지내던 이웃이나 동료는 물론이요, 심지어 오랜 친구와 의절(義絕)하기도 한다.

어디 그 뿐인가. 핏줄로 이어진 부모와 자식 사이나, 형제 사이도 등을 돌리는 일이 있고, 평생의 반려자라 한 몸으로 묶였던 부부사이도 파탄이 나는 일이 어디 한둘일 뿐이겠는가.

분노에는 상대방이 있기 마련이다. 한번 분노가 폭발하면 상대방과 사이에 존경심이나 친애로 맺어진 우호적인 인간관계를 무너뜨리는 심각한 위험이 있다는 사실에 주의를 기울일 필요가 있다. 평소에 가졌던 믿음에 대한 배신감이나 기대에 대한 원망이 깊어지면서 분노가 가지를 치고 뿌리를 내리게 된다. 배신감과 원망으로 분노가 가슴 속에 쌓이고 자라나면, 애정이 증오로 바뀌고 축복이 저주로 변하여, 인간관계는 짓밟히고 무너진다. 하나의 자기 마음이 사랑의 마음이 되기도 하고, 증오의 마음이 되기도 한다. 마치 하나의 칼이 사람을 살리는 칼(活人劍)이 되기도 하고 사람을 죽이는 칼(殺人刀)이 되기도 하는 것과 같다.

사람에 대해 화를 내기만 하는 것은 아니다. 크게는 세상이 내 뜻에 어긋나기에 화가 나서 세상을 원망하기도 하고, 나라가 내 뜻을 펼 수 없게 한다고 나라를 원망하기도 한다. 작게는 발에 걸린 돌부리에 화를 내기도 하고, 가시에 손가락이 찔렸다고 화를 내기도 한다. 분노는 자기 주변의 모든 존재에 대해 전 방위로 터져 나올 수 있다. 그만큼 억제하기가 어려운 일이 아닐 수 없다.

분노에는 정당한 분노가 있다. 의롭지 못한 일을 미워하는 분노 곧 '의분'(義憤)이다. '의분'은 정의로운 사회질서나 도덕적 인간관계를 지키기 위해 꼭 필요한 덕목이라 할 수 있다. 그러나 자신이 의롭다고 확신하여 일으키는 '의분'에도 자기중심적 독선에 빠지는 경우가 허다하다. 조선시대의 당쟁에서는 다른 당파에 대해 의롭지 못함을 심하게 미워하는데, 실제는 이기심과 독선에 빠진 것이었으며, 대부분 공정성을 잃었던 것임을 쉽게 알 수 있다.

예수가 "너는 어찌하여 형제의 눈 속에 있는 티는 보면서, 네 눈 속에 있는 들보는 깨닫지 못하느냐?"(『마태오』7:3)라고 질책하는 말은, 바로 인간의 치명적 약점을 잘 지적한 것이다. 이처럼 정의로운 분노인 '의분'에도 자신을 성찰하지 못하면, 이렇게 심각한 문제가 발생하게 되는데, 하물며 사사로운 감정에서 터져 나오는 분노라면, 심하게 파괴적인 독성이 깃들어 있을 것이니, 깊이 경계하지 않을 수 없다.

분노는 또 다른 분노를 유발한다. 내가 상대방에 대해 실망을 했거나 모욕을 당하여 상대방에게 화를 내면, 십중팔구 상대방도 나에게 화를 내는 것이 일상의 현실이다. 분노는 자기감정의 표출이지만, 분노의 대상이 되는 사람은 그 역시 실망이나 모욕감으로 분노의 감정을 표출하게 된다. 선생이 학생의 과오에 실망하여 꾸짖으며 화를 내면, 학생은 자신의 사정을 헤아려주지 않는 선생에 대해 억울함의 감정에서 원망하거나 화를 내기 마련이다. 부모와 자식 사이에도 마찬가지다. 부모가 화를 내면 자식은 면전에서 용서를 빌더라도 마음 속에는 억울하고 서운하여 화가 나기 마련이다. 학생이나 자식이 선생이나 부모의 꾸짖음에 원망하거나 화를 내면, 선생과 부모는 더 심하게 화를 내고 꾸짖기 마련이다. 이렇게 분노는 분노를 낳고, 원망은 원망을 쌓아가는 악순환이 일어나게 된다. 서로 분노하거나 원망하는 마음에서는 애정과 호의로 결합되는 인간관계에 심각한 상처를 내고, 심하면 인간관계에 파탄이 일어나기도 한다.

그렇다면 분노와 원망을 어떻게 풀어낼 수 있는가 하는 것이 문제이다. 분노나 원망은 자신의 마음에서 일어나는 것이니, 우선 마음을 넓게 열어가도록 마음을 다스려야 한다. 마음이 열리면 상대방의 어떤 말이나 행동에도 이해하고 받아들일 수 있는 포용력이 생긴다. 공자도 "남이 알아주지 않더라도 노여워하지 않으면 군자가 아니랴."(人不知而不慍, 不亦君子乎.〈『논어』1-1〉)라 하였다. 부모가 알아주지 않고, 스승이 알아주지 않고, 친구가 알아주지 않고, 세상이 알아주지 않더라도 노여운 마음이 일어나지 않는다면, 그 마음은 산처럼 중심이 확고하여 어떤 충격에도 쉽게 흔들리지 않는 것이요, 바다처럼 넓어 어떤 물줄기나 다 받아들일 수 있는 것이다.

남이 자기에게 화를 내어도 참는 힘이 있으면, 자기도 맞서서 화를 내지 않을 수 있다. "시련을 견디어 내는 사람은 행복합니다."(『야고보서간』1:12)라고 하였지만, 견디어내고 참는다는 것은 자신을 억누르는 것이기에, 오래 지속하기가 어렵다. 참는 힘은 억지로 참는데서 나오는 것으로는 부족하다. 마음이 넓어지면 참는 힘은 저절로 나오는 것이니, 힘들여 참지 않아도 오래 참을 수 있고, 나아가 더 적극적으로 상대방의 분노와 원망조차 포용할 수 있다.

12

은혜에 대한 감사와 보답

〈은혜〉

은혜는 자신이 가진 재물이나 능력을 남에게 아무런 대가없이 베풀 때 일어난다. 대가를 바라거나 예상하고 은혜를 베푼다면, 그것은 이익을 예상하고 투자하는 상행위와 다를 바 없다고 하겠다. 누구나 자신이 가진 재물이나 능력을 소중하게 지키려 하는 것은 당연한 일이다. 그만큼 남에게 아무 대가없이 자신의 재물이나 능력을 베푼다는 것은 어려운 일이요, 아무나 할 수 있는 일이 아니다. 마음속에 남을 사랑하고 염려하여 보살피려는 어진 덕이 쌓여 있어야 가능한 일이다.

자기가 가진 것을 아껴서 지키려는 의지가 지나치게 강한 사람은 아무 것도 남에게 베풀 수 없으니, 인색한 사람이 되기 쉽다. 재물을 써야할 자리에서 조차 쓰지 않으려 하면 재물에 인색한 사람이다. 그러나 재물만이 아니라, 자신이 아는 지식을 남에게 나누어주려 하지 않는 것은 지식에 인색함이요, 친절하지도 정답지도 못한 사람은 정(情)에 인색한 것이다. 인색함은 자기 마음에 벽을 쌓고 그 속에 자신을 가두어두는 모습을 보여준다.

누구나 살아가면서 많은 사람들로부터 온갖 종류의 크고 작은 도움을 받게 되고, 여러 사람들로부터 크고 작은 가르침을 받게 된다. 이러한 도움이나 가르침은 그 자신의 삶을 풍요롭게 해주고 충실하게 해주니, 소중한 은혜를 입는 것이다. 부모로부터 받은 낳아주고 길러주고 가르쳐준 은혜나 스승으로부터 받은 가르쳐주고 깨우쳐준 은혜는 큰강물이나 바다(河海)에 비유되는 큰 은혜이니, 어찌 마음속에 깊이 간직하고 감사하지 않을 수 있으랴.

그뿐만 아니라, 버스나 전차 안에서 젊은이에게서 자리를 양보 받거나, 어쩌다 넘어졌을 때 손을 잡아 일으켜주거나, 길을 물었을 때 친절하게 가르쳐주는 호의(好意)야 일상생활 속에서 흔히 볼 수 있는 지극히 사소한 일이니, 지나고 나면 기억조차 하기 어려운 것이 사실이다. 비록 작은 도움이나 친절이라도 도움을 받은 것이니, 아무리 작은 일이라도 역시 은혜를 입은 것이라 하지 않을 수 없다.

〈감사〉

세상에는 자신이 받은 도움이나 가르침은 당연한 것이라 여겨서, 마음에 두지 않는 사람이 있다. 심하면 자기가 받은 도움이나 가르침에 조금이라도 자신의 마음에 흡족하지 않으면 불평하거나 원망하는 사람도 많이 있다. 이런 사람은 감사할 줄 모르는 사람이요, 은혜를 모르는 사람이다. 이런 사람은 상식적인 도덕기준에서 벗어났으니, 더 말할 것도 없다. 그러나 양식(良識)이 있는 보통 사람의 경우라면, 은혜를 입은 일에 대해 감사하고 또 보답하려 하는 것이 지극히 당연하다.

여기서 감사하는 마음은 상대방에게 "고맙다."라는 한마디 자나가는 말로 표현하고 쉽사리 잊어버리는 경우도 많다. 그러나 자신의 마음속에 깊이 간직한 채 오래도록 되새기는 경우도 있다. 감사할 줄 안다는 것은 인간의 품격 가운데서도 매우 소중한 미덕이다. 더구나 아주 작은 일에도 감사하는 마음을 가질 수 있는 것은 인격이 높은 사람에서나 찾아볼 수 있는 것이 현실이다.

그렇다면 감사한다는 것은 자신의 심성을 아름답게 가꾸고, 자신의 품격을 크게 키워낼 수 있는 중요한 방법의 하나라 하겠다. 인간에게 감사하는 마음이 풍부하고 깊을수록 그 인격도 높아진다는 사실을 새겨둘 필요가 있다. 그래서 사도 바오로는 "모든 일(凡事)에 감사하십시요."(「테살로니카 신자들에게 보낸 첫째 서간」5:18)라고 권고했던 것이 아니랴. 모든 일에 감사한다면, 자신에게 은혜를 끼친 일만 아니라, 자신에게 고통과 피해를 준 일에도 감사해야 한다는 말이다. 고통을 받았을 때 자신의 인내력을 기르고, 피해를 받았을 때 포용력을 기를 수 있다면, 자신이 받은 고통과 피해에 대해서도 감사할 수 있지 않겠는가.

〈보답〉

크고 작은 은혜를 입은데 대해 진정으로 감사하는 마음이 있으면, 보답하고 싶은 마음도 일어나기 마련이다. 감사하는 마음이 절실하면 자신이 받은 은혜에 보답하고자 하는 마음이 저절로 일어난다. 물론 이익을 얻은 만큼 대가를 지불해야 하는 상거래와는 달리, 감사와 보답에는 어떤 조건이 붙거나 의무가 강요되는 것은 아니다. 감사는 말로 표현하든지 마음에 간직하든지 상대방을 향한 내 마음의 자세이다. 이에 비해 보답은 자신이 받은 은혜에 합당하게 은혜를 끼친 상대방에게 되갚는 경우가 일반적 양상이라 할 수 있다. 낳아주고 길러준 부모의 은혜에 감사하여 늙은 부모를 봉양하는 것은 받은 이에게 되돌려주는 보답이다.

이와는 달리 은혜를 끼친 사람을 향하는 것이 아니라, 아무 관련이 없는 다른 사람에게 은혜를 끼침으로써, 자신이 받은 은혜에 보답하려는 경우도 있다. 어떤 단체나 개인의 장학금을 받고 공부를 했던 사람이 뒷날 자신이 받았던 장학금의 몇 배를 다른 낯모를 학생들을 위해 장학금으로 내놓는 일은 남에게 은혜를 끼치는 일이기에 앞서 자신이 받은 은혜에 보답하는 일이기도 하다.

은혜를 끼친 사람에게 되갚으려는 것은 자연스럽고 당연한 일이다. 그러나 자기가 받은 도움이나 가르침이나 작은 친절에 대해서도 감사하는 마음을 가슴에 담아두고, 다른 사람들에게 도움이나 가르침이나 친절을 널리 베풂으로써, 보답하는 마음을 실행한다면, 그 보답은 더욱 넓게 퍼져나갈 수 있으니, 더욱 아름다운 세상을 이루어가는 일이 아니랴.

13

무례와 몰염치

한때는 예의를 모르는 사람은 "무례하다"거나 "부끄러운줄 모른다"고 일컬어지고 경멸당했는데, 이제는 거꾸로 거만하고 난폭한 사람이 남의 앞에 나서거나 남의 위에 올라서서, 예의를 차리는 사람을 가리켜 서슴없이 "쫌생원"이라거나 "쪼다"라 일컬으며 경멸하는 세상이 되었다.

전날에는 염치없는 행동을 하고는 얼굴을 들기도 어려웠는데, 이제는 뻔뻔하고 간교한 행위가 마치 현명한 처세술로 여겨, 사람들 앞에서 고개를 들며 활개를 치고 있으니, 어찌된 일인가. 여자로서 총리의 자리에 까지 올랐던 사람이 뇌물을 받고도 부끄러운 줄 모르고, 법정에서도 고개를 빳빳이 세우고서, '모르는 일'이라 시침을 떼면서 증거가 있느냐고 대드니, 이른 세태를 어찌 남의 일처럼 바라보고만 있겠는가.

남부끄러워 못하던 일들이 이제는 드러내놓고 하는 일이 되었다.

사람이 많은 전철 안에서 젊은 남녀가 포옹하는 일이야 아름다운 경치니 미소를 짓고 못 본 척 할 수도 있다. 사람들이 많이 모인 자리에서 큰 소리로 입에 담지 못할 상스러운 욕설을 내뱉는데도, 아무도 비난하거나 제지하지 않는 상황이 우리 품격의 현주소인가.

한 나라를 통치한다고 나선 사람에서부터 창구에 앉아 작은 권한을 가진 사람에 이르기까지, 꼭대기에서 바닥까지 부정과 비리가 만연하고 있는 사태, 부끄러움을 모르는 몰염치한 현실을 눈앞에 보면서도, 아무 대책이 없는 사회에 책임을 지고 나서는 사람조차 없으니, 어찌해야 하나.

『관자』(管子) 목민(牧民)편에서는 "나라에 네 가지 법도(벼리)가 있으니, 한 가지 법도가 끊어지면 나라가 기울어지고, 두 가지 법도가 끊어지면 나라가 위태롭고, 세 가지 법도가 끊어지면 나라가 뒤집어지고, 네 가지 법도가 끊어지면 나라가 멸망한다."(國有四維, 一維絶則傾, 二維絶則危, 三維絶則覆, 四維絶則滅.)고 하였다. 이 네 가지 법도 곧 '사유'(四維)가 바로 예절(禮), 의리(義), 청렴(廉), 수치(恥)이다.

이어서 관자는 "예법은 절도를 넘지 않고, 의리는 제멋대로 나아가지 않고, 청렴은 악을 감추지 않으며, 수치는 정직하지 않은 것을 따르지 않는다. 그러므로 절도를 넘지 않으면 윗사람의 지위가 안정되고, 제멋대로 나아가지 않으면 백성들에 교활한 속임이 없고, 악을 감추지 않으면 행실이 저절로 온전해지며, 정직하지 않은 것을 따르지 않으면 간사한 일이 일어나지 않는다."(禮不踰節, 義不自進, 廉不蔽惡, 恥不從枉, 故不踰節, 則上位安, 不自進, 則民無巧詐, 不蔽惡, 則行自全, 不從枉, 則邪事不生.〈『管子』, 牧民〉)고 자세히 설명하고 있다.

대만 여행을 갔던 길에 대북(臺北)에서 우연히 초등학교 앞을 지나가게 되었는데, 건물 정면의 벽에 '예의염치'(禮義廉恥) 넉자가 크게 걸려 있는 것을 보고 깊은 인상을 받았던 일이 있었다. 당시 우리나라의 초등학교 벽에는 '반공방첩'(反共防諜)이라 크게 서붙여 놓는 시절이었는데, 너무 대조가 되어, 대만이라는 작은 나라에 경의(敬意)를 갖지 않을 수 없었다. 새삼 관자가 "네 가지 법도가 펼쳐지지 않으면 나라는 멸망한다."(四維不張, 國乃滅亡.〈『管子』, 牧民〉)고 경고한 말이 우리나라의 현실에 정문일침(頂門一鍼)임을 깨닫게 되었다.

내가 잘 알고 있던 고 최석우신부로부터 들었던 이야기인데, 내가 학생시절 총장이셨던 권중휘선생과 당시 천주교를 대표하는 노기남대주교가 서로 친한 사이였다고 한다. 그래서 노기남대주교가 권중휘총장께 천주교에 입교하는게 어떻겠느냐고 권유했었다고 한다. 그러자 권중휘총장은 "나는 성경책을 즐겨 읽고 있지만, 기독교인은 염치심이 없어 신자가 되고 싶지 않다."고 대답했었다는 것이다. 이 말을 듣고 노기남대주교가 큰 충격을 받아, 신부들이 모인 자리에 권중휘총장의 말을 전하면서, 독선에 빠져 사람들에게 말과 행동에서 무례하게 하지 말 것을 당부하였다고 한다.

나라는 좌우로 나뉘어 끝없는 갈등의 늪에 빠져있는데, 공직자고 노동자고 백성들이고 온 나라가 제각기 제 이권과 제 밥그릇만 찾고 있으면서 부끄러운 줄 모르니, 예법과 의리는 물론이요 청렴과 수치도 모르는 실정이라, 어찌 망국의 위기에 놓여 있다고 하지 않을 수 있겠는가.

모든 사람이 나라의 미래를 걱정하여 가슴을 치며 반성해야 할 때이다. 무엇보다 정치인과 성직자와 지성인들은 지도자로서 책임이 큰

데, 어디에서도 아무 소리가 들리지 않으니, 한심한 상태가 아니겠는가. 터널을 뚫어 철길을 놓는다고 도롱뇽 한 마리를 들고 단식하던 불교인, 제방을 쌓아 국토를 넓히겠다는데 삼보일배(三步一拜)를 하며 저항하던 성직자들은 어디서 무엇을 하고 있는지, 아무 걱정이 없는지 궁금하다.

우리 사회의 뿌리가 썩어가고 있는데, 정치인들이나 시민운동가들, 환경운동가들은 대중에 영합하고 대중을 선동할 줄은 알아도, 국민의 건강한 시민정신을 일깨우기 위해 호소하는 목소리는 아무데서도 들리지 않으니, 참으로 답답한 일이 아닐 수 없다. 우리 민족이 세계를 향해 '동방예의지국'(東方禮義之國)을 내세웠을 때처럼, 민족적 자부심을 당당하게 드높여 드러낼 수 있는 길을 어디서 찾아야 한단 말인가.

14

인정을 나눌 수 있는 풍속

옛 사람들은 진주에서 서울로 올라오려면 여러날을 걸어야 하고, 길을 가다보면 길동무도 사귀게 된다. 지나가는 마을마다 인심과 풍속을 경험하게 된다. 날이 저물면 마을의 아무 집이나 찾아들어 과객(過客)으로 하룻밤 묵을 것을 청하면, 주인은 맞아들여 저녁 대접도 하고 주인과 객은 밤이 늦도록 세상이야기를 두런두런 하였을 게다.

그 길을 오늘날은 걸어서 올 사람은 아무도 없다. 자기 차를 몰고 가지 않으면, 대부분 고속버스에 올라앉아서, 옆자리 사람과는 말 한마디 없이 신문을 한 장 사들고 읽으며, 창밖도 별로 내다보지 않을지도 모른다. 그만큼 사람마다 자신의 세계에 갇혀 서 살고 있는 것이다.

내가 젊을 때만 하여도 기차나 버스를 타고 멀리 간다면, 옆자리에 앉은 사람과 이 얘기 저 얘기 하다보면 어느 틈에 목적지에 도착하여, 가볍게 인사를 나누고 헤어졌다. 때로 시골길을 걷다가도 도중에 만나는 낯선 사람과 스스럼없이 인사를 나누고 말동무가 되었을 것이요, 음식도 나누어 먹으며 갔을 터이니, 어디에서나 넉넉한 인정이 있었다.

도시화(都市化)가 빠르게 진행되고, 아파트문화가 생활화 되면서, 이제는 서로 밀집해 살고 있다. 집과 집 사이의 공간은 이렇게 좁아지고 가까워졌지만, 마음의 거리는 더욱 멀어지고 말았다. 아파트를 십년 동안 살면서 옆집 사람과 말 한마디 주고받지 않고 살아가는 경우가 허다하다. 어쩌다 옆집이나 아래층 혹은 윗층에서 사람이 찾아오면, 우리 집 때문에 발생한 불편사항을 시정해달라는 요청을 하러 오는 경우뿐이다.

오늘의 생활이 점점 더 편리해진만큼이나 사람 사이는 더욱 삭막해지고 있는 것도 사실이 아니겠는가. 요즈음에도 시골에서야 종일 들판에 나가 자기 전답에서 단조롭게 일을 하다가도 저녁을 먹고 나서는 이웃으로 마을 다니며 인정을 나누고 있다. 그래도 옛날 보다는 뜸해지고, 제각기 자기 집에서 텔레비전을 보며 지낸다고 한다. 요즈음은 마을마다 마을회관이 있어서 주로 마을 회관에 모여 함께 밥도 먹고 놀지만, 마을에 젊은 사람들이 거의 없어 노인들끼리만 모여 앉아 있는 모양이다.

시골 마을에서 사람들이 모이면 소문도 많지만, 어려운 일 좋은 일에 서로 모여들어 도우니, 아직도 인정이 남아 있어서 좋다. 아내와 나는 원주 산골 30호정도가 있는 마을에 살고 있다. 새로 집을 지어놓고도 자녀교육 때문에 내려오지 못하는 분의 집을 빌려서 살고 있는 형편이다. 이 마을에 우리 집을 포함해서 4호가 외지인이 사는 집이다. 외지인과 주민들의 소통은 거의 없는 것 같다.

다행히 우리 집은 마을 중간에 있고, 자동차가 없어서 외출하려면 4시간 마다 한 대씩 오는 버스를 타러 마을 길을 걸어다니는 처지라, 마을 주민들과 접촉이 잦다. 더구나 아내가 붙임성이 좋아 마을 사람들 대부분과 인사를 하고 지낸다. 벌써 이곳에 내려와 산지가 4년이 되었는데, 아직도 마을 토박이 주민들과 거리가 좀처럼 좁혀지지 않는 형편이다. 어디서나 사람과 사람 사이에 마음을 열기가 쉬운 일은 아닌가 보다.

옛 사람들은 남들과 소통하는 것을 매우 중요시 하였고, 그래서 '손님'에 대한 대접이 극진하였다. 인륜의 대사인 혼인을 하는 3가지 목적으로 '제사를 받들고'(奉祭祀), '자손을 이어가는'(繼後嗣) 일과 더불어 '손님을 접대하는'(接賓客) 일을 꼽고 있을 정도이다. 손님을 접대하는 것이 한 집안의 소중한 일이라 생각하며, 손님이 끊어진 집은 기울어져가는 집이라 여겨, 크게 경계하기도 한다.

손님이야 그동안 친분이 있는 사람도 포함되지만, 낯선 사람 모두에게 열려 있다. 이렇게 손님 접대를 중요시하는 것은 자신의 세계를 친숙한 범위에 한정시키지 않고, 모르는 사람과도 접촉하여 세상으로 자신의 세계를 넓히고 인간관계에서 인연의 끈을 두터이 쌓는 일이다. 손해를 끼치거나 위협이 되는 경우가 아니라면, 누구에게도 열어놓음으로써, 인간관계의 폭넓은 교류장치를 가지고 있는 셈이다.

오늘날 우리는 가까운 친인척 사이가 아니라면 남의 집에 손님으로 가기를 여간 조심스러워하지 않는다. 우선 그 집 주부에게 폐를 끼치는 것이 마음에 걸리고, 잘못하면 단란한 가정에 풍파를 일으킬지도 모르니, 친구 사이도 밖에서 만나지, 집으로 찾아가는 일은 좀처럼 드물어 졌다. 개인주의 생활이 정착된 서양인들도 서로 자기 집에 초대하여 파티를 열기도 하여 이웃과 교류하지만, 우리는 가정을 고립된 성(城)처럼 문을 닫고, 다른 사람의 왕래를 끊어놓은 '고도(孤島)문화'

를 이루고 있는 모습이다.

마침내 우리 사회는 낯선 사람에 대해서는 무관심하여 냉랭함이 심해지면서, 그 대신 애완동물을 반려자(伴侶者)로 삼아 온갖 애정을 쏟아붇고 있는 풍경을 보여주게 된 것이 아닌가. 애완동문은 인격으로 격상하고, 이웃은 무관심의 그늘에 묻어두니, 우리사회를 '애완동물 반려'사회라 해야 하지 않을까 걱정스럽기도 하다.

선배 영서(穎棲 南基英)형은 함께 점심으로 보신탕을 먹으면서, 서양인들이 개를 식용으로 하는 사실에 대해 심하게 혐오하는 문제가 화제에 올랐다. 영서형은 "사람이 개고기를 먹는 것이 문제가 아니라, 사람이 개와 살고 있는 것이 문제이지."라는 한마디로, 사람과 사람사이는 멀어지고 사람이 개를 반려자로 삼아 함께 사는 현실의 문제점을 신랄하게 지적하였다.

그러나 우리사회는 오랜 세월 모든 사람을 가족처럼 의식하는 문화를 가져오지 않았던가. 그래서 아직도 우리는 낯모르는 사람이라도 나이가 자기보다 조금 많으면 '형'이라 부르고, 아버지 나아에 가까우면, '아저씨'나 '아주머니'라 부르고, 나이가 훨씬 많으면 '할아버지'나 '할머니'라고 부르고 있지 않은가. 모든 사람을 가족처럼 생각하는 이른바 '사해동포'(四海同胞)의식을 가지고 있는 문화전통에서 어찌 고립에 빠지고 애완동물을 동반자로 삼아 살아가고 있다는 말인가.

우리가 이웃에 마음을 열 수 있는 계기를 어디서 찾아야 하는가. 고립되어가는 인심을 개방시켜보려고 정부에서 '반상회'를 만들어 보기도 하였지만, 별다른 효과를 얻지는 못했던 것으로 보인다. 우리가 서로 이웃과 마음을 열고 살 수 있는 의식의 변화를 위해 좀더 큰 사회적 관심이 필요한 때가 아닌가 생각한다.

사람을 존중하는 세상

　유교문화는 상하와 귀천을 엄격히 구분함으로써 사회질서를 유지하고자 하였다. 그러나 상하·귀친의 구분을 통해 신분의 차별을 강화함으로써, 약자에게 비인간적으로 멸시하고 고통을 주었다. 바로 이 신분차별은 유교가 역사에 씻을 수 없는 죄를 저질렀던 것임을 부정할 수 없다. 이에 비해 불교는 현실세계를 초탈하려함으로써 사회적 책임을 소홀히 하였으나, 신분적 차별을 두지 않았으니, 사회에 큰 기여를 하였음을 인정하지 않을 수 없다.

　신라는 신분사회였지만 불교는 모든 사람에 불성(佛性)이 있음을 밝힘으로써, 신분질서의 모순을 분명하게 드러내주었다는 사실을 주목할 필요가 있다. 『삼국유사』(三國遺事)의 '욱면비 염불 서승'(郁面婢念佛西昇)의 설화를 예로 들면, 신라 경덕왕 때 아간(阿干·阿飡: 17관등의 제6관등)벼슬의 귀진(貴珍)이 강주(康州: 晉州)의 미타사(彌陀寺)에서 불공을 드리러 갈 때 계집종 욱면(郁面)을 데리고 갔었는데, 욱면은 종이라 법당에도 들어가지 못하고 절 마당에서 지성으로 염불하니, 하늘에서 "욱면은 법당에 들어와 염불하라."는 소리가 들려왔고, 욱면이 법당에서 염불하다가 천장을 뚫고 하늘로 솟아올라 부처의 몸이 되어 서쪽 하늘로 날아갔다는 설화다. 여기서 절에서 수도하고 있는 많은 승려나 불공을 드리러 온 귀족인 주인보다 오직 따라온 계집종이 성불(成佛)하였다는 이야기에서, 불성은 신분의 차이를 넘어서 가장 비천한 사람에게도 평등하게 있음을 잘 보여주고 있다.

오늘날 우리 사회는 신분제도가 폐지된지 오래고, 모든 사람의 인격이 평등함을 인정하고 있다. 그런데도 요즈음 '갑(甲)질'이 문제가 되는 것처럼, 높은 지위나 유리한 위치에 있는 사람이 낮거나 불리한 위치에 있는 사람을 괴롭히는 차별의 문제가 생기고 있다. 진실로 사람에 신분의 귀천이나 상하의 차별이 없이 평등하다면, 다른 사람을 천시하거나 학대하는 것은 죄악이라 할 수 있다. 사람은 사람에 대해 서로 존중하는 것이 올바른 도리라 하겠다.

서로 존중한다는 것은 자신의 이익과 권리만 내세울 것이 아니라, 상대편의 입장을 이해하고 배려하는 마음이다. 상대편의 입장을 이해하지 않고 자기 입장만 내세우면 상대편을 무시하거나 괴롭히게 되기 때문에 존중할 수가 없다. 언제나 자신의 권리를 앞세우기보다 상대방의 권리도 인정하고 배려해야, 서로 비난하거나 충돌하는 일이 일어나지 않을 수 있다.

내가 아는 어느 노인은 젊을 때 부인에게 부엌에서 도마소리도 크게 내지 못하게 당부했다고 한다. 가난한 이웃에 미안하게 생각해서이다. 우리에게는 이렇게 이웃을 생각하고 배려하는 문화가 있었다. 물론 남을 너무 의식하고 배려하다보면, 자신이 손해를 보거나, 자신의 개인적 사생활을 확보하기가 어려운 측면도 있을 수 있다. 그러나 모든 선행에는 얼마간의 자기희생이 따르기 마련이다. 남을 배려하는 삶은 선을 쌓아가는 삶이요, 남을 위해 봉사하는 삶은 자신의 물질적 이익을 희생시키는 것이기는 하지만, 선을 행하는 기쁨과 보람이 그 희생을 보상하고도 남을 것이다.

『대학』이라는 유교경전의 가르침에서 핵심적 과제는 '자신이 인격을 닦아서(修己) 백성을 다스린다(治人)'는 두 가지 주제로 집약될 수 있다. 여기서 '백성을 다스린다'는 치인(治人)은 높은 관직에 올라 백성을 도리에 맞게 살도록 이끌어가고 통제하는 것이라는 해석이 통상적 견해이다. 그러나 다산(茶山 丁若鏞)은 '다스린다'(治)는 말의 본래 뜻은 다스리는 대상의 삶을 완성시키기 위해 대상을 '섬긴다'(事)는 뜻이라 하였다.

그렇다면 임금이나 관리들이 백성을 다스린다는 것은 백성의 삶이 풍요롭고 건강하게 이루어질 수 있도록 백성을 섬기는 것이요, 가장(家長)이 집안을 다스린다는 것은 가족 모두가 자신의 삶을 올바르고 만족스럽게 이룰 수 있도록 가족 모두를 섬긴다는 말이다. 다스림은 지배하는 특권이 아니라, 섬기는 고달픈 노고임을 밝혀주고 있다.

제자 중궁(仲弓)이 '어진 덕'(仁)에 대해 묻자, 공자는 "대문을 나서서 만나는 사람은 누구라도 큰 손님 뵙듯이 하고, 백성을 부리는 일은 큰 제사 받들듯이 해야 한다. 자기가 하고자 하지 않는 것은 남에게 베풀지 말아라."(出門如見大賓, 使民如承大祭. 己所不欲, 勿施於人.〈『논어』12-2〉)고 대답했던 일이 있다.

먼저 "대문을 나서서 만나는 사람은 누구라도 큰 손님 뵙듯이 하라."(出門如見大賓)는 말은, 문밖을 나가서 만나는 세상의 모든 사람에게 아무런 차이를 두지 말고 큰 손님 대접하듯 정성과 공경을 다 기울이라는 말이다. 곧 어진 사람은 남녀노소를 가릴 것 없이 모든 사람에게 빈부귀천으로 차별을 두지 말고, 사람을 존중하는 마음과 행동을 갖추어야 한다는 것임을 알 수 있다. 그렇다면 유교를 따른다는 조선시대의 양반들은 모두 공자가 가르치는 '어진 덕'(仁)을 저버리고 있음을 보여준다.

다음으로 "백성을 부리는 일은 큰 제사 받들듯이 하라."(使民如承大祭)는 말은 백성을 다스리는 지위에 있는 모든 공직자들은 백성을 이끌어 갈 때, 큰 제사를 받들듯이 경건한 마음을 잃지 말아야 한다는 말이다. 백성을 다스리는 정치나 행정을 경건한 마음으로 시행하여야 한다면, 군주를 비롯한 수령(守令)·방백(方伯)의 목민관이 어찌 방탕하게 기생을 끼고 앉아 술판을 벌이는 방탕한 짓을 할 수 있으며, 죄 없는 백성을 묶어놓고 곤장을 치는 난폭한 행동을 할 수 있으며, 백성을 착취하여 탐욕을 채우는 짓을 할 수 있을 것인가. 이런 짓은 모두 자기 직무를 저버리고 백성을 학대하는 큰 죄를 짓는 행동일 뿐만 아니라, 공자가 가르치는 '어진 덕'을 상실한 인간의 행동임을 보여준다.

결론으로 "자기가 하고자 하지 않는 것은 남에게 베풀지 말라."(己所不欲, 勿施於人)는 말은 내가 모욕당하고 싶지 않으면 남을 모욕하지 말며, 내가 폭행당하고 싶지 않으면 남을 폭행하지 말라는 말이다. 모든 사람이 모든 사람에 대해 서로 사랑하고 공경하여 서로 존중해야 할 것이요, 남을 무시하거나 이용하거나 해치는 일이 없어야 한다는 말이다.

이러한 '어진 덕'을 한 글자로 표현하면 '서'(恕)이다. 곧 '같은 마음'(如-心), '한 마음'(同心)이 되어 서로 공경하고 사랑하여 존중해야 하며, 남에게 무례하거나 포악하게 행동하는 일이 없어야 한다는 뜻이다. 이런 마음이라면, 서로 존중하고 서로 돕는 세상, 곧 이상사회가 이루어질 것이다. '같은 마음'이 되고 '한 마음'이 된다면 세상에 다투고 미워하며, 뺏고 해치는 일이 어찌 일어나겠는가.

사람이 사람을 존중한다는 것은 산사람에 대해서만 존중하는 것이 아니다. 벌써 옛날에 돌아가신 조상이나 모든 죽은 사람에 대해서도 극진하게 존중을 해야 한다. 옛사람들은 자리에 모여 앉으면 으레 상대방의 조상에 대해 묻고, 자기 조상과 상대방의 조상이 옛날에 교류하였던 사이라면, 후손들로서도 세교(世交)가 있는 집안 사이로 더욱 친밀하게 확인하여 왔다. 사실상 옛날 어른들은 그 많은 조상들의 행적을 항상 마음속에 간직하면서, 조상들께 부끄럽지 않게 살기 위해 마음을 써 왔으며, 자신도 훗날의 후손들에게 아름다운 이름으로 기억될 수 있도록 처신을 조심했다. 이런 마음에서 어찌 낯선 사람이라 하여 소홀히 하거나 함부로 하는 일이 있을 수 있겠는가.

오늘의 우리사회는 백성이 나라의 주권자인 '민주'(民主)주의를 근본으로 삼고, 모든 백성이 신분적 차별이 없는 '평등'을 누리며, 법률에 벗어나지 않으면 누구나 '자유'롭게 말하고 행동할 수 있다. 그러나 과연 우리가 인격적으로 서로 존중하고 있는가. 과연 '한 마음'으로 서로 양보하고 화합하고 있는가. 사방이 제 이익만 주장하며 한치의 양보도 할 줄 모르는 머리때 두른 투사들의 갈라진 목소리로 소란하고, 제 주장만 고집하여 부르짖는 대열의 촛불과 깃발이 어지러우니, 아직도 갈 길이 멀었음을 알겠다. 혹독한 '차별'의 시대를 겨우 벗어나서, 치열한 '대립'의 시대로 들어선 것으로 보일 뿐이다.

16
뿌리가 멀리까지 뻗는 인간관계

　조선왕조의 건국을 찬양하는 「용비어천가」(龍飛御天歌) 제2장에
서는 "뿌리 깊은 나무는 바람에도 흔들리지 않기에, 그 꽃이 아름답고
그 열매 성하도다."라고 노래하였다. '뿌리 깊은 나무'는 태풍이 불어
도 쓰러지지 않으나, 아무리 크고 우람한 나무라도 뿌리가 얕으며 태
풍에 속절없이 뿌리가 뽑혀 쓰러지고 만다.

　어디 나무만 뿌리가 깊어야 하는가. 사람도 안으로 굳센 지조가 있
고 밖으로 남들로부터 신임을 받는다면, 어려운 고비를 만나더라도
쉽사리 무너지지 않고, 다시 굳건하게 일어서게 된다. 그 반대로 심지
가 약하고 신용이 없는 사람은 한번 어려운 고비를 만나면 무너져서
다시 일어나지를 못하고 마는 경우를 흔히 볼 수 있다.

　옛날에는 대가족 제도라 10촌 안은 한 집안으로 인식하여, 온 집안
이 서로 도우니, 한 사람만 우뚝하게 솟아나면 온 집안이 그를 기둥으
로 삼아 지탱할 수 있었다. 그러나 오늘날은 갈수록 친척의 범위가 좁

아들어, 4촌만 되어도 서로 왕래가 없는 경우가 허다하고, 심지어는 부모자식이나 형제 사이도 소원해지는 경우가 있으니, '핵가족'도 무너지고, 고립된 '핵개인'들이 떠도는 경우가 많다. 이런 상황에 놓인 우리 시대에는 자신의 존재에 생명과 자양분을 공급해줄 뿌리를 뻗어나갈 곳을 잃고 말았다 해야 하겠다.

물론 단세포적인 개인주의 시대에 개인이 자신의 능력으로 성공할 수도 있고, 기대고 의지하는 친척이 없으니 자유롭게 자신의 삶을 향유할 수도 있다. 그러나 친척도 친구도 없이 고립되어 혼자서 살아가는 고독한 삶이란 뿌리없이 떠도는 부평초처럼 안정감을 잃고 심한 불안정에 빠질 위험이 있는 것은 사실이다.

친구와의 교류도 함께 먹고 마시며 즐기고 놀던 친구는 관심이 바뀌면 언제던지 소리없이 떠나고 말 것이다. 서로를 깊이 이해하고 우정이 깊은 사이라면, 어려울 때 서로 도울 수도 있고 위로하고 격려해줄 수도 있지만, 이해관계에 얽힌 친구라면, 자신에 이익이 없으면 언제든지 한 순간에 등을 돌릴 것은 자명한 일이다.

사람과 사람의 교류는 사람이 살아가는데 장식적 효과를 가진 것이 아니라, 그 사람의 삶 자체의 깊이와 무게를 이루는 소중한 조건이다. 관중(管仲)이 자기를 깊이 이해하고 도와주던 친구 포숙(鮑叔)을 추모하면서, "나를 나아준 사람은 부모이지만, 나를 알아준 사람은 포숙이다."(生我者父母, 知我者鮑叔也.〈『史記』62, 管晏列傳〉)라 하였다. 관포지교(管鮑之交)와 같은 우정이라면 어떤 시련도 이겨낼 수 있으니, 인간관계의 뿌리가 깊고 튼튼하다고 하겠다.

부모와 자식 사이에도 어릴 때는 부모의 헌신적인 사랑을 받고 자랐지만, 성장하면서 자신의 개성이 형성되고 관심의 방향이 뚜렷해질 때는 부모의 충고가 엄청난 간섭으로 부담을 느낄 수 있다. 심하면 부모와 큰 소리를 내며 다투거나, 부모를 떠나 집을 나가는 경우도 드물지 않다. 여기에는 자식을 충분히 이해해주지 못하는 부모의 책임도 크다. 그러나 자식도 인내하면서 부모를 설득시키려는 노력이 부족한 것도 사실이다.

이러한 경우의 책임은 부모와 자식 양쪽 모두에게 있다. 부모가 자신의 요구를 자식에게 강요하려드는 문제나, 자식이 부모에 반발하는 문제는 갈등으로 끝낼 것이 아니라, 대화로 풀어가는 방법이 있다. 부모는 경험을 통해 얻은 판단으로 충고만 하지 간섭을 하지 말아야 하고, 자식은 부모의 조언에 귀를 기울이면서, 자신의 관심과 희망을 설득하기 위해 노력해야 한다. 이런 대화가 항상 성공할 수는 없지만, 그래도 서로의 가슴에 원망과 상처를 남기지는 않을 수 있을 것이다.

부부의 사이는 애정으로 결합되어 가장 가까운 관계이지만, 서로 취미나 성격이 어긋나서 갈등을 일으키거나, 심하면 갈라서는 비극을 초래하기도 한다. 비록 성장배경이 다르고 관심과 취향이 다르더라도 서로 이해하고 양보하며 포용한다면 자신의 삶에서 가장 튼튼한 뿌리가 될 것이다. 부부의 애정과 유대가 깊으면 그것만으로 성공한 인생이라 할 수 있다. 부부가 화목하면 한 사람이 세상에 나가서도 자신감과 아량을 가질 수 있어서, 어디에서나 뿌리를 넓혀갈 수 있으니 어찌 성공한 인생이 아니겠는가.

사실 인간관계에서 제각기 성장배경과 능력과 성향이 다르니, 항상 화합하여 좋은 관계를 갖기는 어려운 것이 현실이다. 그러나 한 사람이 자신의 인격을 성장시키고 자신의 꿈을 성취하기 위해서는 결코 자신의 힘만으로는 이룰 수 없으며, 많은 사람의 협조와 후원을 받아서 이룰 수 있다. 그만큼 인간관계를 소중히 여기고, 인간관계 속에서 자신의 뿌리를 더욱 넓히고 더욱 튼튼하게 키워가는 것이 자신의 성공적 인생을 위해 필수적이라는 사실을 확실하게 인식할 필요가 있다.

나무는 흙 속에 뿌리를 내리고 뿌리가 사방으로 뻗어나가기에 자신을 지탱하고 흙 속의 영양분을 빨아들이지만, 사람은 인간관계 속에서 자신의 뿌리를 뻗어나가야 한다. 이러한 인간관계 속에 내린 자신의 뿌리는 남들의 우호와 협력을 영양분으로 삼아 뻗어나가는 만큼, 자신도 남들의 뿌리가 되어 언제나 남들에게 호의와 협력을 아끼지 말아야 한다. 이처럼 인간은 나무와 달리 상호적 관계 속에서 성장하고 자신을 실현하는 존재이다.

자신의 뿌리를 깊이 내리고 멀리 뻗어가기 위해서는 먼저 가정의 화목함이 가장 중요하다. 여기서 나아가 가까이 친구들과 이웃에서 멀리 낯선 사람들 속으로 뻗어가야 하며, 이렇게 멀리 뿌리를 뻗어가기 위한 동력이 언제나 자기 자신의 열정과 아량에서 시작하여 가정의 화목에 있음을 결코 잊지 말아야 한다. '가화만사성'(家和萬事成), "가정이 화목하면 모든 일이 이루어진다."는 옛 말처럼 가정은 우리 삶의 뿌리 자체임을 앗지 말아야 한다. 그러나 오늘의 우리사회에서는 가정이 흔들리고 있다. 이혼이 많아진 문제를 넘어서 이제는 가족의 굴레를 거부하는 독신의 확산이 더욱 심각하다. 그만큼 개인의 뿌리가 허약해지고, 나아가 사회전체의 뿌리도 흔들릴 수 있는 위험에 놓여있다는 말이 아니겠는가.

17
무질서와 사치

한 나라나 한 가정이나 융성하게 일어날 때는 질서가 확립되고 검소하여, 미래를 위한 희망을 가지고 더욱 크게 성장할 수 있는 동력을 기르고 있어야 한다. 이에 반해 한 나라나 한 가정이나 무너질 때는 질서 없이 제각기 제 주장만 하고, 현재의 쾌락에 탐닉하여 사치와 방탕에 젖게 되는 것이다. 그렇다면 우리시대 우리사회의 현실은 융성할 때의 모습인가 무너질 때의 모습인가. 심각하게 돌아보지 않을 수 없다.

무엇보다 우리 자신이 그동안 무시하거나 가볍게 여겨왔던 우리 사회의 말기적 병폐가 무엇이고 어디에 있는지를 구체적으로 짚어보고 자세히 들여다 볼 필요가 있다. 그것은 우리 자신이나 우리 사회가 반성하고 변혁할 수 있는 기회를 제공해주는 매우 중대한 과제라 생각한다.

거리에 나가면 광고가 얼마나 넘쳐흐르는지, 간판이 얼마나 어지럽게 내걸려 있는지, 어느 것 하나 절제된 간결함이나 질서 있게 가지런함을 찾아 볼 길이 없다. 거리가 미관상 어지럽던 말던 내 상품을 팔아야겠다는 욕심이 난무(亂舞)하고 있는 것이다. 사방에 먹자골목이요 술집이 없는 곳이 없으니, 먹고 마시는 일차원적 욕구충족에 온 나라가 빠져들어 있는 것으로 보인다.

내가 사는 동네만 해도 35평형 이하의 서민 아파트인데, 왠 외제차가 그리 많은지, 이해가 되지 않는다. 해마다 해외여행을 나서는 사람들이 넘쳐나 외화가 물흐르듯 빠져나가지만, 자제되지 않는다. 고가의 해외명품을 구입하거나 양주를 소비하는 데 세계에서 손꼽히는 나라이니, 사치와 향락이 이미 도를 넘어서도 한참 넘어선 것으로 보인다. 분수를 넘어 사치와 낭비에 빠진 과시적 허영심과 덩달아 따라가는 체면의식이 사화를 병들게 하고, 결국 자신의 앞날도 무너뜨리고 말 것이다.

사람들의 행동도 떼를 지어 주먹을 휘저으며, 큰 목소리로 난폭하게 자기 주장하는데 익숙해졌나 보다. 떼쓰면 이익이 생긴다는 인식이 만연하고 있는 것이라 보인다. 어린 아기가 젖 달라고 보채는 수준의 유치함을 벗어나지 못하였으니, 성숙한 사회풍조를 어느 세월에 바랄 것인가. 말없이 세금내고 법을 지키며 사는 사람들은 바보 취급되고, 뒷전에 밀려나 아무도 돌아봐 주지 않는 것 같이 보인다.

교사들이 촌지나 바라고 사립학교재단은 학교를 돈벌이로 생각하더니, 어린 학생들까지 서로 친구를 학대하는 학교폭력에 시달리고, 전교조는 학교를 이념교육의 마당으로 생각하니, 교육이 무너지고 말았다. 우리나라에 백년지계(百年之計)는 이미 백지상태라 해야겠다.

종교는 신자들에게 복을 팔아 등을 쳐서, 교회를 크게 지어가고 교세확장에만 열을 올리니, 이미 사회구원기능은 사라진지 오래된 것 같다. 고려말의 불교가 타락하면서 나라의 몰락을 재촉하듯이, 이제 종교는 한국사회에서 사회악으로 부담만 가중시키고 있는 형편이 아닌가. 정치판은 대중에 영합하여 권력을 잡으면 상대방의 비리를 캐어 때려잡는데 열중하니, 미래를 내다보며 사회통합을 위한 일에는 관심조차 없는 실정이 아닌가.

세상의 풍속은 퇴폐하여 무너지고, 사람의 도리는 사라져버려 찾을 길이 없으며, 온갖 음험하고 간교한 말들이 쏟아져 나오고 난폭한 행동들이 사방에서 일어나는 시대를 만났으니, 참으로 두려워해야 할 일이 아니겠는가. 지금 우리시대의 우리 사회를 돌아보며 말기적 몸살을 앓고 있는 현실에 두렵고 두렵기만 할 뿐이다.

임진왜란은 풍신수길(豊臣秀吉)의 침략적 야욕 때문이 아니라, 선조(宣祖)때 선비들의 당파싸움으로 이미 내부가 썩어문드러져 악취를 풍기고 있었으니, 멀리 있는 늑대까지 불러들였던 것으로 볼 수도 있을 것 같다. 이순신과 권율 등 충성스런 장수와 의병들이 겨우 나라를 구해놓았지만, 이미 나라의 기강이 썩어 무너졌으니, 정신을 차리지 못하고 당파싸움만 계속하다가 결국은 병자호란에 임금이 항복하는 굴욕을 당했다.

그러고 나서도 정조(正祖)같은 현군(賢君)이 나왔으나 끝내 개혁을 성공시키지 못하고 외척과 권신들로 가득한 노론 세력의 손에 나라가 썩어들어가다가 20세기에 들어서자 나라가 멸망하고 식민지가 되는 치욕을 당하고 말았던 것이 아닌가. 단지 일본의 침략성만 탓하고 자신의 허물과 죄를 반성할 줄 모른다면 또다시 멸망의 치욕을 당하는 것도 그리 어려운 일은 아닐 것이다.

자식을 사랑하는 부모라면 누구나 자식 걱정을 많이 하게 되고, 자식을 잘 가르쳐보려고 노력한다. 그러나 가르치는 방향이 건전한 시민정신이 아니라, 출세와 부유함만 추구한다면 부모의 노력이 극진할수록 자식들은 잘못된 방향으로 빠져들 수밖에 없다. 법과대학이나 의과대학에 보내도 사회정의나 국민건강에는 관심이 없고 오직 출세와 부유함만 추구한다면, 돈벌이만 혈안이 된 변호사와 의사만 양산하게 될 것은 필연이다.

　나라를 사랑하는 백성이라면 누구나 나라 걱정을 많이 하게 되는 것은 지극히 자연스럽고 당연한 현상이다. 그러나 향락과 사치에 빠지고 이기적 탐욕에 급급하다보면, 자신의 미래도 어두워질 것인데, 나라의 앞날에 희망을 가질 수 있겠는가. 어쩌면 우리 사회는 극심한 빈곤의 긴 터널에서 빠져나오자마자, 풍요로움에 현혹되어 현재의 향락에 눈이 멀어 미래를 모두 잊어버리고 만 것 같다. 현재에 사회의 기강이 무너지고 미래에 대한 목표도 의식도 사라졌으니, 이런 사회 이런 나라는 반드시 망하고 말 것이다.

　'망하고 만다'는 것은 망하기를 바란다는 말이 아니다. 망할까 걱정한다는 말이다. 『주역』(否卦, 九五爻)에서는 "'멸망하지나 않을까. 멸망하지나 않을까'하는 걱정스러운 마음으로 뽕나무 뿌리에 단단히 매어둔다."(其亡其亡, 繫于苞桑)고, 하였으니, 경계하고 두려워하자는 말이다.

18

사랑과 부담의 차이

사랑으로 맺어진 부부라도 평생에 부부싸움 한 번 하지 않는 경우가 과연 우리시대에도 찾아볼 수 있을까. 조선시대라면 순종을 부덕(婦德)으로 삼아 왔으니, 사대부 집안에서 부부싸움이란 매우 드물었을 것이다. 그러나 개성을 존중하고 평등을 기본원리로 삼고 있는 우리시대에서는, 웬만큼 수양이 된 사람이 아니라면, 부부싸움을 몇 번은 해 보았을 터이다. 심하면 부부싸움 끝에 부부사이에 회복하기 어려운 금이 가서 이혼을 하는 경우도 흔히 볼 수 있다.

부부사이가 사랑으로 시작했는데 싸움으로 끝맺는다면, 그야말로 비극이 아닐 수 없다. 사랑의 힘이 허약해서인가. 사랑이 식어서인가. 그렇다면 무엇이 사랑을 허약하게 하고 식게 하는지 따져볼 필요가 있다. 나 자신의 경험에서 보면 몇 가지 이유가 있는 것 같다.

먼저 외부적 문제이다. 여자에게 시집이란 정신적으로 엄청난 부담이 된다. 시동생도 문제가 있지만, 가장 큰 원인은 같은 여자인 시어머니다. 가정이라는 권력체제에서 절대적 권위로 지배하려드는 시어머니는 며느리를 무시하거나 억누르려 들고, 이때 며느리는 견디기 어려운 굴욕감에 빠지기도 한다. 이 점에서 나는 아내가 얼마나 고통스러워하는지 잘 알고, 항상 미안하게 생각한다. 그러나 내가 어머니를 설득해서 고쳐볼 수가 없으니, 이것은 나의 숙명이라 나로서는 어떻게 해볼수 있는 범위를 넘어선 것이다.

다음으로 내부적 문제이다. 나의 가정생활을 보아도 먹고 입는 모든 문제를 나는 아내에게 의지하고 살아왔다. 내가 밖에 나가 활동하고 아내가 집안의 살림을 도맡는 것은 역할분담이라 볼 수 있어서, 쉽게 받아들여져 왔던 것 같다. 그런데 은퇴한 뒤로 놀고 있으니, 이제는 역할분담의 균형이 깨어져 아내는 여전히 헌신적으로 봉사하는데 나는 아무 역할도 제대로 하는 것이 없다. 불만을 야기할 수 있는 심각한 요인이다. 그러나 타고난 게으름으로 아내를 제대로 도와주는 것이 없으니, 구제받기 어려운 상황이다.

여기에 더하여 아내가 싫어하는 짓까지 하고 있다. 가장 큰 문제는 담배를 피우는 것과 잠이 안 오면 밤늦게까지 옛날 역사드라마를 보고 있다는 것이다. 나흘전(8.29) 작은 말다툼으로 아내가 몹시 화를 내고서 말없이 외출했다가 돌아와서, 담배를 끊을 것과 저녁후 역사드라마 안 볼 것을 지키지 않으면 집을 나가겠다고 강경하게 요구했다. 내가 잘못한 것이니 당연히 받아들일 수밖에 없었다. 그래서 오늘로 나흘째 담배를 끊고, 아예 역사드라마를 켜지도 않고 있다.

담배 끊고 드라마 안보는 일이 내 건강을 위해서도 좋은 일인 줄은 안다. 그러나 의식이 심하게 흐린 상태에서 글쓰기나 책읽기가 어려운데, 지금처럼 아무 하는 일이 없는 나로서는 상당히 힘이 든다. 그래도 참고 견디면서 이 생각 저 생각을 하다 보니, 문득 내가 아내에게 부담스러운 존재가 되고 있는 것은 아닌가 하는 자의식에 사로잡히기도 했다. 그렇지 않다면 작은 말다툼에 어이하여 이렇게 심하게 화를 내는 것인가. 이런 일이 몇 해 전에도 가끔 있었는데, 내가 별 것 아니라 생각하고 가볍게 언성을 높이면, 아내가 과도하게 화를 내곤 했다. 문제의 발단이 나에게 있어서 번번이 거듭 사과하여 화를 풀게는 했지만, 내가 방심하다가 같은 실수를 저질러 이런 화를 되풀이 자초한 꼴이라 할 말이 없다.

'부담'은 사랑이 사라졌을 때 생길 수 있는 감정이다. 불우 이웃에 대한 사랑이 있다면 그들이 부담이 아니라, 나의 사랑을 실현할 수 있는 현장이니, 그들이 있어서 나 자신을 충만하게 할 수 있다고 해야겠다. 그러나 나의 사랑이 없으면 불우이웃은 누추하고 성가신 '부담'으로 다가 올 수 밖에 없다. 가족은 서로 사랑하고 보살펴주는 관계이지만, 가족도 때로는 '부담'이 될 수 있다는 사실을 느낄 때가 있다.

나는 어머니께서 어려운 환경 속에서도 헌신적인으로 보살펴주셔서 자랐다. 그래서 나는 어머니에 대해 감사하는 마음을 가슴 깊이 간직하고 살아왔다. 내가 결혼할 무렵 아내가 될 사람에게 나의 어머니에 대해, "성모님과 같은 분이시오."라 자신 있게 소개했던 일이 있다. 그후 아내는 시어머니 노릇을 하고 있는 나의 어머니를 가리키면서, "성모님 같은 분이시라며."라고 항의했다. 그래도 노년의 어머니께서는 여전히 나에게는 자상하게 배려하시니, 감사하지 않을 수 없다. 그러나 무엇에 불만이 쌓여서인지 어느 날 나에게, "너는 효도를 공부했다며."라 하여, 내가 효도하지 않는다고 질책하신 일이 있었다. 이때 나와 어머니를 이어주는 끈이 '사랑'이 아니라, '효도'라는 도덕적 의 무감인가 다시 생각해보게 되었다.

　나는 이제 사십 안팎인 두 딸과 한 아들이 있는데, 모두 내가 어떤 일에도 간섭하는 것을 싫어하고, 되도록 나를 멀리하려드는 사실을 지켜보며, 나는 나의 자식들에게 '사랑'의 대상이 아니라, '부담'의 괴로움이 되고 있음을 씁쓸하게 받아들이고 있다. 가족 사이에 '사랑'이 식어지고 '부담'으로 닥아오는 것은 비극이 아닐 수 없다. 그래서 나는 '부담'을 줄이고 '사랑'을 가슴 속에 간직하기 위해서 일정한 거리를 두고 바라보아야 한다는 생각을 하고 있다. 혹시라도 나의 어머니는 내가 사랑으로 모시지 않고, 거리를 두어 '무심'하게 대하거나, '부담'의 대상으로 여긴다고 생각하시지나 않을지, 조심스럽게 반성해 보아야 할 일이다.

19
덕을 감추고 기르는 삶

　한 사람이 살아가는데 소중한 요소에는 양면적 성격을 지닌 두 가지 현상이 있다. 하나는 인간관계에서 '나와 너'이고, 다른 하나는 자기존재의 '안과 밖'이라 하겠다. 먼저 '나와 너'의 문제로서, 사람은 언제나 나는 너를 전제로 인정해야 한다. 너를 거부하면 나의 존재도 유지할 수 없게 된다. 너는 상대방 개인일 수도 있고, 가족이나 이웃이나 국가, 인류 등 사람이 살아가는 세상을 의미할 수 있다.

　다음으로 '안과 밖'의 문제로서, 안은 내 마음의 덕성이라면 밖은 내가 말하고 행동하며 드러난 영역이다. 안과 밖도 서로 떠날 수 없다. 안이 허전하면 밖이 당당할 수 없으니, 속언에 "속빈 강정."이니 "빈 깡통이 소리는 요란하다."라고 하지 않는가. 또한 밖이 부실하면 안을 반듯하게 지킬 수가 없다. 그래서 속언에 "겉 볼 안"이라 하지 않았던가. 여기서는 주로 '안과 밖'이라는 두 번째 문제에 관심을 집중하여 살펴보고자 한다.

퇴계(退溪 李滉)는 이담(靜存齋 李湛, 字 仲久)에게 보낸 답장에서, 자신이 지은 글을 밖으로 다른 사람에게 내보이기 전에 충분히 다듬지 못한 사실에 대해, 스스로 깊이 경계하는 모습을 보여주고 있다.

"나의 '기'(記: 「陶山記」)와 '시'(詩: 「陶山雜詠」)가 그대에게까지 알려졌다 하니, 깊이 송구스럽소이다. 우스개삼아 한 말이라 반드시 이치에 맞는 것이 아닙니다. 경솔하고 천박함의 허물은 후회해도 소용이 없구려."〈『퇴계집』, 권10, 答李仲久〉

이 편지에서, 퇴계가 얼마나 자신의 내면적 인격을 닦는 일에 진지한지, 그리고 밖으로 드러내는 자신의 말 한마디나 글 한 구절에 대해서도 일일이 이치에 맞지 않는지를 진지하게 성찰하는 모습과, 또 자신의 말과 글에 깊은 책임감을 지니고 있는 모습을 엿볼 수 있다.

다산(茶山 丁若鏞)은 퇴계의 편지에서 이 대목을 읽고 나서, 깊은 충격을 받고 자신을 돌아보며 성찰하고 통렬하게 반성하는 모습을 보여주고 있다.

"내 평생에는 큰 병통이 있다. 무릇 생각하는 것이 있으면 저술이 없을 수 없고, 저술이 있으면 남에게 보이지 않을 수 없었다. 한 생각이 이르자 마자 붓을 잡고 종이를 펴서 잠시도 머뭇거리지 않고 글을 썼다. 글을 짓고 나서는 스스로 사랑하고 스스로 좋아하여, 조금 글을 아는 사람을 만나기만 하면, 미처 내 말이 온전한지 치우쳤는지, 혹은 그 사람이 친밀한지 소원한지를 헤아리지 않고, 급히 전하여 보이려 했다. 그래서 남들과 한바탕 말하고 나면, 마음속과 상자 속에는 한 가지도 남아 있는 것이 없었다. 그 때문에 정신과 혈기가 다 흩어지고 새어나가 쌓이고 길러지는 의미가 없어져 버렸다. 이러고서 어찌 성령(性靈)을 가르고 몸과 명예를 지킬 수 있겠는가."〈『與猶堂全書』詩文集, 권22, 陶山私淑錄〉

여기서 다산이 자신의 병통이라고 하는 것은 실제로 모든 사람이 가지고 있는 자기현시욕(自己顯示欲)이라는 병통이라 하겠다. 그러나 내면의 성령(性靈)을 기르고자 하는 사람이라면, 밖으로 드러내기를 힘쓰기 보다는 안으로 심화하는데 힘을 기울일 것이다. 그렇다면 어찌 돌아보며 반성하지 않을 수 있겠는가. '성령을 기른다'는 것이 바로 마음을 수양하는 기본자세라 할 수 있다.

나아가 다산은 자신의 병통을 점검한 결론으로, 병통의 원인이 바로 퇴계가 말하는 '경솔하고 천박함'(輕淺)에 들어 있음을 밝히면서, 자신의 이러한 병통에 대해, "'덕을 숨기고 수명을 기르는 공부'(韜晦壽養之工)에 크게 해로울 뿐만 아니다. 비록 말과 글이 어지럽게 화려해도, 점점 천박하고 비루해져서 남들에게 존중받지 못하게 된다. 지금 선생의 말씀을 살피니 더욱 느끼는 바가 있다."〈같은 곳〉고 하였다.

글이 내면의 깊은 깨달음과 인격의 수양 위에서 나오지 않고, 재주와 기교로 쏟아내면, 아무리 화려하게 보여도 '경솔하고 천박함'(輕淺)을 벗어날 수 없는 것은 지극히 당연한 일이다. 퇴계나 다산은 큰 학자들이니, 결코 그 말이나 글이 '경솔하고 천박할' 까닭이 없으리라. 그럼에도 불구하고 '경솔하고 천박함'을 자신의 병통이라 밝히고 있는 것은, 더 깊은 내면의 수양과 연마를 하겠다는 마음가짐을 보여주고 있는 것이 분명하다.

이에 비해 배움은 얕고 깨달음이 없으면, 말하고 글 쓰는 것이 모두 귀로 들은 것을 입으로 말하는 '구이지학'(口耳之學)을 벗어나지 못하게 된다. 이러하고서도 남들 앞에서 말을 하고 또 글을 써서 발표하여, 남들의 관심을 끌고 칭찬이라도 받기를 바란다니, 어찌 한심하고 부끄럽지 않을 수 있겠는가.

십여 년 전 일본 교토(京都)대학에 머물면서, 다산의 『논어』해석에 관한 집필을 하다가, 우연히 공자의 말씀에서 "무릇 알지도 못하면서 글을 짓는 사람이 있지만, 나는 이런 일이 없노라."(蓋有不知而作之者, 我無是也.〈『논어』7-28〉)라는 구절을 읽었던 일이 있다. 그 순간 자신을 돌아보면서, 나 자신이 '알지도 못하면서 글을 짓는 사람'이라는 사실을 발견하고는 엄청난 부끄러움이 엄습하는 경험을 했던 일이 있었다.

나 자신을 돌아보면 평생에 글쓰기를 직업으로 삼아, 평생 동안 학술서로 62권, 번역서 1권, 수필·수상·여행기로 9권의 저술을 간행하였던 것이 있다. 그러나 지금 내 심경은 다산의 말씀처럼 "마음속과 상자 속에는 한 가지도 남아 있는 것이 없었다. 그 때문에 정신과 혈기가 다 흩어지고 새어나가 쌓이고 길러지는 의미가 없어져 버렸다."는 바로 그 상태에 놓여있음을 고백하지 않을 수 없다.

다산은 말을 그렇게 해도 실지는 깊은 통찰과 창의적 안목이 그의 저술 페이지 마다 빛나고 있음을 내 눈으로 직접 보았지만, 다산이 자신을 성찰하면서 언급한 이 말은 바로 나를 위해 내 머리를 내려치는 방망이임을 알겠다. 그릇된 줄 알면서, 고치지 못하고 평생을 살아왔으니, 그야말로 주자(朱子)가 읊은 시에서, "세상살이 사람 욕심 험난함과 다를 바 없어/ 몇 사람이나 평생을 그르치는데 이르렀던가."(世

路無如人欲險, 幾人到此誤平生.〈『晦菴集』, 권5, 「宿梅溪胡氏客館
…」〉)에서 말한, '평생을 그르쳤다'(誤平生)는 말이 가슴을 파고들어,
통회하지 않을 수 없었다.

이제 노년에 이르러 돌아보니 내 평생은 속으로 덕을 감추고 기르
며 살았던 일이 없었으니, 어찌 공허하지 않을 수 있겠는가. 이제 더
이상 저술을 할 기력을 잃었으니, 지금부터라도 죽기 전까지 속으로
덕을 감추고 기르는 삶을 살아보고 싶다. 결코 쉬운 일이 아닌 줄을 잘
알고 있다. 그래서 조금이라도 속에 덕을 길러놓고 죽어야 내 인생에
약간의 보람이 있지 않겠는가.

20

아름다움과 선함

누구나 아름다운 것을 좋아한다. 아름다운 여인을 좋아하지 않을 남자가 없고, 아름다운 꽃을 좋아하지 않는 사람은 없다. 밖으로 아름다운 경치를 찾아다니고, 안으로 자신이 아름답게 보이기를 추구한다. 멋지고 아름답게 꾸미려고 노력하는 것은 단지 여성만의 몫이 아니다.

시각이나 청각으로 아름다움을 추구하는 것은 오로지 아름다움에서 시작하여 더 아름다움을 추구하는 것으로 끝날 뿐이다. 더구나 감각적으로 아름다운 빛깔이나 소리를 좋아하다보면, 더 아름다운 것을 찾는 순간 예전의 아름다운 것은 빛이 바래고 만다. 사실 아름다움의 감각도 다른 감각처럼 시간이 흐르다 보면 감각이 흐려지거나 심하면 무감각해질 수도 있다. "듣기 좋은 꽃노래도 한두 번이지."라 하지 않는가. 감각적 아름다움은 끊임없이 새로운 자극을 찾아다니게 되고, 쉽게 실증이 나니, 그 아름다움의 느낌을 유지하기가 어렵기 마련이다.

그러나 진정으로 아름다움은 무엇인지를 알기는 결코 쉬운 일이 아니다. 진정한 아름다움은 감각을 넘어서서 마음 속 깊은 곳에 자리 잡고 인격의 고매함에서 얻을 수 있는 것이니, '지극히 선하고 지극히 아름다운' 곧 '진선진미'(盡善盡美)한 것이라 하겠다. 맹자는 진정한 아름다움이 어디서 유래하며 어디까지 향상해 가는지를 여섯 단계로 보여주고 있다.

> "하고자 할 만한 것을 '선하다'(善)하고,
> 그 선함이 자기에게 실제로 있는 것을 '미덥다'(信)하고,
> 선을 실행하여 자기 속에 가득 차있는 것을 '아름답다'(美)하고,
> 속에 충만한 아름다움이 밖으로 밝게 빛나는 것을 '위대하다'(大)하고,
> 위대하면서 세상을 감화시키는 것을 '성스럽다'(聖)하고,
> 성스러우면서 그 자취를 알 수 없는 것을 '신령스럽다'(神)한다."
> (可欲之謂善, 有諸己之謂信, 充實之謂美,
> 充實而有光輝之謂大, 大而化之之謂聖, 聖而不可知之之謂神.〈『맹자』
> 14-25:3〉)

이 여섯 단계에 대해 주자는 인격의 등급으로 구분하여 첫 단계를 선인(善人)의 단계요, 둘째와 셋째 단계(謂信·謂美)를 현인(賢人)의 단계요, 넷째 단계에서 여섯째 단계까지(謂大·謂聖·謂神)를 성인(聖人)의 단계라 구분하기도 하였다.〈『주자어류』34:147〉 혹은 첫째와 둘째 단계(善·信)를 '군자'의 단계, 셋째와 넷째 단계(美·大)를 '현인'의 단계, 다섯째와 여섯째 단계(聖·神)를 '성인'의 단계로 구분해 보아도 안될 것은 없다고 생각된다.

가장 중요한 점은 출발점이 '선함'(善)에 있고, 현실적 실현을 보여주는 중간지점이 '아름다움'(美)에 있다면, 이상적 실현의 끝마침은 '신령함'(神)에 있다는 사실이라 하겠다. 따라서 '아름다움'을 중심으로 전체를 보는 것도 의미가 있을 것으로 보인다. 우선 '아름다움'(美)이란 그 속에 '선함'을 간직하지 않은 것은 진정한 '아름다움'이 될 수 없다는 말이다. 그렇다면 '선함'(善)이란 '하고자 할 만한 것'(可欲之)이라 했는데, 그 '하고자 할 만 한 것'이란 무엇인지를 이해하는데서 출발하지 않을 수 없다.

　사람은 선한 것을 좋아하고 악한 것을 미워하는 타고난 '천성'(天性)을 지니고 있다. 이 '천성'에서 도리가 선하면 좋아하고 좋아하면 '하고자 할 만한 것'으로 삼는다. 마찬가지로 도리가 선하지 않으면 싫어하고 싫어하면 '하고자 할 수 없는 것'으로 삼을 것이다. 만약 도리가 선하지 않은데도 하고자 한다면, 그것은 '천성'의 발동이 아니라 '욕심'의 발동으로 볼 수 있다.

　천성이 '하고 싶어 하는 것'으로서의 '선'은 아직 온전한 것이 아니다. 천성을 온전하게 실현하기 위해 첫발을 내디디는 출발점이라 하겠다. 생각이나 의지나 감정이 천성에 따라 나아가는 첫걸음이 '선함'이다. 그 선함을 스스로 실행하여 자기 속에 가득 채우고 있음을 확인하면, 비로소 '아름답다'(美)고 할 수 있다는 것이다. 따라서 아름다움의 진정한 모습은 선함이 실현되어 자신 속에 충만하였을 때를 말한다.

　'아름다움'은 과연 '선함'을 필수적 조건으로 요구하고 있는 것인가. 현실에서는 심미적 대상인 '아름다움'과 도덕적 대상인 '선함'은 서로 다른 영역이라 여기는 일이 일반적이다. 선하지 않으나 요염한 아름다움이 있고. 신비로운 아름다움도 있지 않은가. 그러나 인간이 추구하는 가치로서 '아름다움'이 진정한 아름다움이기 위해서는 '선함'과 떠날 수 없다는 인식이 제기된다는 사실을 주목할 필요가 있다.

'선함'에서 '아름다움'으로 나아가는 것으로 그치지 않는다. 선으로 충만한 '아름다움'에 이어서 이 '아름다움'이 밖으로 찬란하게 빛나는 '위대함'(大)으로 나아가고, 또 '위대함'이 세상을 감화시키는 '성스러움'(聖)으로 상승하며, 더 나아가 성스러우면서 그 자취를 알 수 없는 '신령함'(神)에 까지 이르게 된다. 이러한 상승과정 내지 심화과정을 다산(茶山 丁若鏞)은 "(공자께서) '안다는 것은 좋아하는 것만 못하고, 좋아한다는 것은 즐거워하는 것만 못하다.'고 말하신 것은, 이제 이 (여섯) 계층과 역시 같은 부류이다."(知之者不如好之者, 好之者不如樂之者. 今此層級亦此類也,〈『孟子要義』〉)라 하였다.

'아름다움'은 선하고 미더운 것이기에 정당성을 확보한다. 또한 '아름다움'이 위대하고 성스럽고 신령함의 어디에나 기초가 되고 있기에 영속성을 확보할 수 있다. 아름답기만 하고 아무 것도 간직하지 못한 '백치미'(白痴美)를 진정한 아름다움이라 할 수야 없다. 예리한 통찰력을 지닌 '지성미'(知性美)도 있다. 무엇보다 사람의 도덕성은 아름다움으로 일컬어 '미덕'(美德)이라 하니, 아름다움과 도덕성은 일체를 이루면서 두 가지 양상으로 드러나는 것이라 할 수 있을 것 같다.

21
너를 만나는 길

〈前言〉 나의 옛 친구 붕서(鵬棲 李雄淵)가 지난 2월24일 보내온 글을 받고, 내 마음 속에 깊은 곳에서 감동과 충격이 일어났다. 그는 보내준 이 글이 다산(茶山 丁若鏞)의 글이라 했다.

"겸손은 사람을 머물게 하고, 칭찬은 사람을 가깝게 하고,

너그러움(넓음)은 사람을 따르게 하고, 깊은 정(깊음)은 사람을 감동케 하나니, 마음이 아름다운 그대여, 그대의 향기에 세상이 아름다워지리라."

이 글을 받자, 바로 "보내주신 다산의 글, 명심하리다."라고 답장을 했다. 사실 내가 보기에도 다산선생이 제자나 자식들에게 훈계한 말씀이라 해도 전혀 손색이 없을 듯하였다. 더구나 제자 자장(子張)이 어진 덕에 대해 묻자, 공자는 천하에 행할 수 있어야 할 다섯 가지를 들면서, "공손하면(恭) 모욕당하지 않고, 너그러우면(寬) 많은 사람들의 마음을 얻고, 믿음이 있으면(信) 남들이 일을 맡기고, 민첩하면

(敏) 공로가 있게 되고, 은혜로우면(惠) 사람을 부리기에 넉넉하게 된다."(恭則不侮, 寬則得衆, 信則人任焉, 敏則有功, 惠則足以使人.〈『논어』17-5〉)고 말씀한 것과 그 어투조차 흡사하지 않은가.

그런데 명색이 나는 다산사상을 전공했던 사람이요, 다산사상에 관해 『다산실학탐구』 등 7권의 저술을 냈던 일이 있는데, 이렇게 좋은 말씀을 놓쳤다는 것이 부끄럽기 그지없었다.

그래서 다산의 저술 가운데 어떤 글 속에 나오는 말인지를 확인하려고, 다산의 전집인 『여유당전서』(與猶堂全書)와 시문집(詩文集) 국역본까지 샅샅이 찾기 시작하였다. 오늘까지 지난 열흘 동안 매일 여러 시간을 들여 온갖 검색어로 눈이 아프게 찾고 또 찾았지만, 끝내 실패하고 말았다. 이 글은 편지글로 보이지만, 다른 사람의 글을 인용한 것일 수도 있어서, 시문집(詩文集) 전체와 경집(經集) 및 『목민심서』(牧民心書)까지 검색했지만 찾아지지 않았다. 혹시 『여유당전서』에 수록되지 않았지만, 최근에 발견된 글들 속에 들어있는 것이나 아닐까 추측을 해보기도 했다. 어떻든 지금 내가 가진 자료로는 더 이상 찾아내기가 불가능한 형편이라 어쩔 수 없이 찾기를 그쳤다. 글의 출전을 찾아내지 못한 죄책감에 그 대신 이 글의 뜻을 음미해보기로 했다.

〈吟味〉 이 글의 끝에 "마음이 아름다운 그대여, 그대의 향기에 세상이 아름다워지리라."라는 구절은 상대방에 대한 칭찬이거나 격려의 말이라 하겠다. 그래도 한 사람의 아름다운 마음의 향기가 세상을 아름답게 할 수 있다는 말은 깊은 여운을 간직한 결론이라 하겠다. 공자도 "하루아침에 자기를 이기고 예법을 회복하면, 천하가 어진 덕으로 돌아간다."(一日克己復禮, 天下歸仁焉.〈『논어』12-1〉)고 하지 않았던가.

그러나 이 글의 기본은 앞에 나온 네 구절, 곧 "겸손은 사람을 머물게 하고, 칭찬은 사람을 가깝게 하고, 너그러움은 사람을 따르게 하고, 깊은 정은 사람을 감동케 하나니."에 있지만, 그 네 구절의 결론은 이 한 구절에 있다고 하겠다. 마치 연못에 던진 돌 하나가 일으킨 파문이 넓은 연못 끝까지 번져가듯이, 한 사람이 끼치는 크고 깊은 감동으로 온 세상 사람의 마음을 흔들고 감화시킬 수 있음을 말한다.

네 가지 주제어 곧 '겸손'(謙), '칭찬'(譽), '너그러움'(寬), '깊은 정'(情)은 나와 너가 만나고 사람과 사람이 만남에서 소중한 마음가짐이요, 동시에 실천해야할 일이라 할 수 있다. '겸손'은 자신을 낮추는 것이요, '칭찬'은 상대방을 높여주고 격려하는 것이다. '너그러움'은 상대방을 물리치지 않고 감싸 안는 태도이며, '깊은 정'은 감싸 안은 상대방을 더욱 따뜻하게 품어주는 태도이다.

이렇게 보면 '겸손'으로 자신을 낮추는 태도가 소극적인 면이 있다면, '칭찬'으로 상대방을 높여주는 태도는 적극적인 면이 있다. 여기서 한 걸음 더 나가서 '너그러움'은 상대방을 받아들이는 진취적인 태도라면, '깊은 정'은 상대방과 일체감을 이루어가는 태도라 할 수 있다. 이른바 점점 깊이 들어가는 심화(深化)의 방법이라 하겠다.

공자가 "안다는 것은 좋아하는 것만 못하고, 좋아한다는 것은 즐거워하는 것만 못하다."(知之者不如好之者, 好之者不如樂之者.〈『논어』 6-20〉)라 하여, '안다'(知)는 단계에서 '좋아한다'(好)는 단계로, 다시 '즐거워한다'(樂)는 단계로 점점 깊이 나아가는 길을 제시해 주는 것과 상통하는 방법이라 할 수 있을 것 같다. 그렇다면 '겸손'보다 '칭찬'이 어렵고, '칭찬'보다 '너그러움'이 어렵고, '너그러움'보다 '깊은 정'이 어렵다고 해도 될 것 같다.

'겸손'은 단지 자신을 낮추어 공손한 태도에 그치는 것은 아니다. 사람은 누구나 자신이 어려운 일을 맡았거니 큰일을 해내어 공로가 있으면 자랑하고 싶어지기 마련이다. 바로 이 '자랑하는 마음'이 남들과 차이를 드러내게 하고, 남들로부터 자신을 멀어지게 하는 길이다. 그래서 "겸손은 사람을 머물게 한다."고 하였다.

『주역』에서는, "'공로가 있어도 자랑하지 않는 겸손함'(勞謙)은 군자가 시작부터 끝까지 지켜가야 하는 일이니, 길(吉)하다."(勞謙, 君子有終, 吉.〈謙卦〉)라 하였다. 그렇다면 '겸손'이란 가장 낮은 단계이면서, 동시에 다른 모든 덕목의 근본이 되는 중요한 조건임을 보여준다. '겸손'이 없으면 '칭찬', '너그러움', '깊은 정'도 기반을 잃고 무너질 수 있다.

'칭찬'은 상대방을 치켜세워 주어 기쁘게 해주니, 자칫 아첨하는 수단으로 쓰이기도 한다. '칭찬'은 남의 숨어있는 역량이나 노력을 확인해 줌으로써 상대방을 격려하여 북돋우어주는 일이라야 한다. 진정한 '칭찬'은 상대방으로서는 자기를 알아주는 일이다. "남자는 자기를 알아주는 사람을 위해 죽을 수 있고, 여자는 자기를 사랑하는 사람을 위해 단장한다."(士爲知己者死, 女爲說己者容.〈『史記』, 刺客列傳〉)고 하였으니, 어찌 칭찬하는 사람과 가까워지지 않을 수 있겠는가.

'너그럽다'는 말은 남의 허물까지 감싸주며 포용하는 태도이다. 세상에 허물없는 사람이 어디 있겠는가. 엄격함은 남의 작은 허물도 용서함이 없으니, 세상에서는 엄격함이 필요하겠지만, 어느 누구도 자신에게 엄격함을 원하지는 않는다. 너그러운 사람은 자신에게 엄격하더라도 남에게 관대한 사람이다. '너그럽다'는 것은 어른스러움의 덕목이기도 하다. 젊을 때 보다 세상을 오래 살고 많은 사람과 부딪치면서 살아온 어른은 훨씬 더 너그러워지게 된다.

　젊은 후배들을 많이 거느린 어른이나, 높은 지위에 올라 아랫사람을 많이 거느리는 사람에게는 '너그러움'의 덕이 없이 엄격하기만 하면, 아랫사람들이 두려워하여 피하려 들고, 따르기가 어렵다. 자식도 엄격한 부모를 경원(敬遠)하는데, 세상에 누가 엄격한 윗사람을 좋아하겠는가. 이렇게 너그럽게 포용해주는 덕이 있으면 친구도 부하도 후배도 누구나 따르게 되는 것은 지극히 당연한 일이다.

　'깊은 정'이 있다는 것은 사랑하는 마음이 있다는 말이다. 공자는 '어진 덕'(仁)을 정의하여 "사람을 사랑하는 것"(愛人.〈『논어』12-22〉)이라 하였으니, 사람을 사랑한다는 것은 인간의 가장 소중한 덕이라 하겠다. '깊은 정'의 '정'(情)이 사랑이라면, 사랑에는 깊고 얕은 차이가 있고, 크고 작은 차이가 있고, 뜨겁고 차거운 차이가 있으니, '깊은 정'은 깊고 크고 뜨거운 사랑을 말하는 것이리라. 보석이나 골동품이나 미술품에 사랑을 쏟기도 하고, 애완동물에 사랑을 쏟기도 하며, 재물이나 지식에 사랑을 쏟기도 한다. 이처럼 사물을 사랑하는 것은 결코 깊은 정이 될 수 없다.

　누구나 사랑을 받으면 행복해지고 감동을 받기도 하지만, 크고 깊은 사랑은 이성(異性)이나 가족에 대한 사랑을 넘어서, 이웃을 사랑하거나 나라를 사랑하는 마음과 특히 가련한 사람을 사랑하는 마음이다. 이런 사랑은 아무나 할 수 있는 것이 아니기에, 깊고 위대한 사랑을 하는 사람을 보면 과거의 인물이거나 외국의 인물이거나 상관없이 깊이 감동하고 존경하게 된다.

　사람과 사람사이 곧 나와 너 사이의 '겸손', '친절', '너그러움', '깊은 정'은 서로 다가서게 하고, 하나로 결합시켜주는 든든한 끈이 된다, 이렇게 나와 너가 결합함을 통해 나도 너도 '큰 나', '큰 너'로 성숙할 수 있을 것이다. "그대의 향기에 세상이 아름다워지리라."는 말처럼, 이를 통해 어지럽고 누추하고 삭막한 세상, 고해(苦海)라 부르기도 하는 세상을 아름답고 행복한 세상으로 변화시킬 수 있을 것이다. 결국 우리 모두 이를 통해 '구원'(救援)을 받을 수 있는 것이 아니겠는가.

〈追記〉 이 글을 써서 친구 붕서(鵬棲)에게 보내고 나서, 며칠이 지났는데, 마침 다산의 저술에 밝은 젊은 후배 임부연(林富淵)박사로부터 전화를 받게 되었다. 나는 이 기회에 임박사에게 나의 실패담을 털어놓고 나서, 한번 다산의 저술 속에서 이 글의 출전(出典)을 찾아봐 줄 것을 부탁했다. 오래지 않아 그 후배로부터 연락이 다시 왔는데, 이 글은 다산의 글로 오인되기도 하는데, 이채(본명 정순희, 1961~)라는 시인의 「마음이 아름다우니 세상이 아름다워라」라는 시의 마지막 절이라 알려주면서, 이 시의 전문(全文)을 프린트해서 보내왔다. 젊은 후배에게 노고에 감사하다고 인사말을 하면서도, 마음속으로는 나 자신이 잘못된 정보에 휘둘려 오랜 시간 헤맸던 자신에 대해 고소(苦笑)를 금할 길이 없었다.

22

말의 길(言路)

말을 유창하게 하거나 더듬거리며 하거나, 말을 할 수 있다는 사실은 하늘이 사람에게만 특별히 내려준 축복의 선물이라 생각한다. 말을 못하는 벙어리가 얼마나 답답했을까. 그래도 수화(手話)가 발명되어 그 답답함을 상당부분 풀 수 있을 것이다. 동물들 사이에서도 소리를 내거나 몸짓을 하여 서로 의사소통을 하겠지만, 그 폭과 깊이에 큰 한계를 지닐 수밖에 없지 않겠는가.

사람과 사람이 어울려 살아가는데, 말이 얼마나 소중한 역할을 하는지, "말 한마디로 천 냥 빚을 가린다."는 우리 속담에서도 잘 보여주고 있다. 일설에는 한 냥이 지금 돈으로 10~20만원에 해당한다고 하니, 천 냥이면 1~2억이 된다. 말 한마디의 값으로는 엄청 높은 값이다. 그러나 옛날의 세객(說客)이나 오늘날의 외교관이 설득력 있는 말 한마디로 한 나라의 운명도 결정하니, 말의 값어치가 돈으로 환산할 수 없을 만큼 큰 경우도 있다.

실지로 전쟁터에서 장수가 한 마디 말로 격동시켜서, 수많은 군사들이 죽음도 두려워하지 않고 적진으로 돌격하여, 용맹하게 싸우는 경우도 있다. 이처럼 말 한 마디에 생명을 걸기도 한다. 또한 소년시절 스승의 한 마디 격려의 말씀에 깊은 감동과 충격을 받아 인생의 진로를 결정하는 경우도 많이 있다. 어디 그뿐인가. 사랑의 고백 한 마디에 인생을 걸기도 하고, 연인의 절교선언 한 마디에 절망하여 목숨을 버리는 사람도 있지 않은가. 말 한 마디는 한 사람의 인생에 큰 축복이 되기도 하고, 큰 재앙이 되기도 하니, 어찌 두려운 일이 아니랴.

　말을 잘 하면 자신의 의사를 잘 전달 할 수 있는데 그치는 것이 아니다. 나아가 그 말을 통해 어려운 일을 해결하기도 하고, 상대방의 마음에 변화를 일으키기도 한다. 그러나 말은 나의 의사를 일방적으로 상대방에게 전달하는 것만이 아니라, 남의 말도 그 깊은 뜻을 잘 알아듣는 것도 중요하다. 말은 나와 너가 서로 주고받는 양방향의 의사전달이요, 말을 주고받으면서 자신의 생각과 상대방의 생각이 서로 깊어지니, 상승작용을 하는 양상을 볼 수 있다. 좋은 '대화'(對話)란 바로 서로 상대방의 말을 잘 알아듣는데서 이루어지는 것이라 하겠다.

　한 마디 말에도 여러 뜻이 있을 수 있고, 같은 말이라도 듣는 사람에 따라 알아듣는 수준도 다양하게 드러난다. 그만큼 남의 말을 잘 알아듣는다는 것이 결코 쉬운 일이 아니다. 『논어』의 마지막 구절에 보이는 공자의 말씀은 "말을 알아듣지 못하면 사람을 알 수 없다."(不知言, 無以知人也.〈『논어』20-3〉)고 하였다. 너가 하는 말을 내가 잘 알아듣지 못하고서, 어찌 내가 너를 안다고 할 수 있겠는가. 상대방을 안다는 것은 물론 그 행동을 살펴서 아는 부분도 있지만, 그보다 더 깊고 정밀한 이해는 상대방의 말을 잘 알아들음으로써 가능한 일이다.

맹자도 자신이 잘하는 것으로 "나는 남의 말을 잘 알아듣고. 나는 나의 '툭 터진 기개'를 잘 기른다."(我知言, 我善養吾浩然之氣.〈『맹자』 3-2:9〉)고 하였다. 여기서 남의 말을 잘 알아듣는다는 것은 그 마음에 '툭 터진 기개'(浩然之氣)가 뒷받침되고 있음을 보여준다. 곧 마음이 옹졸하거나 비뚤어지면 결코 남의 말을 잘 알아들을 수 없음을 지적하고 있는 것이다.

여기서 다산은 "맹자에서 '말을 잘 알아듣고' '기개를 기르는' 학문은 마치 활을 제대로 쏘기 위해서는 활시위를 뒤로 팽팽히 당기는 것과 같다."(孟子知言養氣之學, 如角弓反張處.〈『孟子要義』, 公孫丑問不動心章〉)고 하였다. 이처럼 '말을 잘 알아듣는 것'(知言)이 '기개를 기르는 것'(養氣)과 서로 떠날 수 없는 것임을 강조하고 있다. 다시 말하면 마음에 걸림이 없이 툭 터진 기상의 아량을 지닌다는 것이 남의 말을 잘 알아듣는데 얼마나 필수적이고 중요한 것인지를 잘 보여준다.

거문고를 잘 타는 백아(伯牙)에게 그 음률을 잘 알아듣는 종자기(鍾子期)는 '지음'(知音)의 벗이었다.〈『列子』, 湯問〉 음률을 잘 알아듣는 '지음'이나 말을 잘 알아듣는 '지언'(知言)은 바로 자기를 잘 알아주는 '지기'(知己)이니, 어찌 한 마음이 되는 벗이라 하지 않겠는가. 누구나 말을 조리 있고 명쾌하게 하지는 못한다. 그래도 말을 잘 알아듣는 '지언'(知言)을 만나면 누구라도 자기를 알아주는 벗이 될 것이다.

말을 하는 것보다 말을 듣는 것이 더 소중하다. '유창한 말솜씨'(達辯)' 보다 어눌한 말씨'(訥言)를 차라리 더 좋아한다. 그러나 듣는 것은 아무리 잘 들어도 허물이 되지 않고 미덕이 된다. 그래서 성인(聖人)의 '성'(聖)자에는 '귀-이'(耳)자와 '입-구'(口)자가 들어 있다. 남이 입으로 말하는 것을 자기가 귀를 기울여 잘 듣는 모습을 보여준다.

그래서 부처나 공자와 같은 성인의 모습에는 언제나 귀를 크게 그려 놓았었나 보다.

말이란 나와 너 사이, 사람과 사람 사이에 생각이나 느낌을 주고받는 수단이다. 이렇게 말을 통해 서로 뜻이나 생각을 소통하는 길, 곧 '말의 길'을 '언로'(言路)라 한다. 말을 주고받는데 아무런 장애가 없으면, '말의 길'도 시원하게 터져 있다고 하겠다. 그러나 현실에서는 체면이나 법도나 격식으로 제약을 받아 소통에 장애를 일으키는 경우가 허다하다.

친구 사이라면 비교적 격의 없이 말을 주고받지만, 지위나 신분이 다르면 말에 제약이 심하게 따른다. 한 단체나 한 나라 안에서 윗사람과 아랫사람, 통치자와 백성 사이에는 일방적으로 위에서 아래로 명령이나 지시가 내려오지, 아래서 위로 건의나 호소가 올라가기란 쉽지 않을 때가 많다.

'언로'(言路)는 한 생명에서 혈관과 같다 하였다. 혈관에 피가 막힘 없이 원활하게 소통되면 그 생명체가 건강하고, 혈관에 피의 흐름이 막히면 병이 깊어지거나 죽음에 이를 수도 있다는 것이다. 따라서 '언로'가 활짝 열리면 시원하게 뚫린 고속도로처럼 소통이 시원하게 이루어져, 그 조직이나 나라는 건강한 활력으로 바른 길을 찾아 나갈 수 있게 된다. 그러나 '언로'가 막히면 도심의 심한 교통체증으로 불통의 고통에 빠지게 되는 것처럼, 그 조직이나 나라도 경색하여 유연한 적응력을 잃기도 하고, 불만이 팽배하여 안정감을 잃기도 하며, 혼란에 빠져 붕괴의 위험에 놓일 수 있음을 경계하지 않을 수 없다.

23
묻기를 좋아한다.

배움을 통해 자신의 앎을 넓히고 깊게 하는 것은 자신의 인격을 성숙시켜가기 위해서도 필수적인 조건이다. 배움은 지식을 넓히고, 지식은 지혜를 키워주고, 지혜로움은 올바른 상황판단과 결단을 할 수 있게 하고 또 올바른 실행으로 나아가게 해준다. 『중용』(20:19)에서는 배움을 심화하는 다섯 단계를 제시하여, "널리 배우고, 자세히 묻고, 신중하게 생각하고, 분명하게 판별하고, 독실하게 행해야 한다."(博學之, 審問之, 愼思之, 明辨之, 篤行之.)고 하였다. 그 시작은 배움이지만 그 완성은 실행에 있음을 잘 보여주고 있다.

여기서 '배움'을 심화해가는 첫 단계로 '물음'을 제시하고 있는 사실을 주목할 필요가 있다. 다시 말하면 '배움'은 씨앗이니 흙에 씨앗을 뿌려야 한다. '배움'이 넓을수록 큰 수확을 거둘 수 있다. 그러나 '물음'은 '배움'이라는 씨앗이 싹이 터져 나오는 것이니, '물음'이 없으면 '배움'이라는 씨앗은 싹이 트지 못하고 흙 속에서 말라죽고 만다. '물음'

이 깊어야 '배움'의 싹이 온전하게 터져나오고, '물음'으로 '배움'의 싹
이 터져나온 다음에는, '생각함'으로 잎이 피어나고, '판별함'으로 꽃
이 피어나고, '실행함'으로 열매가 맺어지는 것으로, '배움'이 성숙해
가는 과정을 보여주고 있다. 이런 의미에서 '물음'이 없다면 '배움'은
생명을 잃고 죽은 지식이 되고 마는 것이라 할 수 있다.

　공자도 순(舜)임금이 크게 지혜로운 분임을 예찬하면서, "묻기를 좋
아하셨고, 비근한 말을 살피기를 좋아하셨다."(好問而好察邇言.〈『중
용』6:1〉)고 말한 일이 있다. 곧 지혜로움에는 누구에게나 '묻기를 좋
아한다'는 조건과 더불어 일상생활 속에서 남들이 무심코 던지는 '비
근한 말 속에 담긴 진실한 의미를 잘 살펴서 찾아내기 좋아한다'는 조
건을 중시하였던 것이다. 여기서 '묻기를 좋아한다'(好問)는 것과 '비
근한 말을 살피기를 좋아한다'(好察邇言)는 것은 서로 다른 두 가지
일이지만, 서로 긴밀하게 연결되어 있다는 사실에 주의를 기울일 필
요가 있다.

　먼저 '묻기를 좋아한다'(好問)는 것은 자기가 이미 알고 있는 것에
만족하지 않고, 새로운 앎을 얻기 위해서 관심을 열어두고 적극적으
로 찾아가는 태도이다. 모르면서도 아는 척하는 '위선'이나, 자기가 아
는 것만이 절대로 옳다고 고집하는 '독선'이 아니다. 모르는 것은 모른
다고 인정하는 '솔직함'이나, 아는 것이라도 좀 더 확실하게 알기 위해
의심을 가지고 다시 물을 수 있는 '겸허함'의 자세를 말한다.

　'질문'한다는 것은 바로 앎을 향해 촉각을 열어두고 탐색하는 출발
점이다. 질문이란 학생이 선생에게만 해야 하거나 아이가 어른에게만
해야 하는 것은 아니다. 알고자 한다면 선생이 학생에게 물을 수도 있
고, 어른이 아이에게 물을 수도 있다. 지위가 높거나 권위가 당당한 사

람이 체면에 얽매이지 않고, 아랫사람에게 물을 수도 있어야 한다.

공자는 제자 자공(子貢)이 위(衛)나라 대부 공문자(孔文子)가 '문'(文)이라는 시호를 받게 된 까닭을 묻자, "민첩하면서도 배우기를 좋아하고, 아랫사람에게 묻기를 부끄러워하지 않았기 때문이다."(敏而好學, 不恥下問.〈『논어』5-15〉)라 대답했던 일이 있다. 진정으로 배우기를 좋아한다면 '아랫사람에게도 묻기를 부끄러워하지 않아야 한다'(不恥下問)는 것이다. 하물며 스승이나 어른이나 윗사람에게 묻기를 부끄러워하지 않아야 함은 말할 것도 없다. 그런데 현실에서는 체면 때문이거나 부끄러워서 아랫사람에게 묻기는 커녕, 윗사람에게도 묻지 못하고 마는 경우가 허다하다.

무슨 이유든 묻지 못하고 넘어가면 바로 앎의 소중한 기회를 놓치고 마는 것이다. '묻는다'는 것은 먼저 무슨 문제이거나 끊임없이 의심해봄으로써 의심이 없는데 까지 나아가려는 마음 곧 '의심'하는 마음을 가질 수 있어야 한다. 이와 더불어 더욱 분명하게 알고자 하는 의지 내지 용기가 가슴 속에 살아 있어야 한다. 그래서 주자(朱子)도 "크게 의심하면 크게 진보할 수 있다."(大疑則可大進.〈『朱子語類』115:8〉)고 말했던 것이다.

'비근한 말을 살피기를 좋아한다'(好察邇言)는 것은 심각하고 중대한 말에 대한 관심만이 아니라, 일상 속에서 들을 수 있는 평범하고 가벼운 말에도 귀를 기울이고 주의 깊게 이해한다는 말이다. 중대한 문제에 대해서는 누구나 주의를 기울일 줄 알지만, 항상 듣고 보는 일상의 비근한 문제에 대해서 주의를 기울이기는 쉽지 않은 일이다.

남의 말을 들을 때에도 학식이 많거나 지위가 높은 사람의 말에는 주의를 기울이지만, 무지하거나 보잘 것 없는 사람의 말을 관심깊게 들으려는 사람은 지극히 드물다. 그러나 학식이나 지위가 높은 사람의 말에는 교묘한 꾸밈으로 그럴듯하게 보여도 실상은 거짓이 감추어져 있을 때가 많지만, 무지하고 평범한 사람들의 말에는 자신의 느낌이나 생각을 아무 꾸밈없이 그대로 드러낼 때가 많다. 그렇다면 학식 있는 사람의 말에서는 멋진 포장의 뒤에 감추어져 있는 거짓의 함정에 빠지지 않도록 주의해야 하지만, 무지한 사람의 말에서는 거칠고 조잡한 표현의 뒤에 깃들어 있는 진실한 뜻을 놓치지 않도록 주의해야 할 필요가 있을 것이다.

'묻기를 좋아한다'는 것은 반드시 자세하게 물어서 그 바른 해답을 찾아간다는 것을 의미한다. 단지 묻기만 하고, 그 대답에 대해 주의 깊게 듣지 않는다면, 독서만 하고 내용에 관심이 없는 것과 같다. 대답에 대한 이해가 깊어야 그 질문이 온전하게 이루어지며, 분명하고 의미 깊은 대답을 얻었을 때 그 물음도 좋은 물음이 될 수 있다.

오늘의 우리 현실 속에서도 제각기 자기 확신을 내세워 자기주장만 하면서, 남에게 물으려고 하지도 않고, 남의 말을 들으려고 하지도 않는 사실은, 그 자신의 확신이 독선(獨善)에 빠진 잘못된 것임을 드러내고 있다. 예수가 "나는 길이요, 진리요, 생명이다. 나를 통하지 않고서는 아무도 아버지께 갈 수 없다."〈『요한 복음서』14:6〉는 말을 그리스도교가 아니면 구원을 받을 수 없다고 주장하며, 이 주장이 절대로 옳다고 믿는다면, 그것은 독단적 신앙일 뿐이지, 더 이상 진리의 탐구자세가 아니다. 나는 예수의 말씀에서 '나'는 모든 인간을 배제한 다음에 남는 예수 혼자만을 가리키는 것이 아니라, 모든 사람의 가슴 속에 자신의 '나'(참나)를 일깨워주는 말씀으로 듣고 싶다.

지금처럼 사회적 분열과 대립이 깊어져서, 서로 마음을 열어 상대방의 의견을 묻거나 들으려 하지 않는다면, 우리는 서로를 거부하는 갈등의 늪에 빠져 자멸의 길을 갈 수 밖에 없다. 이미 임진왜란 때나 한말의 일제침략기에 우리사회의 대립과 갈등은 외세의 침략에 앞서서 스스로 자멸의 길을 걸어갔던 것이다. 한 사회가 독선으로 분열과 대립에 빠지는데서 벗어나려면, 자기 확신을 버리고 남의 말에 귀를 기울이는 데서 출발해야 한다. '묻기를 좋아하고' '비근한 말을 살피기 좋아한다'는 것은 바로 진리를 찾아가는 길이면서, 동시에 대화와 화합으로 나아가는 길이라 하겠다.

24

옛 것과 새 것

세월이 가니 아무리 반짝이던 소녀의 눈동자도 빛이 흐려지고, 아무리 곱고 윤기나던 처녀의 얼굴도 시들어 주름이 잡혀가기 마련이다. 그렇다고 나이가 많이 들었다 해서 여인의 아름다움이 모두 사라지는 것은 아니다. 오히려 노년의 여인에게서 세련되고 우아함을 발견할 때, 그 아름다움의 격이 훨씬 더 높은 것임을 알 수 있다. 이 점에서는 남자에게서도 마찬가지 현상을 볼 수 있는 것이 사실이다.

생명을 가진 것은 무엇이나 어릴 때는 연하고 신선하지만, 늙으면 둔하고 추루하게 변하는 것을 막을 길은 없다. 어린 강아지가 귀여운데, 늙은 개는 추하게만 보인다. 그런데 애정을 가지고 함께 살아가며 지켜보았던 사람으로서는, 어린 강아지가 귀여운 것 보다, 오히려 여러 해를 같이 보낸 늙은 어미 개에 대해 더 깊은 애정을 느낄 수 있다.

지식이나 학문의 세계에서도 옛 것과 새 것은 깊은 연관성을 보여준다. 공자는 "옛 것을 익혀서 새로운 것을 알아내면 스승 노릇을 할 수 있다."(溫故而知新, 可以爲師矣.〈『논어』2-11〉)고 하였다. 옛날에 배운 것을 깊이 음미하여 새로운 지식을 찾아낼 수 있다는 말이다. 우리가 서양에서 수입한 새로운 지식을 탐닉하는데 빠져, 전통의 옛 지식에 대한 관심을 잃었던 것은 사실이다. 새로운 것은 끊임없이 새로 나타나니, 언제까지나 새로운 것만 쫓아다니다가는 자신의 발판을 잃어버릴 위험이 크다.

우리 사회의 젊은이들은 자신의 문화적 전통을 버리고 외래의 새로운 문화를 추구하는 경향이 강한 것은 사실이다. 우리의 옛 문화는 낙후한 것으로 보이고 외래의 문화는 선진문명으로 선망하여 찾아다니는데 빠지면, 자칫 문화적 예속을 당할 수도 있다. 문화가 정신이요 국토는 육신과 같다면, 국토를 잃는 것이 위험한 것 이상으로 문화전통의 정신을 잃는 것이 더 심각한 문제임을 인식해야 할 것이다. 일제 식민지 시대를 거치면서 문화적 예속이 심해서, 해방이후 이른바 '왜색문화' 퇴치를 위해 오랜 세월 노력하였지만, 한번 물든 의식을 씻어내기는 결코 쉽지 않은 일임을 확인하였던 경험이 있다.

옛날 것을 버리고 새로운 것을 찾아간다는 것은 마치 뿌리를 튼튼히 하는 일을 소홀히 하고서, 가지 끝에 좋은 열매만 얻으려는 것처럼 허망한 일이 될 수 있다. 그래서 경험이 많은 농사군은 봄부터 여름 내내 뿌리에 물주고 거름주기를 게을리 하지 않는다. 동시에 옛날 것을 배우기만 고수한다면 열매를 거두는 것을 잊어버리는 것처럼 뿌리에 매달리다가 스스로 갇혀서 폐쇄되고 마는 폐단을 일으키게 된다.

또한 옛 것은 우리의 속을 채워준다면, 새 것은 우리의 겉을 꾸며주는 역할을 한다고도 볼 수 있다. 옛말에 "겉 볼 안"이라 했으니, 겉이 단정하면 속도 충실함을 알 수 있다는 말이다. 그러나 아무리 새 양복에 새 구두를 신고 나선다 해도, 속에 오래도록 갈고 닦은 인품이 없다면, '속 빈 강정'이라는 비웃음을 면할 수 없을 것이다. 또한 겉을 꾸미기에 급급하여 외제차에다 명품(名品)으로 휘감고 다닌다 해도, 속에 쌓인 인품의 향기가 없다면, 그야말로 '과대포장'이 아닐 수 없다.

그래서 항상 새 것이 좋다거나 옛 것이 좋다고 어느 한 쪽에 편중시켜 말할 수는 없다. 옛 전통을 토대로 새 지식을 창조해나갈 수 있다면, 이것은 뿌리를 튼튼하게 실려 냄으로써 풍성한 결실을 거두는 길이 될 수 있지 않겠는가.「용비어천가」(龍飛御天歌)에서 '뿌리 깊은 나무'와 '샘이 깊은 물'을 노래한 것은 옛 전통을 잘 계승해야 함을 말하며, 동시에 그 '깊은 뿌리'에서 아름다운 꽃이 피고 충실한 열매를 얻을 수 있으며, 그 '깊은 샘'은 냇물이 되어 바다까지 이를 수 있음을 말하고 있다. 이것은 바로 옛 것을 토대로 새 것을 이루어감으로써, 계승과 창조가 조화를 이루어 발전하는 모습을 보여준다.

이에 비해『서경』에서는 "사람은 오직 옛 사람을 찾고, 물건은 옛 것을 찾지 않고 새 것을 찾는다."(人惟求舊, 器非求舊, 惟新.〈「盤庚上」〉)는 언급이 있다. 이 말은 일반적으로 사람의 감정이 끌리는 방향을 보여준다. 옛 사람은 이미 쌓인 정이 깊으니 만나면 반갑고 자주 찾게 된다는 사실을 보여준다. 그러나 새로 만나는 사람과도 신선한 우정으로 깊이 사귈 수 있음을 부정할 수는 없다. 그렇다면 어찌 옛 사람만 찾는다고 할 수 있겠는가.

물건도 마찬가지다. 반짝이는 새 옷을 입거나 새 가방을 매고 다니면 기분이 좋겠지만, 부모가 입다가 남긴 오래되고 낡은 옷을 입었을 때 부모의 체취를 느끼며 좋아하는 경우도 있고, 오래도록 써서 손때 묻은 낡은 가방에 더 애착을 가져 매고다니기를 좋아할 수 있는 것도 같은 이치이다. 상점에 진열된 상품 가운데 새 것과 오래된 것이 있으면, 새 것을 고르게 되는 것은 당연하다. 그렇지만 오래된 물건으로 낡았다고 하더라도 골동품이 있다면, 옛 것을 찾는 사람이 많이 있을 것이다.

옛 것이 낡았다고 무조건 버리려는 태도에는 문제가 있다. 마찬가지로 새 것이 반짝인다고 무조건 선택하려는 태도에도 문제가 있다. 그렇다면 옛 것과 새 것이 함께 어울릴 수 있고, 옛 사람과 새 사람을 두루 사귈 수 있고, 옛 문화의 전통을 잘 계승하면서 새 문화를 창조해 나갈 수 있다면, 그 삶이 풍부해질 수 있을 뿐만 아니라, 그 문화도 활발한 생명력을 유지할 수 있는 것이 아니겠는가.

25

순간 속의 영원

　'영원'이란 말은 시간의 한계를 넘어서 변함이 없으며, 진실하고 아름다운 것이요, 동시에 사람을 끌어들이는 강한 매력을 지니고 있는 것이다. 며칠간 화려하게 피었다가 시들고 마는 꽃을 보면서, 인생도 잠간 스쳐지나가는 허망한 것임을 안타까워하지 않을 수 없다. 그러니 어찌 변함없이 지속되는 '영원'에 끌려들지 않을 수 있겠는가. 인생이 너무 짧다고 한탄하는 사람들이 많다보니, 어떻게 하면 오래도록 살 수 있을까 고심하지 않을 수 없었을 것이다.

　노자는 장생(長生)의 도리를 제시하여, "하늘과 땅이 항구할 수 있음은 자기를 위해 살지 않기 때문에 장생할 수 있다."(天地所以能長且久者, 以其不自生, 故能長生.〈『도덕경』7장〉)라 하여, 자기존재를 잊고 자연의 질서를 따르는 삶을 요구하였다. 또한 "퍼져나간 뿌리(蔓根)를 깊게 하고, 곧은 뿌리(直根)를 견고하게 하는 것이 죽지 않고 오래 사는 도리이다."(深根固柢, 長生久視之道.〈『도덕경』59장〉)라 하여, 밖으로 드러나지 않는 땅속의 뿌리가 멀리 퍼지고 깊이 파고드는 나무와 같이 기초를 확고하게 할 것을 강조하기도 하였다. 그래서 중국문화에서는 이 세상에서 죽지 않고 오래 살고자 하는 '불로장생'(不老長生)을 인간의 가장 큰 열망으로 확인하고 여러 가지 장생술(長生術)을 개발하기도 했었나 보다.

그리스도교에서는 이 세상이 아니라 저 세상(天國)에 가면 영원한 생명을 누릴 수 있다고 한다. 죽은 다음의 세상에서는 부모와 조상도 만난다는 의식은 유교문화 속에도 있으니, 사후(死後)세계가 믿음이나 희망을 넘어서 사실로 확인된다면, 아무 걱정 근심 없이 하루하루가 행복한 삶도 가능할 수 있을 것이다. 이런 이상세계(Utopia)는 살아서 경험할 수 있는 '현실'이 아니라, 간절한 '희망'이나 열렬한 '믿음'을 투영한 것이라는 점에서 한계를 지니고 있는 것도 사실이다.

우리가 살아가는 이 세상은 변하지 않는 것이 아무 것도 없으며, 그 변화를 예측하기도 어려운 일이니, 우리가 '생명'이라고 일컫는 것은 사람이거나 동물이나 식물이거나 모두 변화의 과정에 떠올랐다가 사라지는 거품 한방울과 같은 것인지도 모르겠다. 서산(西山 休靜)대사의 「열반송」(涅槃頌)에는, "태어난다는 것은 한 조각 뜬 구름이 생겨나는 것이요, 죽는다는 것은 한 조각 뜬 구름이 사라지는 것이네. 뜬 구름이야 본래 실체가 없으니, 태어남과 죽이나 가고 오는 것도 그러하도다."(生也一片浮雲起, 死也一片浮雲滅, 浮雲自體本無實, 生死去來亦如然,)라 읊은 구절도 인생이란 잠시 머물다가는 허망한 것임을 선명하게 보여주고 있다.

인생이 무상(無常)하고 허망(虛妄)하다고 탄식만 하는 것도 바람직한 태도가 아닐 것이요, 그렇다고 영원(永遠)하고 지극히 복된(至福)

세상에 가고자 믿음을 다지고 쉼 없이 기도하는 것도 제대로 가는 길인지 의심스럽다. 인생이나 세상 그 자체가 영원한 것도 아니요 행복하기만 한 것도 아니니, 낙관할 수야 없지만, 그렇다고 인생이 고통의 바다(苦海)임을 끝없이 되새기면서 비관할 필요도 없는 것으로 보인다.

기쁨과 슬픔, 괴로움과 즐거움은 우리의 생활 속에서 무수히 뒤바뀌고 있으니, 한번 기뻤다가 한번 슬퍼하는(一喜一悲) 것이 바로 우리가 살아가는 제 모습인 것 같다. 그래서 "괴로움이 다하면 즐거움이 다가오고, 즐거움이 다하면 슬픔이 다가온다."(苦盡甘來, 樂盡悲來)고 하지 않았던가. 한번 기뻐하고 한번 슬퍼하는데 매달릴 것이 없다는 말이 될 수도 있다.

어쩌면 괴로움과 즐거움이나 기쁨과 슬픔이야 감정의 물결이 부딪치면서 일어나는 파도 위에서 얻어지는 포말(泡沫)이 아닐까. 허망하다고 탄식하거나 괴로워할 필요가 없지 않은가. 마치 여름이 가면 가을이 오고, 겨울이 가면 봄이 오듯이, 이렇게 계절이 바뀌니 우리의 생활에 새로운 활력이 생기는 것과 같지 않겠는가. 복숭아나무 하나도 가뭄에는 시달리고 추위를 견뎌야 하지만, 꽃이 필 때 눈부시게 아름답고, 열매가 익을 때 달고 향기롭지 않은가.

만약 항상 봄만 있다면 꽃이 아름다운 줄을 새삼스럽게 느끼기 어려울 것이요, 항상 여름만 있다면 서늘한 가을의 쾌적함을 알 수 없을 것이다. 변화가 있어서 '무상'(無常)하다고 탄식할 것이 아니라, 변화가 없어서 단조로움을 걱정할 필요가 있자 않겠는가. '천국'이 영원한 생명과 지극한 복락(福樂)으로 계속되는 곳이라면, 혹시 단조로워 못 견디는 사람은 없을까. 어쩌면 하느님이 만드신 '천국'은 사람들이 그려내는 모습과는 딴판이 아닐까 하는 생각이 들기도 한다. 우리가 사는 이 세상처럼 울고 웃고 사랑하고 미워하는 감정이 범람하는 곳이 바로 하느님이 만드신 '천국'은 아닐까 상상을 해본다.

한 평생을 살고 나서 돌아보니 후회가 넘치지만, 그래도 가슴 벅차게 기뻤던 일, 소리라도 지르고 싶을 만큼 행복했던 일도 있었다. 그런데 그렇게 기쁘고 즐거웠던 일은 몇 개의 점과 같은 순간들일 뿐이다. 그러나 내 인생이 아무리 길다 해도, 그 몇 순간이 없다면, 그것이야말로 지루하고 고통스러운 일이 아니겠는가. 어쩌면 나는 그 몇 개의 순간들을 위해 살았던 것은 아닐까 하는 생각이 든다. 나는 그 순간들이 바로 '영원을 간직한 순간'이라 말하고 싶다.

학생시절 어느 교수가 강의하면서, "영원이란 시간의 긴 연속이 아니라, 순간 속에 들어있다."는 한마디 말은, 나에게 평생의 화두(話頭)가 되어, 아직도 생생하게 기억하고 있다. 영원은 소멸하지 않는 것이겠지만, '소멸하지 않는다'는 말은 '오래 남아 있다'는 뜻보다 '잊혀질 수 없다'는 뜻에 가깝지 않을까. 깊은 충격으로 다가온 한 순간의 기쁨이나 슬픔은 내 가슴 속에 그 순간이 잊혀지지 않고 남아 있다. 그렇다면 천국도 지옥도 죽은 다음의 영혼이 가는 곳이 아니라, 지금 살아가고 있는 인간이 살아가는 어느 한 순간 속에서 경험할 수 있는 것이라 하겠다. 영원을 찾고자 한다면, 지금 살아가는 이 순간 속에서 찾아야 한다는 말이다. 진정한 '신'(神)은 '내 가슴 속에 살아 있는 신'이요, 진정한 '영원'은 내가 살고 있는 이 '순간 속의 영원'임을 되새기고 싶다.

26
빵과 말씀

"사람이 빵으로만 사는 것이 아니라, 하느님의 입에서 나오는 모든 말씀으로 살리라."(『마테오』4:4)고 하였다. 뒤집어 말하면 말씀만으로도 살 수 없으며, 사람이 살아가자면 빵도 필요하다는 것은 지극히 당연하다. 빵과 말씀은 우리가 살아가는데 어떤 역할을 하는 것인가? 쉽게 빵은 육신의 양식이요, 말씀은 영혼의 양식이라 갈라놓을 수 있을까?

우리 옛 속담에 "쌀독에서 인심난다."라는 말이 있다. 빵이 넉넉해야, 사람의 마음도 여유롭고 후하게 된다는 말이다. 넉넉한 인심이 쌀독을 채워주는 것이 아니라, 쌀로 가득한 쌀독이 인심도 후하게 만들어준다는 말이니, 말씀에 앞서 빵의 일차적 중요성을 강조한 것으로 이해된다. 그러나 많은 사람은 놀부처럼 쌀독만 부둥켜안고 인심을 쓸 줄을 모른다.

우리 선조들은 말씀(도덕)을 극진하게 존숭하다가 빵(욕망)을 잊어버렸던 것 같다. 그러다보니 그 영혼은 고결하였지만, 그 생활은 심한 빈곤으로 찌들어 버렸나 보다. 그래서 영계기(榮啓期)도 공자의 물음에 답하면서, "가난함은 선비의 떳떳한 일이다."(貧者, 士之常也.〈『列子』, 天瑞〉)라고 하지 않았던가. 그렇다고 가난함이 선비의 자랑은 아니다. 가난함에도 자신의 인격과 지조를 지키는 것을 고상하게 여길 뿐이다.

우리의 과거는 지나친 빈곤으로 인간답게 살아갈 수 있는 발판을 잃어버렸다면, 우리의 오늘은 지나친 욕망의 팽창과 풍요한 소비 속에 영혼이 시들어 인간의 모습과 인간성을 잃어가고 있는 것이 아닐까? 사람들은 어느 한쪽으로 치우치거나 사로잡히기 쉬우니, 두 가지 상반된 가치의 균형을 유지하기란 어려운 일인가보다. 빵과 말씀을 병행하기가 어려워, 다급한 빵에 매달리다가 말씀을 잊어버리는 경우가 많은 것이 분명하다.

빵은 우리의 입을 즐겁게 해주고 배를 만족시켜주지만, 말씀은 우리의 마음을 긴장하게 하고 신체를 수고롭게 하기 마련이다. 그러니 빵 쪽은 즐겁고 말씀 쪽은 괴로운 것이라 여기기 쉽지 않겠는가. 욕망은 더욱 달고 안락함을 찾아서 달린다. 누가 달고 향기로운 열매를 버려둔채, 건강에 좋다고 거칠고 쓴 뿌리를 즐겨 먹으려 하겠으며, 쾌적하고 안락한 승용차를 버려둔 채 붐비고 땀내나는 버스와 지하철을 타려고 하겠는가.

그러나 우리가 향기롭고 쾌적함을 즐기는 동안 우리의 뼈대는 삭아내리고 정신은 혼탁하게 풀어지기 마련이다. 긴장하고 수고로운 가운데 우리의 뼈대가 강해지고 정신은 맑게 응결되는 법이다. 그런데도 우리의 욕망은 채울수록 목말라하고 갈수록 이기적이 되어가기만 하는 것은 어찌된 일인가.

도시의 거리에나, 지방 곳곳에도 맛있는 맛집과 온갖 음식점이나 술집들이 즐비하고, 어느 식당 어느 술집도 사람들이 붐비고 있다. 그만큼 먹고 마시는 일 곧 빵을 찾아 헤매는 굶주린 귀신(餓鬼)들이 떼를 지어 몰려다니는 풍경이라 해도 될 것 같다. 이렇게 먹고 마시면 비만에 걸릴 수 밖에 없다. 육신을 기르기 위한 빵이 도리어 육신을 병들게 하는 지경으로 역작용을 하고 있는 문제가 심각하다.

이에 비해, '하느님의 입에서 나오는 모든 말씀'이란 영혼을 건강하게 하는 양식인데, 누가 이 '말씀'을 제대로 온전하게 들을 수 있는 귀를 지녔단 말인가? '말씀'이야 하느님도 하시고 부처님도 하시고 공자님도 하셨다. 말씀은 허공에 넘쳐흐르는데, 임자가 따로 있는 것도 아니니. 청풍(淸風)이나 명월(明月)처럼 값을 지불해야 하는 것도 아니다. 문제는 제대로 알아들을 수 있는 귀를 지닌 사람을 찾기가 어렵다는 말이다.

교회나 법당에 모여들어도 말씀은 넘쳐나는데, 모두 제 복 빌기에 바빠서, 그 말씀이 제대로 들릴지 걱정스럽다. 몇 마디 듣고서 되뇌어 본다한들, 입안에서만 맴돌 뿐이니, 이른바 귀로 듣고 입으로 뱉어내는 '구이지학'(口耳之學)을 벗어나지 못할 것이다. '말씀'이 귓바퀴를 맴돌다가 입으로 빠져나가고 말면 그야말로 '공념불'(空念佛)에 그치고 말지 않겠는가.

'말씀'이 아무리 많아도, 오직 한마디가 영혼에 깊이 박히고, 뼛속에 스며들며, 핏속을 흐르지 않으면, 헛되고 헛될 뿐이다. 그러나 그 한마디 말씀이 자신의 영혼에 깊이 파고들어 깨달음을 얻는다면, 이른바 "자기도 모르게 손을 공중에 휘젓고, 발로 땅을 구르며 춤을 추게 되는"(不知手之舞之, 足之蹈之.〈『二程遺書』11-46〉) 환희의 경지에 이르고, 이때 그는 새로운 인간으로 다시 태어나는 것이다.

"말씀을 잘 듣고 감명을 받았다."는 말은 '말씀'에 대한 인사치례일 수 있다. 그러나 큰 깨달음을 얻은 말씀에는 감사의 큰 절을 올릴 것이다. 깨달음을 얻은 한 인간에게는 그 한마디 말씀이 지금까지 살아온 자신의 생명을 버리고 받아들일 진정한 '생명'이니, 어찌 절을 올리는 것 만으로 되겠는가. 자신의 생명을 바쳐도 좋을 것이다.

깨달은 자, 각자(覺者: Buddha)란 이 '말씀' 한마디를 깨달은 것이요, 깨닫고 난 뒤에 팔만대장경(八萬大藏經)으로도 못다 담을 무수한 말은 그 한마디 '말씀'을 풀이한 것이라 해야 할 것이다. 부처나 공자나 예수나 마호매트가 베푼 무수한 말들도 모두 한마디 '말씀'을 크게 깨달은 자의 그 깨달음을 풀이한 말들이리라.

그만큼 '말씀'은 아무나 온전하게 알아듣기는 어려운 일이다. 그 한 모서리만 제대로 알아들어도 소견성(小見性)은 하는 셈일 것이다. 세상에는 이 '말씀'을 아전인수(我田引水)하듯 제멋대로 그럴듯하게 이해하는 사람들이 많이 있는 것 같다. 이들은 '말씀'에 제 생각 제 욕심으로 분칠을 하여, 엉뚱한 모습으로 변형시켜놓는 것도 허다하다. '신'(神)의 이름으로 전쟁을 일으켜 무수한 살상을 일으킨 성직자들이나 군주들은 '신'의 말씀을 자신의 탐욕으로 뒤집어 씌워놓았던 자들이 분명하다. 이렇게 왜곡된 '말씀'은 세상에 엄청난 재앙을 불러일으키기도 했던 것이 사실이다.

'말씀'을 들을 때는 '말씀'을 온전히 깨달을 수 없다 하더라도., 마음을 비우고 차분히 귀 기울이고, 가슴에 깊이 울리는 소리가 무엇인지를 찾아서 간직하는 것이 소중하다. 이렇게 얻은 가르침은 자신의 영혼이 길을 잃지는 않게 이끌어 줄 것이다. 이것이 '말씀으로 살아가는' 방법이라 생각한다. 물론 그 '말씀'을 실현하기 위해 행동이 중요하다는 것을 잊을 수는 없다.

27
순리(順理)대로 살아야

부모가 자식을 지성으로 타이르는데도, 자식은 부모에게 반발하거나 부모의 뜻에 어긋나는 행동을 하는 일이 드물지 않다. 이럴 때 부모가 얼마나 속상하고 답답할 지 짐작하기 어렵지 않다. 그러나 자식의 반발에도 이유가 있을 터이다. 부모가 자식의 관심이나 처지에 대해 전혀 이해하려들지 않거나, 오직 자신의 판단이나 욕심대로 자식에게 훈계하거나 요구하고 있는 것은 아닌지, 진지하게 살펴볼 필요가 있다.

또한 나름대로 열심히 노력했었는데, 그 결과가 평소보다 더 나빠지거나, 기대했던 목표에 훨씬 못 미치는 성과를 얻게 되는 경우도 드물지 않다. 이럴 때는 자기 자신도 무척 답답하고 속상할 것은 당연하다. 그러나 자신이 시도했던 방법에 문제가 없었는지, 또는 자신의 역량에 멀리 벗어나 너무 높은 목표를 세웠던 것은 아닌지, 꼼꼼하게 반성해볼 필요가 있다.

왜 이렇게 답답하고 속상할까? 물론 자신이 추구했던 일이 어그러지고, 자신이 기대하고 소망하던 성취가 무너졌기 때문일 것이다. 이렇게 화가 치밀 때는 소리를 지르거나 가슴을 치며 속상한 마음을 드러내기도 하고, 노래를 부르거나 술을 마시며 답답한 마음을 달래기도 한다. 그러나 자신을 치밀하게 성찰하고 사태를 객관적으로 인식한다면, 답답하고 속상했던 마음이란 모두 자신의 과오나 어리석음에서 일어나는 것일 뿐임을 알 수 있다.

목표를 설정하고 이를 성취하기 위해 노력하는 것이야 살아가면서 끊임없이 부딪치는 일이다. 그러나 이렇게 반복하여 실패하고 애태워야 하는 삶을 어떻게 살아가야 하는 것일까. 맹자는 "반드시 일삼음이 있어야 하지만, 미리 기대하지도 말고, 마음에 잊지도 말며, 억지로 조장하지도 말아야 하네."(必有事焉, 而勿正, 心勿忘, 勿助長也.〈『맹자』3-3:11〉)라 타이르며, 인간이 살아가면서 지켜야 할 세 가지 기본과제를 차분하게 제시하고 있다.

무엇보다 먼저 "반드시 일삼음이 있어야 한다."는 말은, 아무리 실패를 거듭하거나 절망적인 상황에 빠져있다 하더라도, 결코 자포자기(自暴自棄)하지 말고, 끊임없이 시도해야 함을 강조한 것이다. 좌절하여 자포자기를 하면, 더 이상 사람다운 삶을 바랄 수가 없기 때문이다. '자포자기'하는 태도에 대해, 맹자는 특별히 경계하여, "스스로 자신을 해치는 사람과는 더불어 말을 할 수 없고, 스스로 자신을 포기하는 사람과는 더불어 일을 행할 수 없다."(自暴者, 不可與有言也, 自棄者, 不可與有爲也.〈『맹자』7-10:1〉)고 지적하였다. 곧 어떤 처지에서도 절망하여 삶의 의지를 잃지 말고, '반드시 일삼음이 있어야 함'이 삶의 기본조건으로서 중요함을 역설하고 있다.

다음으로, "미리 기대하지도 말고, 마음에 잊지도 말라."는 말은, 일을 하는 태도의 기본자세를 제시한 것이다. 일을 하면서 그 결과를 '기대'한다는 것은 일을 해가는 동력(動力)이니, '기대'가 없을 수는 없다. 그러나 '기대'에 사로잡혀 과정이 소홀하게 여겨진다면, 그 '기대'는 무리를 불러오게 된다. 결국 기초가 소홀히 되거나 과정의 순서가 무시되어 제 궤도를 벗어나서, 끝내는 그 '기대'조차 무너뜨리고 말게 됨을 경계한 말이다.

다시 말하면, '기대'는 가슴 속에 간직하되, '기대'에 사로잡혀 과정을 소홀히 하지 말라는 충고이다. 이에 비해 "마음에 잊지도 말라."는 말은 '기대'를 가슴 속에 간직하여 잊지 말라는 뜻도 담고 있다. 따라서 '기대'에 지나치게 사로잡히지도 말고, 동시에 '기대'를 결코 잊어서는 안 된다는 균형잡힌 '중도'(中道)의 길을 제시하는 것이다. '기대'가 없으면 찾아가야할 방향을 잃게 되고, '기대'에 사로잡히면 따라가야 할 길을 잃게 된다는 말이기도 하다.

마지막으로 "억지로 조장하지도 말라."는 충고는 일을 하는 과정에서 성취하려는 욕심에 빠져들어 무리를 하기 쉽다는 사실을 경계한 말이다. 곡식의 싹이 자신의 기대처럼 쑥쑥 자라지 않음을 안타까워하여, '그 싹을 뽑아 올려 자람을 도우려는 것'(揠苗助長)은 그 곡식의 싹이 결실을 맺기는커녕 말라죽게 만든다는 사실을 지적하고 있다. 곧 때에 맞추어 순조롭게 이루어가려는 자세가 아니라, 빨리 이루어내려는 조급증으로 무리를 저지르는 경우를 깊이 경계하고 있다. 더 빨리, 더 크게, 더 아름답게 이루어내려는 욕심은 누구에게나 있다. 욕심은 쉽사리 무리를 저지르고, 무리는 탈선을 초래하고, 탈선은 파탄에 이르게 한다. 욕심을 모두 없애서 '무욕'(無欲)에 이르게 하기야 어려운 일이기도 하고, '무욕'의 상태로 살아갈 수도 없겠지만, 욕심을 줄이고 억제하여 '과욕'(寡欲)의 수준에는 이르게 해야 한다는 말이다.

한마디로 "무리를 하지 말아야 한다"는 경계이고, "순리(順理)대로 살아가야 한다."는 가르침이다. 이치에 맞게 살고, 이치에 따라 산다면 무슨 잘못됨이 있겠는가. 과도한 집착이나 과도한 욕심은 인간의 삶을 비뚤어지게 하거나 파괴하고 만다. 따라서 과도한 집착과 욕심을 버리면, 비로소 사람이 살아가야하는 바른 '이치'가 보이고, 이 이치를 따라 가는 길 곧 '도리'가 드러날 것이다.

성리학자들의 수양공부에서 가장 중요한 과제는 "인간의 욕심을 막아내고, 하늘의 이치를 간직한다."(遏人欲而存天理)는 것이다. 그러나 인간의 욕심(人欲·私欲)이 여러 가지 문제를 일으키는 것은 사실이지만, 그렇다고, '인간의 욕심'을 막아내고(遏), 이겨내고(克), 버린다(去)는 것은 쉽지도 않을 뿐 아니라, 가능한 일도 아니라 보인다. 문제는 '인간의 욕심'이 통제 가능한 상태로 유지하는 것이 중요하다. '욕심'이 나쁜 것이 아니라, '욕심'이 절제를 잃었을 때 온갖 파괴적 결과를 불러일으킨다는 사실이다.

'인간의 욕심을 막아낸다'(遏人欲)라 말하기 보다는 '지나친 욕심을 막는다'(遏過慾)이라거나 '인간의 욕심을 절제해야 한다'(節人欲)이라 하는 것이 더 적절하지 않을까 생각한다. 따라서 과도한 욕심을 통제함으로써 '하늘의 이치를 마음 속에 간직하고', 이 하늘의 이치에 순응하여 '순리대로' 산다면, 바로소 인간은 온갖 번민과 고통과 절망에서 벗어나 진정으로 화평하고 조화로운 삶을 살아갈 수 있지 않겠는가. 이렇게 '순리대로 사는 것'이 바로 구원(救援)의 길이라 할 수 있을 것이다.

28.

넘어진 자가 일어나는 법

　어릴 때는 다리가 허약하니 다니는 길에서 쉽게 넘어지지만, 어른이 되어서도 마음이 번다하니 살아가는 길에서 자주 넘어진다. 다리가 허약하여 길에서 넘어진 아이는 쉽게 툴툴 털고 일어날 수 있다. 그러나 마음이 번다하여 살아가는 길에서 넘어진 어른들은 판단이 한쪽으로 치우쳐 넘어졌다가 일어서면 다시 판단이 다른 쪽으로 치우쳐 넘어지는 수가 많아, 올바른 판단을 못하면 쉽게 일어나지 못하는 경우가 흔히 있다.

　곧 어른에게는 이 길로 가는 것이 유리하고 옳다 판단하고 가다보면, 이 길에 장애가 많아 자주 실족하는데 비해, 저 길로 가서 성공하는 사람들이 눈에 들어온다. 그래서 저 길로 길을 바꿔 가다 보면 저 길에서 생각 못했던 어려움에 부딪쳐서 길을 잃고 헤매기도 한다. 이 줄에 섰다가 저 줄에 섰다 하면서 우왕좌왕(右往左往)하며 허둥거리는 사람도 있고, 이러지도 못하고 저러지도 못해 좌고우면(左顧右眄)

하며 두리번거리다가 길을 잃고 마는 사람도 드물지 않다.

양쪽으로 의견이 갈라져 심각하게 대립하고 있을 때, 중간에 서서 타협을 시도하고 화합을 이끌어낸다는 것은 지극히 어려운 일이다. 중간에 서면 분명 양쪽으로부터 공감을 얻거나 박수를 받기는커녕, 도리어 양쪽으로부터 분노를 일으키거나 비난이 쏟아질 것이 뻔하다. 그래서 공자는 "시퍼런 칼날도 밟고 올라설 수 있지만, 중용은 할 수가 없구나."(白刃可蹈也, 中庸 不可能也.〈『중용』9:1〉)라고 탄식했던 것으로 보인다.

좌파거나 우파거나 어느 한 쪽에 자리 잡고 앉으면 마음이 편할 수도 있다. 그러나 우파의 약점과 좌파의 한계가 동시에 눈에 들어오면, 어느 쪽에 서기도 어렵고 자칫하면 설 자리를 잃고말아 넘어지는 수가 있다. 그러나 양심을 지닌 지성인이 어느 한쪽에 맹목적으로 가담한다는 것은 바로 그 지성을 포기하는 것이 아닐 수 없다. 우리역사에서 보면 16세기 말 당파로 분열된 이후 당파에 가담했던 유교지식인들은 그 학문이 아무리 고매하다 하더라도 모두 중심을 잃어서 파당에 빠지고 말았던 위선자들일 뿐이었다고 하겠다.

그렇다면 당파에서 벗어난 사람이 자리를 잃고 넘어졌던 것처럼, 당파에 가담했던 자들도 모두 잘못된 자리에 앉아 있었던 것이니, 역시 자리를 잃고 넘어졌던 자들이라 하지 않을 수 없다. 그만큼 우리는 누구나 제 길을 잃고 방황하거나 제 자리를 잃고 넘어진 자들이라 해야겠다. 사람으로 산다는 사실은 이미 허물과 죄에서 벗어날 수 없음을 인정해야 한다.

문제는 넘어진 사람이 어떻게 다시 똑바로 일어설 수 있느냐 하는 것이다. 고려 때의 지눌(知訥)스님은 넘어지는 원인과 다시 바로서는 방법을 제시해주고 있다.

　"땅에서 넘어진 사람은 땅을 디디고 일어나야만 한다. 땅을 버려두고 일어나기를 바란다면 이런 경우는 없다. 한 마음이 미혹하여 끝없는 번뇌를 일으키는 자는 중생이요, 한 마음을 깨우쳐 끝없이 오묘한 응용을 일으키는 자는 여러 부처들이다. 미혹함과 깨우침이 비록 다르나, 그 요점은 한 마음에서 말미암는 것이니, 마음을 버려두고 부처되기를 바란다면 이런 경우는 없다."(人因地而倒者, 因地起已, 難地求起, 無有是處也. 迷一心而起無邊煩惱者, 衆生也, 悟一心而起無邊妙用者, 諸佛也, 迷悟雖殊, 而要由一心, 則難心求佛者, 亦無有是處也.〈「勸修定慧結社文」〉)

　지눌스님의 가르침은 우리가 살아가면서 부딪치고 넘어지는 그 현실이 바로 우리가 디디고 일어나며 넘어서야 하는 과제임을 깨우쳐준다. 우리가 넘어졌을 때, 돌부리를 탓하고 남을 탓하고 시대를 탓하는 것이 아니라, 돌부리를 깨어 내거나, 남의 손을 잡고 일어서거나, 시대를 바로잡아가야 한다는 말이기도 하다. 또한 우리는 언제나 밖에서 문제해결의 길을 찾으려 드는데, 돌이켜보면 문제는 밖에 있는 것이 아니라, 나 자신의 안에 있는 것임을 일깨워주고 있다.

　"'한 마음'(一心)을 깨우쳐야 한다."는 불교의 가르침이 아니더라도, 가정의 불화로 고통 받는 사람이라면, 가족의 다른 구성원들을 원망하기 전에, 바로 자기 자신을 돌아보고 반성하여 바로잡아야 한다는 사실을 유념하지 않으면 안 된다. 곧 자기가 선 자리나, 자기 자신이나, 자신의 마음가짐이 문제가 발생하는 근원이요, 동시에 문제를 해결하는 길의 출발점이라는 말이다.

우리나라는 역사적으로 외적의 침입을 많이 받아왔는데, 우리의 역사의식에서는 침략자가 야만적이요 잔인한 집단이라 비난하기만 해왔다. 그러나 그렇게 많은 침략을 당해 나라가 폐허가 되거나 백성이 어육(魚肉)이 되고서도, 또 침략을 당하는 우리 자신이 얼마나 한심하고 답답한지를 반성하지 않는다면, 아마 영원히 구제받지 못할 한심한 나라가 될지도 모르겠다.

임진왜란(1592-1598)을 당하고 나서 유성룡(西厓 柳成龍)은 지난날의 과오와 실패를 성찰하여 교훈을 얻고 뒷날에 과오를 거듭 저지르지 않도록 삼가겠다는 뜻으로『징비록』(懲毖錄)을 저술하였지만, 그 뜻을 제대로 이어갔던 인물은 없었던 것 같다. 1636년에는 여진족 청(淸)나라의 침략을 받은 병자호란에서 임금이 항복해야하는 굴욕을 다시 당했다. 어디 그 뿐인가. 결국 1910년에는 나라가 멸망하여 일본의 식민지가 되고 말았다. 이런 역사적 비극은 외적의 책임이 아니라, 우리 자신의 책임이다. 다시 침략당하지 않을 길은 외적에 있지 않고, 우리 자신에 있음을 각성할 필요가 있다.

조선시대 유교지식인들은 명분과 의리를 내걸고 격심한 당쟁을 벌이며, 서로 비방하고 죽이기까지 하다가, 결국 나라가 망해서야 그쳤다. 그런데 반쪽짜리 나라인 대한민국에서는 좌파와 우파가 갈라져 촛불을 들거나 태극기를 펄럭이며 생사를 걸고 대립하고 있으니, 그 끝장은 눈을 감아도 훤히 볼 수 있다. 우리가 이렇게 끝없이 서로 흘뜯고 서로 찌르면서 무너지고 있는 상황을 어떻게 해결할 것인가.

이것이 바로 넘어진 자가 일어나는 법이 아니겠는가. 남을 비난하거나 원망하는 태도가 바로 파탄을 초래하는 원흉임을 각성하는데서 출발할 필요가 있다. 이와 동시에 자신을 성찰하고 반성하는 태도가 파탄에서 벗어나고 넘어진 자신을 일으켜 세우는 길임을 주목해야 한다. 문제는 입으로만 "내 탓이요."하면서, 마음속으로는 남을 원망하는 마음이 들끓고 있으니, 이 마음의 병을 치료하는 방법이 절실하게 필요하다.

자신을 돌아보고 성찰하는 과정을 밝게 비춰주는 빛은 모두가 함께 나가는 모습이요, 서로 화합하는 모습이라 하겠다. 이 모습이 뚜렷하게 보이고 확고하게 드러날 수 있을 때, 비로소 자신은 물론이요, 상대방의 마음도 움직일 수 있을 것이다. 상대방의 마음에 깊은 감동으로 호소할 수 있는 힘은 바로 자신의 마음속에서 사사로움을 깨뜨리고 전체의 모습을 찾아낼 수 있을 때 비로소 가능한 일이라 하겠다. 곧 사사로움을 깨뜨리고 전체를 발견하는 길이 바로 넘어진 자가 일어서는 방법임을 말한다.

29
죽음을 생각하며

　요즈음은 평균수명이 많이 늘어나 100세를 넘기는 노인도 적지 않지만, 옛날에는 "인생칠십고래희"(人生七十古來稀)라는 말이 있듯이, 70세를 넘기는 사람들이 드물었다고 한다. 문제는 모든 인간이 언젠가 죽을 수밖에 없다는 사실이다. 석가모니가 출가하여 깨닫게 된 계기는 사람들이 사는 모습에서 '태어나고, 늙고, 병들고 죽는다.'는 실상, 곧 '생로병사'(生老病死)의 네 가지 고통(四苦)을 관찰했던 일이었다.

　태어나서 살아가는 과정의 고통이야 처지에 따라 심할 수도 있고, 없을 수도 있겠지만, 늙어서 병들고 죽는 과정의 고통은 피할 수 있는 사람이야 지극히 드물 터이다. 마치 봄에서 여름까지 싱싱하게 푸르렀던 나무가 가을이 오면 잎이 시들어 오그라들고 그 잎은 땅에 떨어져 뒹굴다가 흙으로 돌아가고 마는 것과 같이, 사람도 늙고 나면 생기를 잃고 시들어가면서, 병고에 시달리다가 그 끝에는 죽음을 맞기 마

런이다. 이처럼 '생로병사'는 살아있는 모든 존재의 일생이 거쳐 가야
하는 '통과의례'(通過儀禮)가 아닐 수 없다.

나 자신은 중년에 병이 깊어 정기적으로 병원을 드나들며, 약에 의
지해 살고 있는 병골이라, 병과 동행하며 반평생을 살아가고 있다. 그
만큼 병의 고통을 절실하게 느끼고 있다. 그러다 보니, 언제나 죽음의
그림자가 가까이 드리워져 다가오고 있음을 깨닫게 되었고, 자주 죽
음을 생각하지 않을 수 없었다. 언제 찾아올지도 모르는 죽음이 때로
는 두렵기도 했고, 때로는 기다려지기도 했다.

머지않은 장래에 찾아올 죽음을 자주 생각하다보니, 이제는 오래
못보고 그리워만 하던 옛 친구를 만나듯이 반갑게 맞이할 수 있을 것
같기도 하다. 그런데 죽음을 생각하면서, 그동안 살아왔던 평생을 더
욱 절실하게 돌아보게 되는 것이 사실이다. 즐거웠던 일, 보람을 느꼈
던 일도 있었지만, 그보다 잘못했던 일에 대한 회한이 훨씬 더 많이 밀
려오는 것을 느끼고 있다. 이렇게 옛날의 잘못을 뉘우치다 보니, 죽음
은 그 회한의 괴로움을 깨끗이 씻어내 줄 구원의 길이라는 생각이 든
다.

이렇게 살아갈 날이 많이 남아 있지 않은 노년에 새삼스럽게 느끼
게 되는 또 하나의 특이한 점은 세상을 둘러보면서 세상이 어느 때 보
다 더욱 아름답게 느껴진다는 사실이다. 하늘을 바라보며 흘러가는
구름, 모였다 흩어졌다 하는 구름을 오랫동안 바라보거나, 하늘과 맞
닿은 산줄기의 출렁거리는 흐름을 하염없이 바라보면서 상념에 사로
잡히기도 한다. 풀 하나 나무 하나 꽃 하나 염매 하나에도 오랫동안 응
시하며 그 아름다움을 가슴 깊이 느끼기도 하고, 온갖 모양의 돌 하나
에도 마음을 기울여 살펴보기를 좋아한다.

젊었을 때는 걱정도 많았고, 분노도 자주 일어났는데, 이제는 세상을 잊어버려 걱정도 분노도 일어날 일이 별로 없으니, 마음이 많이 편안해졌다. 혹시 누가 나를 비웃거나 비난한다 해도, 분개하거나 원망하는 마음이 없이, 미소를 지으며 받아들일 수 있을 것이라 자신한다. 너무 분해서 며칠 밤이고 잠을 이루지 못하며 괴로워했던 추억이 이제는 젊은 날의 치기로 돌아보며, 그저 웃을 뿐이다.

그만큼 마음이 훨씬 너그러워졌음을 느낀다. 자식들이 섭섭하게 해도, 전에는 내 섭섭한 마음 때문에 노엽기도 했지만, 이제는 자식의 말못할 사정이 있을 것이라 미루어 짐작하며, 너그럽게 이해할 수 있는 힘이 생겼다. 나의 나태하고 나약함에서 오는 온갖 허물은 끊임없이 꾸짖지만, 남의 허물은 어떤 경우라도 용서하고 포용할 수 있는 사랑은 가슴 속에 더욱 힘 있게 살아있음을 느낀다.

이제는 무슨 일에나 이루어 보겠다는 성취욕도 사라졌고, 내게 필요한 무엇을 꼭 얻어야겠다는 욕심도 없어졌다. 이렇게 가슴 속에서 욕심이 사라져버렸으니, 무슨 일이나 편안한 마음으로 관망할 수 있게 된 것 같다. 나는 병약한 몸이 노쇠해지고보니, 집중력을 잃어버리고 말았다. 이제는 논문을 쓰기는 불가능해졌고, 책을 읽기도 어려워지고 말았으니, 이미 흘러간 역사드라마를 보고 또 보며 세월을 보내고 있는 형편이다.

그 역사드라마 가운데 「불멸의 이순신」을 특히 즐겨보았는데, 처음 볼 때는 등장인물 가운데, 간악한 자의 언행에는 분개하고 증오하였으며, 지혜롭고 올곧은 인물의 언행에는 기뻐하였었다. 그런데 이제는 온갖 성격의 인물들에 대해 편안한 마음으로 관조할 수 있게 된 것 같다. 따지고 보면 나 자신의 마음속에도 탐욕과 의로움이 갈등하고 있으며, 교활함과 정직함이 뒤섞여 있음을 알겠다. 어쩌면 세상은 천사들만 산다면 너무 단조로워 지루할지도 모르겠다. 이렇게 착한 사람 악한 사람이 부딪치고 어울려 있기에 훨씬 재미있는 것인지도 모르겠다.

이제는 건강과 병고가 서로 얼마간 자리를 차지하고서, 한쪽이 융성하고 다른 쪽이 쇠퇴했다가, 반대쪽이 융성해지고 쇠퇴하기를 반복하는 세월의 강을 떠내려가고 있음을 잘 알고 있다. 그래서 사랑하는 가족들과 작별을 할 준비를 미리 해두어야 할 때라는 생각이 든다. 준비라야 별 것이 아니라, 가족들에게 남겨줄 유언을 써두는 일이다. 사실 유품이라고는 나의 저술이 거의 전부인데, 책을 아끼고 간직할 자식에게 모두 넘겨주었다. 족보는 넘겨받으려는 자식이 없어, 족보연구를 하는 학자에게 기증했다. 내가 죽고 나면 제사를 지내줄 자식이 있을 것 같지 않다. 강요할 생각도 없다. 다만 내 유해는 화장하여 골분을 내 고향 부산의 근처 바다에 뿌려주기를 당부했다. 그마저 불법이라 이루어지지 않을지도 모르겠다. 할 수 없는 일이다.

가끔 뜰에 나가 혼자 한가롭게 앉아 있을 때는 죽음 이후의 세상에 대한 생각을 하게 된다. 나는 비록 게을러 성당에도 안 나가고 있지만, 천주교신자이니 죽음 이후에는 천당이나 지옥에 가게 된다는 생각을 하기도 한다. 그러나 나는 유교를 전공한 사람이라 죽음이후에는 자손의 가슴 속에 기억으로 남아 있을 뿐이요, 언젠가 모두 허공으로 사라진다는 지적이 더 가슴에 와 닿는 것이 사실이다.

어쩌면 죽음 이후란 촛불이 꺼지면 그 순간에 빛이 사라지듯, 자기 존재가 모두 사라지고 없어지는 것인지도 모르겠다. 고려 말 나옹(懶翁)스님의 누님이 지었다는 선시(禪詩) 「부운」(浮雲)에 "태어난다는 것은 한 조각구름이 일어나는 것이요, 죽는다는 것은 한 조각구름이 없어지는 것이라네."(生也, 一片浮雲起, 死也, 一片浮雲滅)라는 구절이 더 가슴에 절실하게 다가온다. '편운'(片雲)은 나의 옛 은사 조병화 시인의 아호(雅號)였는데, 선생도 지금의 나처럼 생각하셨는지도 모르겠다.

금장태

- 1943년 부산생
- 서울대 종교학과 졸업
- 성균관대 동양철학과 박사과정 수료(철학박사)
- 동덕여대 · 성균관대 한국철학과, 서울대 종교학과 교수 역임
- 현 서울대 종교학과 명예교수
- 저서 : 비판과 포용, 귀신과 제사, 퇴계평전, 율곡평전, 다산평전 외

진흙소가 달을 머금고
(泥牛含月)

초 판 인 쇄 ┃ 2021년 7월 16일
초 판 발 행 ┃ 2021년 7월 16일

지 은 이 금장태

책 임 편 집 윤수경

발 행 처 도서출판 지식과교양
등 록 번 호 제2010-19호
주 소 서울시 강북구 우이동 108-13, 힐파크 103호
전 화 (02) 900-4520 (대표) / 편집부 (02) 996-0041
팩 스 (02) 996-0043
전 자 우 편 kncbook@hanmail.net

ISBN 978-89-6764-174-0 93810 정가 17,000원